AF237560

Rabenfeind

HISTORISCHER ROMAN

ANDREA GRAMCKOW

Bibliografische Information der deutschen
Nationalbibliothek

Die Deutsche Nationalbibliothek verzeichnet diese
Publikation

in der deutschen Nationalbibliografie, detaillierte
bibliografische

Daten sind im Internet über http://dnb.dnb.de
abrufbar.

© 2018 Andrea Gramckow

Herstellung und Verlag
BoD - Books on Demand, Norderstedt

ISBN: 9783752812244

Inhaltsverzeichnis

Handelnde Personen

Prolog

Die Geschichte

Epilog

Nachwort mit Literaturnachweisen

In eigener Sache

Handelnde Personen

Melissa Berchtold, von Raban auch Aphrodite genannt

Raban van Gehrden, oder Abaddon, Ritter der Hölle, wenn es nach Melissa geht

Benni, fünfjähriger Lausbube und Bruder von Melissa

Hilde, alte Kinderfrau und Amme von Raban

Jerg von Arnstetten, Freund von Raban

Remigius von Werder, Freigraf am Hohen Blutgericht der Stadt Dortmund und damit oberster Richter

Gabriel Scherf, Verlobter von Melissa

Rafael Waldner, Gemahl von Rabans Stiefschwester Beata

Beata, seine Gemahlin

Ursel, Köchin im Hause van Gehrden

Affra, ihre Tochter

Gerwin, ein Büttel

Gerlind, Brida und Mairie, leider Opfer eines Verbrechens

Hiltrud, alternde Hübschlerin mit gutem Herz

Prolog

Zufrieden beugte er sich über das reglose Bündel Mensch, das neben einer zerschmetterten Steinfigur auf dem festgestampften Lehmboden lag. Endlich! Ein weiterer Schritt auf dem Weg in das Leben, das ihm seiner Meinung nach zustand, war getan.

Ein wohliger Schauer rieselte seinen Rücken herunter als er in das blutverschmierte Gesicht sah. Im Grunde genommen war es eine Verschwendung, dieses schöne Geschöpf seinen Plänen zu opfern. Sie sah so unschuldig und zerbrechlich aus, wie sie da lag, leichenblass und mit gebrochenen Gliedern. Als er in ihr wachsbleiches Gesicht blickte, stellte er sich vor, wie es wohl wäre, diese vollen Lippen zu küssen, in ihre Brüste zu kneifen, ihr Schmerzen zuzufügen und das Entsetzen in ihren Augen zu sehen, wenn er sie schließlich gegen ihren Willen nahm. Er liebte dieses Spiel mit der Angst, aber bisher hatte er diese Seite seines Wesens nur mit den Huren ausgelebt, nach denen kein Hahn krähte, wenn sie bei seinen sadistischen Spielchen Schaden nahmen. Leider empfand er nur dann diese alles erlösende Lust, wenn die Angst der Mädchen echt war, unverhohlen und verzehrend. Es wäre interessant gewesen zu sehen, ob in Gerlins Augen auch diese Angst zu lesen gewesen wäre. Aber diese Chance hatte er vertan, sie lag tot vor ihm und er würde nie erfahren, ob sie dieses befriedigende Entsetzen empfunden hätte, wenn er...

Aber er schweifte ab. Das durfte nicht sein. Er musste sich konzentrieren, wenn er sein Ziel erreichen wollte. Immerhin hatte er auch Opfer gebracht, hatte eine Frau geheiratet, die ihm das Vermögen verschaffen sollte, das er für das Leben brauchte, das ihm vorschwebte. Eine Frau, die im Bett so langweilig war wie abgestandenes Bier, die willig stillhielt, wenn er sie bestieg, aber das befriedigte ihn nicht. Er brauchte mehr, brauchte es härter, wollte quälen und Schmerzen bereiten, nur das verschaffte ihm die Erleichterung, die er zur Entspannung brauchte! Sie war nur Mittel zum Zweck, nur ihr Vermögen ließ ihn über ihre Unzulänglichkeiten hinwegsehen. Er spürte, wie sich sein Innerstes zufrieden entspannte. Nicht mehr lange, dann würde auch sie den Weg gehen, den die hübsche Gerlin gerade beschritten hatte, dann war er frei, *reich* und frei! Sie war nur Mittel zum Zweck, nur ihr Vermögen ließ ihn an ihrer Seite ausharren. Denn er wollte mehr, wollte alles, wollte sich nicht jedes Mal Vorhaltungen machen lassen, wenn er aus dem Hurenhaus nach Hause kam. Dieses zänkische Weib schaffte es, dass die tiefe Befriedigung, die er nach diesen Besuchen empfand, schnell wieder verflog. Ein paar Mal hatte er sie daraufhin geschlagen und mit Gewalt genommen, um dieses Gefühl zurückzuholen, das sie vertrieben hatte. Aber sie hatte nur stillgehalten und sich weinend in ihr Schicksal ergeben!
Er erschrak, als die junge Frau stöhnte und die Augen aufschlug. Ihr Blick irrte irritiert umher und in ihren veilchenblauen Augen konnte er Schmerz und

Verwirrung lesen. Ihr rechtes Bein erschien unter ihren Röcken zwar gebrochen abgewinkelt zu sein und ihr rechter Arm sah ebenfalls seltsam verrenkt aus, aber dann registrierte er, dass sie entgegen des ersten Anscheins nur eine kleine Platzwunde an der Schläfe hatte, aus der zwar Blut sickerte, die aber ziemlich sicher nicht ihren Tod herbeiführen würde. Inwieweit sie möglicherweise tödliche innere Verletzungen haben würde, vermochte er nicht abzuschätzen, aber er musste ganz sicher sein. Als ihr verschwommener Blick auf ihn fiel und sie ihn erkannte, sah er einen Funken Hoffnung aufblitzen.

„Helft mir.", brachte sie mühsam hervor und versuchte, sich aufzurichten.

Kurz blickte er sich um, dann hob er die schwere, sorgsam modellierte Heiligenhand auf, die neben den zerschmetterten Überresten der imposanten Sandsteinfigur lag und holte aus. In diesem Augenblick erschien er der jungen Frau wie der Teufel persönlich, sein schwarzer Umhang flatterte um ihn, wie die Schwingen des Todes und seine Augen versprühten eine tödliche Entschlossenheit.

Ihr blieb nur der Bruchteil eines Augenblicks, um die Situation zu erkennen und als der schwere Steinbrocken auf ihren Kopf traf, hatte die schreckliche Erkenntnis den Funken Hoffnung längst in Entsetzen verwandelt!

Zwischen Köln und Dortmund, August 1342

„Melli, wann sind wir da?", nuschelte der kleine Junge, heftig an seinem Daumen lutschend.

„Ich weiß es nicht, Benni!" Liebevoll zog seine Schwester, auf deren Schoß er saß, den Daumen aus seinem Mund. Die zierliche junge Frau mit den kastanienroten Locken strich ihrem Bruder zärtlich über den blonden Schopf. Wenn man beide so nebeneinander sah, würde man nie im Leben glauben, dass sie Geschwister waren. Benjamin, gerade einmal fünf Jahre alt und blond, und Melissa, achtzehn Jahre alt, mit Haaren, rot wie Kastanien im Sonnenlicht. Allerdings hatten beide die gleichen grünen Augen, die waren ein Erbteil ihrer Mutter.

„Benjamin, wie oft soll ich dir noch sagen, dass dich niemand verstehen kann, wenn du deinen Daumen aufisst!" Liebevoll schalt Melissa den Kleinen, der unruhig auf ihrem Schoß herumrutschte.

„Melli, ich hab Hunger! Und Durst! Und ich muss mal..." Seufzend setzte Melissa ihren Bruder auf den harten Boden des Fuhrwerks, auf dem sich außer ihnen beiden auch noch etliche Ballen sündhaft teurer Seide befanden, die Melissas Vater erst kürzlich auf der Messe in Bozen erstanden hatte. Sie waren auf dem Weg nach Dortmund, wo Melissa in wenigen Wochen ihren Verlobten heiraten sollte. Auch die Truhe mit ihrer Aussteuer stand auf der Ladefläche, während die schwere, eisenbeschlagene Kiste mit der Mitgift, gut gesichert und vor neugierigen Blicken sorgsam verborgen, in einem doppelten Boden unter dem Sitzbrett verstaut war. Die Seide wollte ihr Vater bei der Gelegenheit auf dem Markt in Dortmund anbieten, denn zur Zeit war in Köln ein einträglicher Handel aufgrund eines ungewöhnlichen Hochwassers nicht möglich. Ihren zukünftigen Gemahl hatte Melissa noch nie gesehen, sie wusste nur, dass er etwa zehn Jahre älter war als sie und bereits einmal verheiratet gewesen war. Seine Gemahlin war im Kindbett gestorben und mit ihr auch das Kind. Gabriel Scherf hatte es nach Aussage ihres Vaters zu einigem Wohlstand gebracht, weshalb sie sich glücklich schätzen sollte, eine so gute Partie zu machen.

„Melli...", quengelte Benjamin.

„Schon gut, ich frag mal Vater, ob wir kurz anhalten können!" Melissa krabbelte über die sorgfältig in grobes Tuch eingeschlagenen Seidenballen und schob die Plane aus Wachstuch, die zum Schutz vor Regen über das Gefährt gespannt war, zur Seite.

„Vater, Benni muss mal! Können wir einen Augenblick anhalten?", fragte sie den eingefallenen Mann, der entspannt die Zügel hielt. Fast schien es so, als wäre er kurz eingeschlafen, denn als Melissa ihn ansprach, zuckte er merklich zusammen.

„Äh, was? Oh, Mel, was hast du gesagt?" Er rieb sich tatsächlich über die Augen, als wolle er so den letzten Rest Schlaf vertreiben. Melissa lächelte in sich hinein. Ihr Vater, Hermann Berchtold, war bereits Mitte

Fünfzig und in der letzten Zeit mehrten sich immer häufiger die Anzeichen dafür, dass er längst kein junger Mann mehr war. Genaugenommen war er seit dem Tod von Melissas und Bennis Mutter vor vier Jahren immer mehr in sich zusammengefallen. Bei Melissas Geburt war ihre Mutter gerade einmal sechzehn Jahre alt gewesen. In den folgenden Jahren hatte sie mehrere Kinder verloren, bis vor fünf Jahren Benni auf die Welt gekommen war. Die Freude über den Stammhalter währte allerdings nur kurz, denn schon ein knappes Jahr nach seiner Geburt war ihre Mutter an einem Fieber gestorben, was ihr Vater bis heute nicht verwunden hatte. Hermann hatte seine junge Gemahlin aufrichtig geliebt und auch die junge Frau war ihrem viel älteren Gemahl mit der Zeit sehr zugetan gewesen.

Hermann Berchtold zuckte bedauernd die Schultern. „Mel, ich fürchte, wir können nicht schon wieder anhalten. Hofmeister", er deutete mit dem Kinn auf den vor ihm fahrenden Wagen, auf dessen Bock ein kräftiger Mann mit energischen Gesichtszügen eben die Peitsche auf den Rücken der unwillig den Kopf schüttelnden Ochsen knallen ließ, „ist ohnehin schon verstimmt, dass wir bereits so viel Zeit verloren haben. Du wirst mit Benni mal wieder absteigen müssen." Er seufzte, denn die Reise mit seinem kleinen Sohn gestaltete sich viel schwieriger, als er geglaubt hatte. Aber er konnte den Kleinen nicht zurücklassen, denn in Köln gab es keine Zukunft für die Familie. Er hatte in den Jahren seit dem Tod seiner geliebten Gemahlin das

Geschäft viel zu sehr vernachlässigt, hatte das für einen erfolgreichen Tuchhandel notwendige Gespür für einträgliche Abschlüsse vermissen lassen. Zu sehr hatte ihn die Trauer um seine Gemahlin in einen dunklen Strudel aus Schmerz und Gleichgültigkeit gerissen. Und so hatte er die Verlobung seiner Tochter mit dem angesehenen Dortmunder Kaufmann zum Anlass genommen, all sein Hab und Gut in Köln zu verkaufen und mit dem letzten Geld die Mitgift und diese sündhaft teuren Seidenstoffe zu finanzieren, die ihm nun einen Neustart in der für ihren Reichtum viel gerühmten Freien Reichsstadt Dortmund ermöglichen sollten. Darüber hinaus war ein weiterer Umstand hinzugekommen, der ihm einen Verbleib in Köln unmöglich machte und auch der Grund für die Verzögerung dieser Reise war. Ursprünglich hatten die Teilnehmer an diesem Kaufmannszug vorgehabt, sich von Köln aus bis Duisburg auf dem Rhein einzuschiffen, was erheblich sicherer gewesen wäre, als zu Land zu reisen. Zu Land war man viel häufiger Angriffen durch herum marodierende Räuber ausgesetzt. Es gab sogar Passagen auf dem Landweg, die kein Kaufmann ohne die Begleitung von teurem Geleitschutz durch Söldner in Angriff nahm! Seit einiger Zeit gab es aber keine Möglichkeit mehr, den Rhein gefahrlos zu befahren, denn ein Hochwasser, wie die Gegend es noch nie gesehen hatte, erlaubte es weder den flachen, mit wenig Tiefgang gebauten Oberländern, ihre wertvolle Fracht über diese Wasserstraße zu verschiffen, noch war der Rhein mit

Flößen oder Kähnen schiffbar, da er sich in ein reißendes Ungeheuer verwandelt hatte. Angefangen hatte es bereits im Februar, als der Rhein das erste Mal durch die beginnende Schneeschmelze Hochwasser führte, was freilich noch nicht so ungewöhnlich war und niemanden ernsthaft beunruhigte. Als die Regenfälle dann aber auch im folgenden Frühjahr nicht aufhörten und dafür sorgten, dass die gleichbleibend hohen Pegelstände das Aussähen des Korns auf den rheinangrenzenden Feldern unmöglich machten, hatten die ersten Bauern bereits von einer Strafe Gottes gesprochen. Der heiße, trockene Sommer, der folgte, hatte dann dazu beigetragen, dass man die Nöte des Frühjahres schnell vergaß, denn nun sorgten die trockenen, rissigen Böden für das andere Extrem. Ein Unwetter, das etwa Mitte Juli für vier Tage und Nächte über die Region hereinbrach, sorgte dafür, dass die ausgetrockneten Böden die Wassermassen nicht aufnehmen konnten und so die Flüsse über die Ufer traten. Hermann hatte Gerüchte gehört, dass im Mainzer Dom das Wasser etwa hüfthoch gestanden haben sollte und man in Köln mit dem Boot über die Stadtmauer fahren konnte. Ganze Dörfer sollten einfach weggeschwemmt und von der Landkarte verschwunden, tausende Menschen und unzähliges Vieh in den Fluten umgekommen sein. Inwieweit diese Schilderungen der Wahrheit entsprachen konnte er nicht sagen, denn mit eigenen Augen hatte er es nicht gesehen. Allein für Köln konnten die Berichte aber stimmen, denn selbst sein Haus, das weit ab vom

Rheinufer in der Nähe von Sankt Aposteln stand, hatte das Wasser erreicht und zumindest den Boden des Erdgeschosses bedeckt. Das hatte schließlich den Ausschlag für seine Entscheidung, Köln den Rücken zu kehren, gegeben, denn eine aufwändige Sanierung seines Kontors konnte er sich nicht leisten. Und so hatte er das Haus für einen Spottpreis verkauft, denn der neue Eigentümer zog natürlich den Schaden an dem Gebäude vom Kaufpreis ab. Hermann sah sich heute, knapp vier Wochen nach den dramatischen Ereignissen, in seinem Entschluss, Köln zu verlassen bestärkt, denn auch nachdem die größten Wassermassen inzwischen abgeflossen waren, ahnte man, dass auf den verschlammten Feldern und Wiesen auf lange Zeit kein Ackerbau möglich sein würde. Der fruchtbare Boden und mit ihm die Ernte war fortgeschwemmt worden und zurück blieb eine zähe, braungraue Masse von Schlamm und Unrat. Man musste kein Prophet sein, um zu erahnen, dass dem Hochwasser nicht nur in diesem Jahr eine Hungersnot folgen würde, denn viele Menschen hatten alles verloren. Und hungernde Menschen hatten andere Sorgen, als neues Tuch für Kleidung zu kaufen! Und so richtete Hermann seine gesamten Hoffnungen auf einen Neuanfang in Dortmund, das aufgrund seiner Lage wahrscheinlich von dem größten Hochwasser verschont geblieben sein sollte. Von den finanziellen Nöten ihres Vaters wusste Melissa freilich nichts, vor ihr hatte er seine Sorgen stets zu verbergen gewusst. Aber er würde ihr noch vor der Hochzeit die Wahrheit sagen müssen, denn er brauchte die Hilfe ihres Gemahls, um wieder auf die Füße zu kommen. Mit Gabriel hatte er bereits über seine prekäre Lage gesprochen und dieser war bereit gewesen, seinem zukünftigen Schwiegervater gegen eine hohe Beteiligung an den in beider Namen abzuschließenden Geschäften zunächst unter die Arme zu greifen. Er hatte Gabriel zufällig auf einer Handelsmesse in Frankfurt kennengelernt, bei der beide gehofft hatten, neue Geschäftspartner zu akquirieren. Sie waren einander durch einen befreundeten Tuchhändler vorgestellt worden und hatten recht schnell beschlossen, sich nicht aus den Augen zu verlieren, da sich beide hilfreiche Kontakte von dem jeweils anderen erhofften. Nach einigen Gläsern Wein und nachdem Hermann von seiner äußerst hübschen Tochter geschwärmt hatte, waren beide Männer schließlich überein gekommen, ihre neu entstandene Geschäftsbeziehung auf verwandtschaftliche Füße zu stellen und Melissa mit Gabriel zu verloben. Dabei lockte Hermann seinen zukünftigen Schwiegersohn mit der Ankündigung einer hohen Mitgift, von der er allerdings zu dem Zeitpunkt noch gar nicht wusste, wie er diese auftreiben sollte. Aber Gabriel biss an und alles Weitere würde sich dann schon finden. Und so hatte er bei seiner Rückkehr stolz verkündet, dass es ihm gelungen war, eine gute Partie für Melissa auszuhandeln, was diese allerdings mit gemischten Gefühlen zur Kenntnis genommen hatte, denn immerhin hatte sie diesen Gabriel noch nie gesehen.

Aber sie war dazu erzogen worden, einmal zum Wohle
des Geschäftes eine Ehe einzugehen. Dabei war es nicht
von Belang, ob sie ihren Gemahl liebte oder nicht.
Seufzend kletterte Melissa von dem Wagen und
bedeutete ihrem kleinen Bruder, ihr zu folgen.
„Komm, Benni, Vater kann nicht anhalten. Wir müssen
uns beeilen, sonst verlieren wir den Anschluss."
„Melli, darf ich Leo mitnehmen? Er ist so stark und
kann im Wald auf uns aufpassen!" Zärtlich drückte
Benni eine Holzfigur an sich, die einen Löwen
darstellte und die etwa so groß wie eine Männerhand
war. Die ehemals fein geschnitzte Mähne war schon
ziemlich abgegriffen und erinnerte Melissa eher an
einen Helm als an den beeindruckenden Kopfschmuck
dieser fremdländischen Tiere, aber Benni liebte dieses
Spielzeug heiß und innig und ließ seinen Leo niemals
aus den Augen.
„Natürlich kannst du Leo mitnehmen. Wir können in
diesem dunklen Wald wahrlich einen mutigen
Aufpasser gebrauchen!" Liebevoll strich Melissa ihrem
Bruder durch das wirre blonde Haar und hob ihn vom
Wagen. Sie hatten sich den ganzen Weg lang an den
westlichen Ausläufern des Sauerlandes orientiert und
waren so bis zur Burg Volmarstein gelangt, an deren
Fuße sie in dem einzigen Wirtshaus des kleinen
Dörfchens die Nacht verbracht hatten. Melissa hatte
sich mit Benni zeitig zurückgezogen, aber die anderen
hatten wohl noch lange beisammen gesessen und neue
Bekanntschaften geknüpft, denn am Morgen hatte sich
ihre Reisegruppe um zwei Männer vergrößert. Da diese

offensichtlich ortskundig waren, hatte man beschlossen, die im Tal fließende, ebenfalls Hochwasser führende Ruhr über eine Furt westlich der Burg Wetter zu passieren, die zum Herrschaftsbereich der Grafen von der Mark gehörte. Überhaupt befand sich der Kaufmannszug bereits seit einiger Zeit auf dem Grund und Boden der Grafenfamilie, was an den zahlreichen Zollstellen zu erkennen war, die im Namen derer von der Mark die zum Teil horrenden Abgaben kassierten. Der gewählte Weg hatte darüber hinaus den Vorteil, dass die strengsten Steigungen, die weiter östlich auf die Reisenden warteten, umgangen werden konnten, obwohl auch hier das Ardeygebirge den ein oder anderen Hügel in die Landschaft schob. Nachdem sie die schlammigen Steigungen der Freiheit Wetter ohne Zwischenfälle überwunden hatten, hatten sie sich in nordöstlicher Richtung gehalten und waren schließlich an einigen versprengt stehenden Bauernkaten vorbeigekommen, die zum Dorf Herdecke gehörten. Dort war man allerdings wenig gastfreundlich gewesen und hatte dem Zug kurzerhand verboten, ein Nachtlager aufzuschlagen, so dass sie unverrichteter Dinge hatten weiterziehen müssen. Nun war es fast schon dunkel und sie hatten immer noch keinen Platz für ihr Nachtlager gefunden und in der Tat war der sie umgebende Wald in diesem diffusen Dämmerlicht, das die nahende Nacht ankündigte, nicht gerade einladend. Wenn sie nicht bald einen geeigneten Lagerplatz finden würden, würde es für Mensch und Tier eine ungemütliche Nacht werden, das wusste Melissa. Sie dachte mit Bedauern an die letzte Nacht in dem einladenden Gasthaus, als sie wenigstens einen Strohsack als Lager zugewiesen bekommen hatte, aber immerhin hatten die beiden Männer ihnen versichert, dass der eingeschlagene Weg bald auf eine Lichtung führen würde, wo sie endlich rasten konnten.

Benni trabte, fröhlich wie ein Löwe brüllend, oder besser gesagt, wie er sich das Brüllen eines Löwen vorstellte, denn wirklich gehört hatte es noch niemand von ihnen, voran und schwenkte dabei seinen Leo wie einen Vogel durch die Luft. Melissa folgte ihm lächelnd durch das dichte Unterholz, bis Benni schließlich anhielt.

„Meinst du, hier ist die richtige Stelle?", fragte er Leo, und als der Löwe zustimmend mit dem Kopf nickte, begann er, an seiner Hose zu nesteln. Kaum hatte Benni sein Geschäft verrichtet, als wüstes Geschrei und Lärm die beiden aufhorchen ließ.

„Was ist das?", flüsterte Benni ängstlich, denn obwohl sie keine einzelnen Wörter verstehen konnten, so war doch eindeutig, dass hier mindestens ein handfester Streit im Gange war, wenn nicht Schlimmeres.

„Ich weiß es nicht, Benni." Melissa legte den Zeigefinger an die Lippen und bedeutete Benni so, ruhig zu sein.

„Ich gehe mal nachsehen. Du bleibst schön hier, Leo passt ja auf dich auf. Versteck dich dort im Gebüsch und komm erst raus, wenn ich dich hole, hast du verstanden?" Melissa packte Benni bei den Schultern und schob den Jungen hinter einen dichten

Vogelbeerbusch. Benni machte große Augen und schob den Daumen in den Mund, gehorchte aber widerstandslos. Nach einem kurzen Blick zurück, mit dem Melissa sich davon überzeugte, dass Benni auch wirklich nicht zu sehen war, schlich sie vorsichtig durch das Unterholz zurück. Der Lärm wurde immer lauter und Melissa stellten sich die feinen Härchen in ihrem Nacken auf. Das war eindeutig Kampflärm! Laute Schreie, Stöhnen, Klirren von Metall auf Metall und dazwischen das aufgeregte Gebrüll der Zugochsen beschworen Bilder in Melissas Kopf herauf, die allerdings von der Wirklichkeit in ihrer Grausamkeit noch übertroffen wurden, als sie hinter dem dicken Stamm der Eiche hervorlugte, um zu sehen, was dort vor sich ging. Etwa ein knappes Dutzend Männer, auf kräftigen Pferden oder zu Fuß, mähten mit Schwertern und Messern alles nieder, was sich ihnen in den Weg stellte. Der Waldboden war bereits von dem Blut der Opfer aufgeweicht und als Melissa den Zugführer Hofmeister mit herausquellenden Eingeweiden neben seinem Wagen liegen sah, presste sie eine Hand vor den Mund, um nicht laut aufzuschreien. Der Zug war überfallen worden und es sah so aus, als wenn niemand dieses Gemetzel überleben würde. Was war mit ihrem Vater? Hatte er sich verstecken können? Oder war er bereits tot? In dem Bewusstsein, dass sie hier nichts tun konnte, wandte sie sich um. Sie musste wenigstens Benni retten! Ganz plötzlich verstummten die Geräusche und sie hörte eine raue Männerstimme fragen: „Habt ihr alle erwischt? Es darf niemand überleben!"

Melissa duckte sich hinter den Stamm der Eiche und schickte ein Stoßgebet zum Himmel.

„Melli, bist du hier? Ich habe Angst!" Benni! Melissas Herzschlag setzte einen Moment aus, aber noch bevor sie reagieren konnte, wurde sie auch schon hart am Handgelenk herumgerissen.

„Na, wen haben wir denn da?" Sie blickte in ein bärtiges Gesicht, das von strähnigem Haar umrahmt wurde und als der Kerl seine rissigen Lippen zu einem lüsternen Grinsen verzog, entblößte er mehrere schwarze Zahnstummel. Er zerrte sie am Arm auf den Weg und gab ihr einen Stoß, so dass sie in einer Pfütze aus Dreck und Blut auf die Knie fiel. Ein Hüne, die Gugel seines schwarzen Umhangs tief in das Gesicht gezogen, wendete sein Pferd und ritt auf sie zu. Langsam umkreiste er Melissa, die am ganzen Leib zitterte und sich nicht traute, hochzuschauen. Sie konnte auch nicht nach rechts oder links schauen, zu abscheulich waren die wenigen Bilder, die sich in der Kürze der Zeit in ihr Innerstes geschlichen hatten.

„Das ist ein appetitlicher Happen, Gernot! Mit ihr werden wir heute Abend diesen einträglichen Ausflug feiern. Fessle sie und dann nichts wie weg hier!" Der Anführer der Truppe wendete sein Pferd.

„Warum so lange warten, Meister?" Er zog Melissa wieder auf die Füße und drängte sie gegen ein Fuhrwerk. Seine gierigen Finger glitten in ihren Ausschnitt und betasteten ihre Brüste. Als der stinkende Atem des Mannes ihr ins Gesicht schlug, löste sich ihre Erstarrung und sie stieß mit ihrem Knie in Richtung Schritt des Mannes, aber da er sie um mehr als zwei Köpfe überragte, traf sie nur seinen Oberschenkel. Anstatt sie loszulassen, lachte er nur. Dann schlug er ihr so heftig ins Gesicht, dass sie mit dem Kopf gegen das harte Holz des Karrens hinter ihr stieß. In ihrem Kopf explodierten tausend Lichter und als der nächste Schlag sie traf, sank sie hilflos zu Boden. „Lass sie los, du böser Mann. Du tust ihr weh!" Wie durch einen Nebel sah Melissa, dass Benni dem Kerl heftig vor das Schienbein trat. Benni! Das hatte ihr gerade noch gefehlt! Ohne Melissa loszulassen, trat der Kerl dem Jungen gegen die Brust, so dass er aufjaulend in den Matsch fiel. Inzwischen war der Hüne auf die Szene aufmerksam geworden. Wütend baute er sich vor Gernot und Melissa auf.

„Du stinkender Haufen Dreck lässt die Metze jetzt in Ruhe. Sie ist heute Abend für alle da, und ich...", er beugte sich drohend aus dem Sattel zu seinem Mann herab, „bin dein Anführer. Ich bin der Erste, der sie besteigt und erst, wenn ich mit ihr fertig bin, seid ihr dran, verstanden?!"

„Ist ja schon gut." Murrend fing Gernot den Strick auf, den der Hüne ihm zuwarf. Wenn der Meister mit ihr fertig wäre, würde sie zu nichts mehr zu gebrauchen sein. Während er Melissa fesselte, deutete er mit dem Kinn auf den am Boden liegenden und sich vor Schmerzen windenden Benni.

„Und was machen wir mit der kleinen Kröte da?"
„Na was wohl?" Der Hüne fuhr sich mit der

Handkante über den Hals.

„Neeiinnn!" Melissas Welt zerbarst mit den Worten des Hünen in tausend Scherben, der Boden unter ihren Füßen begann zu schwanken und ihr Kopf füllte sich mit einem zähen Nebel, bevor es schwarz um sie herum wurde.

***

Es war nun Zeit, seine Pläne erneut voranzutreiben. Man hatte die süße Gerlin am Fuße der Kirche gefunden, erschlagen von einem maroden Heiligen aus Stein, der sich nach einem Sturm offensichtlich gelöst hatte. Man hatte sich nach eingehender Untersuchung darauf geeinigt, dass es sich bei Gerlins Tod um einen schrecklichen Unfall handelte, denn Beweise für das Gegenteil gab es nicht, allenfalls einige Ungereimtheiten. So hatte man einige Spuren gefunden, die darauf hindeuten konnten, dass die schwere Steinfigur möglicherweise von ihrem Sockel gelöst worden war, aber da gleichzeitig auch Ausbesserungsarbeiten an der Fassade der alten Kirche stattgefunden hatten, hatte man diese Spur nicht weiter verfolgt. Und so behandelte man den Tod der jungen Frau am Ende wie ein unabwendbares Unglück, tragisch zwar, vor allem für ihre Familie, aber eben ein Unglück, wie es jederzeit geschehen konnte. Und so hatte man Gerlin unter großer Anteilnahme der Bevölkerung zu Grabe getragen und nach und nach war auch das hartnäckigste Gerücht und die haarsträubendste Spekulation über ihren Tod verstummt und man ging seinen Tagesgeschäften nach, während die schöne Gerlin in ihrem Grab verfaulte.

Und nun erforderte der Zeitpunkt, dass er erneut handelte. In wenigen Tagen würde die liebliche Brida als Nonne in den Konvent der Prämonstratenserinnen eintreten und mit ihr würde eine beachtliche Mitgift in das Eigentum dieser bigotten, diebischen Elstern übergehen. Zwar war bereits bei ihrem Eintritt als Novizin eine Zahlung geleistet worden, aber die Umsicht ihres Vaters hatte die Möglichkeit berücksichtigt, dass seine jüngste Tochter, sollte sie doch keinen Gefallen an einem Leben als Braut Christi finden, nicht ohne eine üppige finanzielle Absicherung zurück ins weltliche Leben treten musste. Nicht, dass Bridas Entscheidung für oder gegen ein Leben im Kloster etwas an der Tatsache geändert hätte, dass ihr Leben ohnehin verwirkt war. Ihr Tod war notwendig und so unausweichlich wie der Tag auf die Nacht folgte. Dabei spielte es keine Rolle, ob das süße Geschöpf nun Jesus oder einen Mann aus Fleisch und Blut wählte, vielmehr würde in beiden Fällen eine beachtliche Summe Goldes den Besitzer wechseln, und das konnte er nicht zulassen.

Er hatte sich sorgfältig im Schatten einer alten Eiche verborgen und beobachtete die kleine Pforte an der Südseite des Katharinenklosters. Da er nichts dem

24

Zufall überlassen konnte, hatte er das Kloster bereits seit einiger Zeit beobachtet. Dabei kam ihm der Umstand zugute, dass das kleine Dorf Kercklinde, das zu den Besitzungen des Klosters gehörte, nur wenige Meilen nordwestlich von Dortmund entfernt lag. Das machte es ihm leicht, diese kurze Entfernung regelmäßig zurückzulegen, ohne großes Aufsehen zu erregen. Und so hatte er herausgefunden, dass Brida regelmäßig zum Arbeiten auf der Obstwiese eingeteilt war und dazu durch eben diese Pforte das Kloster für kurze Zeit verließ. Während er wartete, dass sich der kleine Durchlass öffnete, versuchte er, der Empfindungen Herr zu werden, die ihn bei dem Gedanken an das Bevorstehende erfassten. Seit dem Tod seines Vaters, den er entscheidend beschleunigt hatte, hatte er zum ersten Mal wieder bei dem Blick in Gerlinds sterbende Augen diese besondere Erregung empfunden. Es hatte sich angefühlt wie damals, vor vielen Jahren, als er das erste Mal mit einer Magd im Heu verschwunden war. Diese Neugier, dieses erregte Prickeln auf seiner Haut. Und dann der Ausdruck in ihren Augen, als er ihr in seiner Erregung den Hals zugedrückt hatte... Seufzend schloss er die Augen und horchte auf die wieder erwachenden Gefühle. Er hatte damals früh genug die Kontrolle wieder erlangt und die Magd hatte nur um Luft ringen müssen. Aber an diesem Tag war der Hunger in ihm erwacht, dieser unstillbare Hunger, Grenzen zu überschreiten! Das erste Mal hatte er diesem Drang nachgegeben, als sein Vater ihm Vorhaltungen wegen seines Lebenswandels gemacht hatte. Er sei ein verfluchter, nutzloser Hurensohn, der das Vermögen, das er, sein Vater, im Schweiße seines Angesichts... Kalt lächelnd hatte er die üblen Beschimpfungen beendet, indem er seinem Erzeuger die Hände um den Hals legte und zudrückte, so lange, bis die wässrigen Augen des Alten fast aus ihren Höhlen traten und sich das fratzenhafte Gesicht blau verfärbte. Unbarmherzig hatte er den Griff erst gelockert, als er sicher sein konnte, dass sein Erzeuger niemals wieder dieses Gift versprühen würde, mit dem er ihn seit seiner Geburt verfolgte. Nichts, was er tat oder sagte, war jemals gut genug, kein Handel so, wie der Alte es sich von ihm wünschte... Und als endlich Ruhe war, tödliche Ruhe, hatte diese Empfindung alles andere verdrängt. Was blieb, war ein überwältigendes Gefühl der Macht, Macht über Leben und Tod, über Stärke und Schwäche, über Beherrschen und Unterwerfen...

Er spürte wieder dieses Kribbeln in seinem gesamten Körper, dieses vollkommene Gefühl der Macht, als sich die Pforte endlich öffnete und Brida heraustrat. Sie war nicht alleine, denn eine weitere Novizin schritt mit ihr durch die Pforte. Das Kichern der beiden erfüllte die schwüle Nachmittagsluft, der schwere Duft des Sommers, nach Levkojen und Rosen, wehte zu ihm herüber. Aber all das erreichte seine Sinne nicht. Er trat aus dem Schatten des alten Baumes heraus und schlenderte auf die beiden Mädchen zu. Zunächst bemerkten sie ihn nicht, aber dann hob Brida ihre Hand an die Augen, um sie vor dem gleißenden

Sonnenlicht zu beschatten. Als sie ihn schließlich erkannte, glitt ein kleines Lächeln über ihr Gesicht. „Ihr seid es!" Dann kniff sie ihre schönen, blauen Augen zusammen. „Ist etwas passiert? Ist etwas mit Beata?" Ein mächtiger Fausthieb beantwortete ihre Frage, und während sie zu Boden sank, wandte er sich dem anderen Mädchen zu, in deren Augen er diese köstliche Angst lesen konnte.

***

Der bohrende Schmerz in Melissas Kopf ließ nicht zu, dass sie etwas anderes wahrnahm als Übelkeit, Schwindel und seltsam gedämpfte Töne. Sie versuchte krampfhaft, die Augen zu öffnen, obwohl sie Angst vor dem hatte, was sie dann vielleicht zu sehen bekäme. Tapfer kämpfte sie mit ihren schweren Lidern und es gelang ihr tatsächlich nach einiger Zeit, zu blinzeln. Aber das, was sie sah, ließ sie erstarren. Ein riesiger Dämon hielt Benni in den Armen, schwarze Schwingen umfingen den leblosen Körper und als der Dämon sich zu ihr umdrehte, schienen seine schwarzen Augen Funken zu sprühen. Alles an dieser Gestalt war schwarz, das Haar, die Augen, der Umhang, die Beinlinge... Und obwohl Melissa nicht wirklich an Dämonen glaubte, so war das hier zweifellos einer! Es war ganz sicher Abaddon, der Ritter der Hölle, und um sie herum, das war die Apokalypse, ganz sicher! Als er langsam auf sie zukam, ihren leblosen Bruder fest an sich pressend, wusste sie, dass sie verloren war. Benni war tot und sie würde sein Schicksal gleich teilen! *Bitte lass es schnell vorbei gehen!*, dachte Melissa, bevor sie wieder das Bewusstsein verlor.

Melissa fühlte das Höllenfeuer in ihrem Körper wüten, sie wurde aufgefressen von der Hitze und ihre Kehle war so trocken wie der Sand am Ufer des Rheins in Köln nach einem Sommertag. Sie hatte das Gefühl, in ihrem Schädel hause ein böser Geist, der unablässig mit einem Hammer auf Eisen einschlug und dabei in dem Strudel ihrer Gedanken rührte. Im Augenblick konnte sie nicht einmal erfassen, ob sie bereits in der Hölle schmorte oder noch am Leben war. Sie öffnete probehalber die Augen ein kleines Stück, aber ihre Pupillen zuckten wie Blitze durch den Raum, unfähig, länger an einem Punkt zu verweilen. Alles drehte sich und ihr war hundeelend zumute, aber nach einiger Zeit gelang es ihr doch, ihre Umgebung wahrzunehmen. Sie lag auf einem Lager aus Stroh, um sie herum war es dämmrig und ganz offensichtlich befand sie sich in einer kleinen Hütte, wie die einfachen Holzwände und der gestampfte Lehmboden verrieten. In einer Ecke hing über einem kleinen Feuer ein einfacher Kessel, dem ein appetitlicher Geruch entströmte. Plötzlich merkte sie, dass sie hungrig und durstig war. *Konnte man tot sein, wenn man derart menschliche Gelüste verspürte?* Melissa versuchte sich aufzurichten, was ihr Kopf mit einem stechenden Schmerz belohnte.

„Na, Kindchen, bist du endlich wach?"
Erschrocken wanderten Melissas Augen durch den kleinen Raum. Sie war nicht alleine! Mühsam drehte sie den Kopf in die Richtung, aus der die Stimme kam.
„Du hast sicherlich Durst." Eine kleine Gestalt schälte sich aus dem Halbdunkel und goss eine Flüssigkeit in einen Becher, den sie Melissa reichte. Dankbar nahm diese den Becher und es gelang ihr trotz ihrer zitternden Hände einige Schlucke zu trinken. Das Gebräu schmeckte seltsam, aber Melissa war zu durstig, um sich daran zu stören. Mit großen Schlucken stürzte sie die Flüssigkeit hinunter.
„Wo bin ich? Was ist geschehen?" Noch zitterte ihre Stimme und hörte sich in ihren eigenen Ohren fremd an. Immerhin hatte der Schwindel etwas nachgelassen und Melissa gelang es, ihre Umgebung genauer zu mustern. Vor ihr hockte ein altes Weib in einem einfachen aber sauberem Kittel. Die grauen Haare waren zu einem einfachen Zopf geflochten und das faltige Gesicht wurde beherrscht von wachen, wasserblauen Augen, die sie nun aufmerksam musterten. Prüfend legte die Alte eine Hand an Melissas Stirn.
„Du hast noch etwas Fieber, aber ich glaube, das Schlimmste hast du überstanden. Du warst in keiner guten Verfassung, als Raban dich hierher gebracht hat!"
„Aber was ist passiert?"
Die Alte wiegte ihren Kopf und sah Melissa prüfend an. Dann reichte sie ihr erneut einen Becher, der

diesmal aber nur reines Wasser enthielt.

„Ich hatte gedacht, du könntest mir sagen, was passiert ist. Du hast offensichtlich einen kräftigen Schlag auf den Kopf abbekommen bei dem Überfall."

„Überfall?" Nur ganz langsam stiegen Bilder in Melissas Erinnerung auf. Sie war mit ihrem Vater und ihrem kleinen Bruder auf dem Weg nach Dortmund zu ihrem Verlobten gewesen.

Vater! Benni! Ein unsagbarer Schmerz griff nach ihrem Herzen und schnürte ihr die Kehle zu. Sie konnte die Tränen nicht zurückhalten, die sich in ihren Augen sammelten und wollte das auch gar nicht.

„Wir waren auf dem Weg nach Dortmund als...als sie uns überfielen." Melissas Stimme war kaum mehr als ein Hauch.

„Es war...schrecklich! Überall Blut und...sind alle tot?" Die Alte tätschelte beruhigend Melissas schmale, zitternde Hand. Dann räusperte sie sich.

„Ja, alle. Bis auf...einen kleinen Buben. Und dich. Raban konnte nichts mehr tun, aber immerhin hat er zwei von ihnen erwischt. Er konnte sie nicht verfolgen, weil er sich um dich und den Kleinen kümmern musste."

Ganz langsam schob sich ein kleines Gesichtchen mit blonden Haaren und grünen Augen in ihr Bewusstsein. War es möglich, dass Benni noch lebte?

„Benni, er lebt? Aber ich...ich dachte...weil doch der schwarze Dämon ihn geholt hat." Ängstlich sah Melissa sich um, gerade so, als ob sie den schwarzen Teufel damit herbeirufen würde.

Kopfschüttelnd sah die Alte sie an.

„Kindchen, was redest du denn da für einen Unsinn! Welcher Dämon? Der Schlag auf deinen Kopf war doch wohl härter als ich dachte. Raban war auf dem Weg nach Hause als er die Räuber überraschte. Er fand den Kleinen und dich und brachte euch zu mir." Sie deutete mit dem Kopf auf eine Stelle im hinteren Teil der Hütte, der in vollkommener Dunkelheit lag.

„Benni!" Melissa konnte kaum glauben, dass das undefinierbare Bündel, das sich schemenhaft in der dunklen Hütte abzeichnete, ihr Bruder war. Erneut versuchte sie aufzustehen, aber die Alte hielt sie davon ab.

„Er schläft, es geht ihm soweit gut. Er hat Schreckliches mit angesehen und wohl auch einige Schläge einstecken müssen, aber der kleine Kerl ist hart im Nehmen. Wie du übrigens auch. Einige Zeit lang dachte ich, du schaffst es nicht. Du warst ziemlich übel zugerichtet, als Raban dich brachte. Und dann kam dieses Fieber dazu, aber nun geht es dir offensichtlich besser." Die Alte deutete auf den Kessel, der über dem Feuer hing.

„Hast du Hunger?"

Melissa nickte schwach. Es duftete herrlich nach Hühnerbrühe und ganz allmählich kehrten ihre Lebensgeister zurück. Als die Alte mit einer Schale zurückkam, richtete Melissa sich auf, was diesmal gelang, und begann, hungrig die heiße Suppe zu löffeln. Viele Fragen, auf die sie dringend eine Antwort haben wollte, kreisten durch ihren Kopf. Wo war sie? Wer war die Alte? Und wer war dieser Raban, der sie ganz offensichtlich vor den Räubern gerettet und hierher gebracht hatte? Plötzlich hielt sie inne, als ihr ein schrecklicher Gedanke kam. Hatten die Männer nicht davon gesprochen, sie mit ins Lager zu nehmen und...und sich dann an ihr zu vergehen? Hatte dieser Raban sie vorher oder doch erst nachher gefunden? Sie fühlte in sich hinein, aber alles war wie immer, sah man von den Kopfschmerzen und dem Schwindel einmal ab. Aber sie musste Gewissheit haben.

„Hat man mich...bin ich...also die Männer sprachen davon, dass...", stotterte sie, aber die Alte legte ihr beruhigend eine Hand auf den Arm.

„Falls du wissen willst, ob sie dich geschändet haben: nein. Dazu ist es nicht gekommen, weil Raban eingriff noch bevor sie dich wegschaffen konnten. Aber es war wohl um Haaresbreite, denn sie hatten ihre Beute schon auf einen Wagen geladen und waren gerade im Begriff, sich davon zu machen. Raban hat zwei von ihnen erwischt, aber dann musste er sich entscheiden, ob er sich um dich und den Kleinen kümmert, oder ob er die Schurken mit ihrer übrigen Beute verfolgt. Er kann sehr gut mit dem Schwert umgehen, aber gegen diese Burschen hätte wohl selbst er keine Chance gehabt, wenn sie nicht von sich aus geflohen wären. Wahrscheinlich war ihnen am Ende die Beute wichtiger als du."

„Und wer ist dieser Raban, dem ich offensichtlich mein Leben und das meines Bruders verdanke? Und wer seid Ihr und wo bin ich?" Melissa stellte die Schüssel beiseite. Die Brühe hatte ihr gut getan und sie fühlte sich schon um einiges besser. Die Alte lächelte sie an, wobei sich viele kleine Fältchen um ihre Augen bildeten.

„Es zeugt von deiner guten Erziehung, wenn du mich so ehrerbietig anredest, aber ich heiße Hilde, einfach nur Hilde. Und Raban kümmert sich um mich, wann immer er Zeit dafür findet. Er ist ein guter Junge, wenn auch nicht alle so denken." Für den Bruchteil eines Augenblicks huschte ein trauriger Ausdruck über ihr faltiges Gesicht. Dann räusperte Hilde sich, griff nach einem hölzernen Becher und füllte ihn mit einem stark riechenden Gebräu, das in einem zweiten Topf über der Feuerstelle blubberte. Sie reichte Melissa den Becher bevor sie fortfuhr.

„Wir sind hier in meiner Hütte, knapp eine Tagesreise von Dortmund entfernt. Du warst auf dem Weg dorthin, sagtest du?"

Melissa nahm den Becher und roch an der trüben Flüssigkeit, bevor sie einen kleinen Schluck probierte und sofort das Gesicht verzog.

„Ja, mein Vater, mein Bruder und ich waren auf dem Weg zu meinem Verlobten. Die Hochzeit soll bald stattfinden..." Heiße Tränen stiegen in ihr auf, als ihr bewusst wurde, dass es das vorbestimmte Leben, das sie noch vor wenigen Tagen erwartete, so nicht mehr geben würde. Ihr Vater war tot, grausam ermordet, und außer Benni hatte sie nun keine Familie mehr. Wie sollte es denn nun weitergehen?

„Ich weiß, was es bedeutet, alles zu verlieren, das einem etwas bedeutet. Aber glaub mir, das Leben geht weiter und es liegt an dir, in welche Richtung du gehst." Tröstend legte die Alte ihre Hand auf Melissas Arm und drückte ihn leicht. Aber Melissa wollte nicht getröstet werden, sie wollte einfach nur trauern. Um ihren Vater, das vertraute, sichere Leben, das sie noch vor wenigen Tagen erwartet hatte. Um das Gefühl der Sicherheit und Geborgenheit, das ihr Vater ihr stets vermittelt hatte und das nun ein für alle mal mit ihm gestorben war. Nie wieder würde sie ihn um Rat fragen können, nie wieder würde er ihr tröstend über das Haar streicheln, wenn sie glaubte, alles falsch gemacht zu haben.

„Melli..." Ganz dünn und ängstlich klang eine Kinderstimme an ihr Ohr und riss sie brutal in die Wirklichkeit zurück.

„Benni, lieber kleiner Benni!" Sie wollte aufstehen und zu ihm gehen, ihn ganz fest in die Arme nehmen, aber als sie sich hinsetzte, kamen die Übelkeit und die hämmernden Kopfschmerzen mit solcher Macht zurück, dass sie unfähig war, sich auch nur eine handbreit zu bewegen. Stattdessen nahm sie wie durch einen Nebel wahr, dass Hilde sich ächzend erhob und zu Benni ging.

„Komm, mein Kleiner, ich helfe dir. Deiner Schwester geht es nicht gut, sie kann nicht aufstehen." Zuerst wehrte sich Benjamin heftig gegen die Berührung der alten Frau, schrie und trat um sich, aber als Melissa begann, leise ein altes Kinderlied zu summen, das sie ihm früher immer vorgesungen hatte, beruhigte er sich langsam und gab nach einiger Zeit seinen Widerstand gegen die Berührung der Alten auf. Behutsam half sie dem Kind, sich aus der Decke zu schälen, die sich noch bis vor wenigen Augenblicken wie eine schützende Hülle über ihm ausgebreitet hatte. Auf wackeligen Beinen kam Benni auf Melissa zu, gestützt von der alten Frau. Als er schließlich vor ihr stand, sog Melissa scharf die Luft ein. Himmel, wie sah der Kleine denn aus?! Sein kleines Gesicht war zugeschwollen, eine Augenbraue aufgeplatzt und verkrustetes Blut verstopfte seine Nase. Seine krumme Haltung sagte Melissa gleichzeitig, dass auch sein kleiner Körper von Schmerzen geplagt wurde. Fragend sah sie Hilde an. Die zuckte bedauernd die Schultern.

„Bisher hat er sich von mir nicht anfassen lassen. Ich konnte ihn nicht waschen, er hat geschrien wie am Spieß, wenn ich auch nur in seine Nähe kam. Ich konnte ihn nur kurz untersuchen, als Raban euch brachte, als er noch bewusstlos war. Ich glaube, es ist Gott sei Dank nichts gebrochen, aber er hat wohl eine Menge Schläge wegstecken müssen, der arme Kerl."

Melissa ergriff Bennis Hand und zog ihn zu sich heran. Er zitterte am ganzen Körper und ein Blick in seine stumpfen, leeren Augen schmerzte Melissa mehr als alle Verletzungen, die sie davongetragen hatte.

„Benni, ich bin es, Melissa. Komm her zu mir. Hast du große Schmerzen?" Aber Benni rührte sich nicht vom Fleck und starrte stattdessen an ihr vorbei, irgendwo auf einen Punkt hinter ihr.

„Er spricht nicht." Hilde schob ihn noch ein kleines Stück auf Melissa zu.

Die Berührung schien ihn aus seiner Abwesenheit zu reißen und er sah Melissa an. Plötzlich rannen Tränen aus seinen Augen und er warf sich schluchzend in die Arme seiner Schwester. Melissa begann wieder, das alte Kinderlied zu summen und drückte den kleinen zitternden Kerl fest an sich. Später wusste sie nicht mehr, wie lange sie so dagesessen waren, aber als sie am nächsten Morgen erwachte, lag Benni eng an sie gekuschelt auf dem einfachen Lager, den schmutzigen Daumen im Mund und schien sich etwas beruhigt zu haben.

Gott, was hast du uns nur angetan! Und wie soll es weitergehen? Was soll ich jetzt bloß tun?, dachte Melissa ein ums andere Mal, aber sie hatte auf all ihre Fragen keine Antwort, und auch Gott hielt sich mit einem Ratschlag zurück.

***

„Wenn Ihr mir bitte folgen würdet." Der Büttel verneigte sich vor Raban van Gehrden und trat einen Schritt zurück.

„Was gibt es denn so dringendes, Gerwin? Hat es mit dem Überfall auf den Handelszug vor ein paar Tagen zu tun?" Raban griff sich seine Heuke, die neben der Tür auf einem Haken hing und warf sie sich über, bevor er dem Büttel folgte, der bereits einige Schritte voraus war.

„Gerwin, so warte doch! Meine Güte, was ist denn so eilig?"

Aber statt einer Antwort beschleunigte der Angesprochene seine Schritte abermals, so dass Raban Mühe hatte, ihm durch das dichte Gedränge, das wie immer auf dem Alten Markt in der Freien Reichsstadt Dortmund herrschte, zu folgen. Er wurde das Gefühl nicht los, dass Gerwin nicht schnell genug den Befehl seines Herrn ausführen konnte, weil dahinter eine unerfreuliche Nachricht lauerte. Jerg von Arnstetten war seit einiger Zeit Schöffe beim städtischen Gericht und hatte in dieser Eigenschaft offensichtlich den Büttel mit der Aufgabe betraut, Raban so schnell wie möglich in seine Amtsstube zu bringen. Und hierbei schien es sich offenbar um eine sehr dringende, sehr unerfreuliche Angelegenheit zu handeln, denn Raban kannte seinen Freund Jerg gut genug, um hinter der Eile eine schlechte Nachricht zu vermuten. Auch die Tatsache, dass sich der sonst so geschwätzige Gerwin heute nicht mehr als die Aufforderung, Raban solle sich unverzüglich in die Amtsstube des Herrn von Arnstetten begeben, entlocken ließ, verhieß nichts Gutes. Auf dem kurzen Weg zum Rathaus grübelte Raban, was Jerg wohl von ihm wollte. Vielleicht ging es um den Überfall auf den Handelszug, bei dem er im letzten Augenblick das Mädchen und den kleinen Jungen hatte retten können. Jerg war nicht gerade erfreut gewesen, als er erfuhr, dass Raban sich eigenmächtig zur Aufgabe gemacht hatte, diesen

Halunken das Handwerk zu legen. Zwar litt die Gegend seit einiger Zeit unter den dreisten, brutalen Überfällen auf Handelszüge, und auch Raban hatte schon erhebliche Verluste hinnehmen müssen. Das alles berechtigte ihn aber noch lange nicht, die Sache selbst in die Hand zu nehmen. Dafür gab es schließlich die Söldner, die die Stadt eigens dafür angeheuert hatte und die mit Rückendeckung und auf Anweisung des Rates durch die Wälder streiften, um die Bande dingfest zu machen. Allerdings, das musste Jerg dann doch zugeben, standen die Kosten für diese kleine Armee in keinem Verhältnis zu den Ergebnissen, die der versoffene Hauptmann der Truppe wöchentlich dem Rat präsentierte. Außer, dass es sich bei den Halunken um eine etwa ein dutzend Mann starke Bande handelte, deren Anführer sich „der schwarze Meister" nannte, hatte die verlotterte Truppe noch nichts Nennenswertes herausgefunden. Dafür stiegen die Kosten für die Bewirtung der Söldner in den umliegenden Schänken stetig, und Jerg hatte starke Zweifel, dass der Grund für die zahlreichen Aufenthalte dort die Befragung der Reisenden und die Erlangung neuer Erkenntnisse über die Räuber war. Und so hatte er schließlich doch über Rabans eigenmächtiges Handeln hinweggesehen, denn er hatte nicht nur das Leben zweier Menschen durch sein zwar unüberlegtes, aber immerhin erfolgreiches Eingreifen gerettet, er konnte darüber hinaus auch berichten, wie es seiner Meinung nach zu dem Überfall gekommen war. Raban war zufällig in einem Gasthaus Zeuge geworden, wie zwei Männer den Anführer des Handelszuges baten, sie doch ein Stück Weges mitreisen zu lassen, da zwielichtiges Gesindel in dieser Gegend sein Unwesen trieb und sie allein unterwegs waren. Der Mann hatte zugestimmt und Raban hatte nicht weiter zugehört. Erst später, als er zufällig Zeuge des Überfalls wurde und im Nachhinein die beiden Männer nicht unter den Toten des Handelszuges fand, hatte er Verdacht geschöpft. Es sah ganz so aus, als wenn die Beiden als Lockvögel agiert und die arglosen Kaufleute in einen Hinterhalt gelockt hatten. Diese Information war mehr, als die Söldnertruppe in den vergangenen Wochen herausgefunden hatte und so ließ Jerg das eigenmächtige Handeln seines Freundes auf sich beruhen.

All das ging Raban durch den Kopf, während er sich einen Weg durch die geschäftig hin und her eilenden Menschen bahnte. Nach kurzer Zeit gelangten sie zum Rathaus, in dem sich die Amtsstube des Schöffen befand und ein ungutes Gefühl beschlich Raban. Es war noch gar nicht so lange her, seit er sich hier für den Tod seiner Frau hatte verantworten müssen. Es war eine tragische Geschichte mit tödlichem Ausgang gewesen. Isabel hatte ihr Kind bei der Geburt verloren und war darüber nicht hinweggekommen. Zuerst hatte sie ihn dafür verantwortlich gemacht und sich auch nicht gescheut, dieses in aller Öffentlichkeit zu tun. Und als herauskam, dass er nicht der Vater des Kindes war, war man geneigt, ihren Beschuldigungen zu glauben. Immerhin war es nicht gänzlich ausgeschlossen, dass sich der gehörnte Gatte auf diese Weise nicht nur für die erlittene Schmach rächen, sondern sich gleichzeitig auch den Beweis für die Untreue seiner Gemahlin vom Hals schaffen wollte. Aber da Raban zu der fraglichen Zeit gar nicht im Hause war, konnte man ihn auch nicht belangen. Die Gerüchte, die sich um den Tod des Kindes rankten, wollten allerdings lange Zeit nicht verstummen. Nur sprach man sie nicht mehr offen aus. Isabel hatte sich daraufhin mehr und mehr aus der Öffentlichkeit zurückgezogen und war in Schwermut versunken, was neue Gerüchte nach sich zog. Und als sie dann einige Zeit später eines Morgens tot in ihrem Bett lag, neben sich auf dem Tischchen ein starkes Gebräu aus verschiedenen Kräutern, fühlten sich die argwöhnischen Mäuler bestätigt. Wie ein herbeigerufener Medicus schließlich feststellte, handelte es sich bei dem Gebräu sehr wahrscheinlich um einen starken Trank aus Mohnsamen, den Isabel laut ihrer Magd oft zu sich nahm, wenn sie die Gedanken an den Tod ihres Kindes nicht zur Ruhe kommen ließen. Er konnte allerdings nicht ausschließen, dass nicht auch Bilsenkrautsamen für das Getränk verwendet worden waren, weil die Samen oft mit denen des Mohns verwechselt wurden, allerdings weitaus tödlicher wirkten. Natürlich war der Verdacht erneut auf Raban gefallen. Zu naheliegend erschien den Anklägern die Aussicht, dass sich Raban nach dem Bastard auch der untreuen Ehefrau entledigen wollte. Nach eingehender Befragung von Isabels Magd Trine hatte man schließlich die Hebamme von Isabel ausfindig gemacht hatte, die zugab, Isabel von Zeit zu Zeit noch Kräuteraufgüsse verkauft zu haben. Isabel schien besonders unter Schlaflosigkeit und Schwermut zu leiden und so hatte die Wehmutter ihr stets ein Gemisch aus Mohn und Stechapfel bereitet. Allerdings, so gab sie an, hätte die Dosierung niemals ausgereicht, um jemanden zu töten! Jerg hatte daraufhin die Durchsuchung der Hütte der Alten angeordnet und beaufsichtigt, aber leider hatte man keinen Hinweis darauf gefunden, dass die Frau etwas anderes als harmlose Kräuter für ihre Tränke verwendete. Jerg hatte die Alte damals foltern lassen, um ein Geständnis zu erzwingen. Leider hatte das dazu geführt, dass die Hebamme noch im Gefängnis unter der Tortour gestorben war, bevor sie gestehen konnte. Somit konnte nicht zweifelsfrei bewiesen werden, dass der Trank, den Isabel zu sich genommen hatte, ein tödliches Kraut enthalten hatte und somit für ihren Tod verantwortlich war. Da man Raban aber im Gegenzug ebenfalls nichts beweisen konnte, wurde die Untersuchung eingestellt und angenommen, dass Isabel an gebrochenem Herzen gestorben war, mehr oder weniger beschleunigt durch den Trank. Die Gerüchte, die sich weiterhin hartnäckig um seine Person rankten, konnte er dagegen nicht so einfach zum Verstummen bringen, aber da es ihn ohnehin wenig kümmerte, was seine Mitmenschen über ihn dachten, achtete er nicht weiter darauf. Das alles ging ihm durch den Kopf, während er die breite Steintreppe zum ersten Stock hinaufging und als

Gerwin anklopfte und die Tür öffnete, um sein Erscheinen anzukündigen, straffte er die Schultern und wappnete sich gegen die zweifelsohne schlechten Nachrichten, die ihn in der Amtsstube des Schöffen erwarteten.

Als er den kleinen Raum betrat, der von einem großen Eichentisch beherrscht wurde, nahm er zunächst nur wahr, dass bereits ein Mann und eine Frau davor saßen, während ein sichtlich angespannter Jerg von Arnstetten bei Rabans Erscheinen aufsprang.

„Raban, gut dass du so schnell kommen konntest. Es ist etwas Schreckliches passiert." Jerg deutete auf einen freien Stuhl und setzte sich selbst auch wieder. Erst jetzt erkannte Raban, dass es sich bei den beiden bereits Anwesenden um seinen Schwager Rafael und seine Stiefschwester Beata handelte. Beata hatte die Hände vor das Gesicht geschlagen und ihre Schultern zuckten verräterisch, während Rafael zwar sehr blass aber doch scheinbar gefasst neben ihr saß.

Fragend wandte sich Raban nach einer kurzen Begrüßung Jerg zu.

„Was ist passiert? Warum sind Beata und Rafael hier?"

„Nun, diese unerfreuliche...Sache...betrifft sie genauso wie dich, Raban. Ich erhielt heute in der Frühe Nachricht, dass man...dass deine und Frau Beatas Schwester Brida tot aufgefunden wurde."

Raban brauchte einen kleinen Augenblick, um die Situation zu erfassen. Brida! Aber das war unmöglich. Brida war jung und kerngesund.

„Wie...?", fragte Raban tonlos.

„Wie? Und das fragt ausgerechnet Ihr?" Rafael war aufgesprungen und einen Schritt auf Raban zugegangen, bevor dieser begriff, was sein Schwager da gesagt hatte.

„Wer wüsste besser, was passiert ist, als Ihr? Aber ich will Euch gerne auf die Sprünge helfen! Brida ist tot, erschlagen und das andere Mädchen ebenso. Allerdings hatte der Täter vorher wohl noch seinen Spaß mit ihr!"

„Bitte, Rafael, reißt Euch zusammen! Wenn Ihr mit Eurer Rede andeuten wollt, dass Raban..."

„Andeuten? Der Fall ist doch sonnenklar! Glaubt Ihr denn immer noch, dass Gerlins Tod damals ein Unfall war? Und jetzt Brida? Raban hat da seine Finger im Spiel, das schwöre ich Euch! Und was ist mit Isabel passiert? Ich..."

„Schluss jetzt, Herr Waldner! Das sind haltlose Anschuldigungen! Ich schreibe Euer Verhalten dem Entsetzen zu, dass Ihr, wie im Übrigen auch Eure Gemahlin und Herrn van Gehrden, bei dem Erhalt dieser schrecklichen Nachricht empfindet. Aber wenn Ihr Euch nicht mäßigt, muss ich Euch hinauswerfen! Die Umstände des Todes Eurer Schwägerin werden mit aller Gründlichkeit untersucht, aber bis dahin dulde ich nicht, dass Ihr mit haltlosen Unterstellungen um Euch werft!" Jerg war aufgesprungen und eine Ader pochte deutlich sichtbar an seinem Hals.

„Oh, Herr von Arnstetten, meint Ihr etwa, mit derselben Gründlichkeit, wie auch in den mysteriösen Todesfällen von Isabel und Gerlin ermittelt wurde?"

Höhnisch blickte Rafael sein Gegenüber an, griff grob nach dem Arm seiner Gemahlin und zog die schluchzende Beata auf die Füße.

„Beata, wir gehen! Ich fürchte, wenn wir Gerechtigkeit wollen, müssen wir selbst etwas unternehmen. Dein ehrenwerter Bruder und Herr von Arnstetten werden es schon so drehen, dass wieder einmal nichts bewiesen werden kann!" Ungerührt zog er seine sichtlich fassungslose Gemahlin mit sich zur Tür, drehte sich aber noch einmal um.

„Ich empfehle Euch, Euch einmal das Testament der Familie meiner Gemahlin anzusehen, vielleicht seht Ihr dann klarer!" Mit einem letzten verächtlichen Blick in Rabans Richtung verschwanden die Beiden aus der Amtsstube. Für eine lange Weile sagten weder Jerg noch Raban etwas, zu absurd war das Schauspiel, das Rafael ihnen geboten hatte. Dann fand Raban als Erster die Sprache wieder.

„Jerg, ich schwöre dir..."

Aber der Schöffe winkte nur ab. „Raban, du glaubst doch nicht im Ernst, dass ich auch nur ein Wort von dem Gift glaube, das dein Schwager gerade verspritzt hat? Allerdings...", er stand auf und griff sich einen Krug mit Wein und zwei Becher, die auf dem Tisch bereit standen, „...allerdings weißt du auch, dass nicht alle so denken. Damals, als Isabel zu Tode kam, blieben bei vielen Menschen Zweifel bestehen. Die alte Hebamme erschien ihnen wie ein Bauernopfer." Er goss Wein in die beiden Becher und schob einen zu Raban hinüber.

„Und genau diese Menschen werden sich jetzt bestätigt fühlen, wenn dein werter Schwager mit seinen Anschuldigungen gegen dich hausieren geht."

„Es ist mir ganz egal, was Rafael erzählt. Da ich unschuldig bin, kann er mir mit seinen haltlosen Beschuldigungen auch nicht schaden." Raban nahm einen großen Schluck von dem Wein, ließ ihn ein paar Augenblicke in seinem Mund verweilen, bevor er ihn mit einem anerkennenden Lächeln herunterschluckte. „Ein ausgezeichneter Tropfen, Jerg.", schmunzelte er.

„Nicht wahr? Es handelt sich um den Muttertropfen, die erste Pressung eines ortsansässigen Winzers, dem ich eine große Zukunft voraussage!" Nun grinste auch Jerg.

„Lass gut sein, Jerg. Der Weinberg draußen in Hörde ist doch mehr Liebhaberei. Er wirft längs nicht so viel Gewinn ab wie die Nachbarhänge der Antoniusbruderschaft. Allerdings stimmt die Qualität." Raban nahm einen weiteren Schluck und sah sich bestätigt.

„Ich kann froh sein, dass die Brüder meine Trauben zum Keltern annehmen, denn nur so wirft der Weinberg überhaupt einen kleinen Gewinn ab. Wenn ich die Trauben zum Keltern weiter weg schaffen müsste..." Er hielt inne, als er in das besorgte Gesicht seines Freundes blickte.

„Aber meine Probleme mit dem Weinberg sind gerade jetzt wohl zu vernachlässigen." Nach einer kurzen Pause fragte er: „Kannst du mir näheres über die Umstände von Bridas Tod nennen? Ich meine, ist sie...ist sie auch...?" Aber Jerg unterbrach ihn, indem er die Hand hob.

„Nein, man hat sie nicht geschändet. Man geht davon aus, dass ein Unbekannter die beiden Novizinnen auf der Wiese überraschte und sich über Mairie hermachte. Brida hat wohl versucht, ihrer Freundin zu helfen und das hat sie nicht überlebt."

Fassungslos schüttelte Raban den Kopf.

„Wer tut denn sowas? Brida war doch fast noch ein Kind!"

„Da stimme ich dir zu, mein Freund. Mairie war sogar erst zwölf Jahre alt. Aber es gibt genug Männer, die gerade das reizt! Alte Männer, junge Männer, Sadisten..." Er zog langsam die Schublade auf seiner Seite des Tisches auf und entnahm ihr einen kleinen Gegenstand. Dann hielt er Raban die geschlossene Faust hin.

„Ich fürchte, wir...du hast ein Problem." Er öffnete seine Hand und Rabans Herz setzte einen Schlag aus, bevor es wie wild zu pochen begann.

„Das...das ist...", krächzte er und wollte nach dem Gegenstand greifen, aber Jerg schloss die Faust schnell wieder und ließ den Gegenstand in seiner Schublade verschwinden.

„Noch weiß niemand davon, außer dem Büttel, der es bei den beiden Leichen gefunden hat, aber wenn ich dir helfen soll, musst du mir die Wahrheit sagen. Ich kann es noch eine Zeit lang zurückhalten, aber spätestens wenn das Freigericht eine Untersuchung anordnet, werde ich es vorlegen müssen." Er fuhr sich mit der

Hand über die Augen, dann blickte er Raban auffordernd an.

„Was hat dein Schwager gemeint, als er das Testament deines Vaters ins Spiel brachte?"

***

„Warum spricht er nur nicht, Hilde?" Besorgt beugte sich Melissa über ihren kleinen Bruder, der, wie so oft in den letzten Tagen, teilnahmslos unter seiner Decke lag und einen unsichtbaren Punkt unter dem Strohdach der kleinen Kate anstarrte. Melissa strich ihm das wirre blonde Haar aus der Stirn. Körperlich hatten Benni und sie sich in den letzten Tagen einigermaßen gut erholt. Nachdem sie ihm das getrocknete Blut abgewaschen und ihn untersucht hatte, stellte sie fest, dass er außer einer dicken Beule am Kopf und einigen Prellungen am Körper unverletzt war. Hilde hatte ihr zwar gesagt, dass er durch die harten Tritte und Schläge womöglich innere Verletzungen davongetragen haben könnte, aber bisher hatten sie keine Verschlimmerung seines Zustandes beobachtet, so dass Melissa zu hoffen begann, der Überfall sei einigermaßen glimpflich für sie verlaufen. Jedenfalls, was die körperlichen Verletzungen anging, denn seit sie aufgewacht war, hatte Benni kein Wort gesprochen. Hilde hatte ihr erklärt, dass Benni Bilder gesehen hatte, die kein

Fünfjähriger sehen sollte, und dass seine unschuldige Seele womöglich noch nicht bereit war, diese Bilder zu vergessen. Es würde Zeit brauchen, viel Zeit womöglich, bis Benni die Gespenster dieses Augenblicks vergessen konnte. Wenn überhaupt.

Und jeden Tag wieder hoffte Melissa, Benni würde aus seinem Zustand erwachen, würde weinen oder schreien, aber nichts dergleichen geschah. Jeder Tag, den Gott es werden ließ, verging, ohne dass Benni auch nur ein Wort gesprochen hätte. Mit einiger Mühe gelang es ihr, ihm Brühe oder einen Kräutertrank einzuflößen, aber mit jedem Tag starb auch ein bisschen Hoffnung, dass sich Bennis Zustand jemals bessern würde. Sie selbst hatte sich Dank Hilde ganz gut erholt. Die Prellungen in ihrem Gesicht waren nur noch ganz schwach zu erkennen und auch die Kopfschmerzen waren nach einigen Tagen fast vollständig verschwunden. Was Hilde nicht heilen konnte, waren Melissas Träume, schreckliche Träume, in denen sie jeden Augenblick des Überfalls wieder und wieder erlebte, bis sie schreiend aufwachte. Immer war Hilde an ihrem Lager und streichelte sie beruhigend, flößte ihr unendlich behutsam einen Sud aus Hopfenblüten und Baldrian ein und war einfach immer da, wenn Melissa sie brauchte. Tagsüber allerdings, wenn Melissa allein war, weil Hilde im Wald nach Kräutern suchte oder zu einem nahestehenden Gehöft unterwegs war, weil jemand, der sich keinen Medicus leisten konnte, ihren Rat suchte, kamen die Bilder und Gedanken mit unaufhaltsamer Macht zurück. Oft saß

Melissa tief in Gedanken versunken einfach nur auf der wackligen Bank vor der kleinen Kate und grübelte. Sie trauerte tief um ihren Vater und die anderen Toten, trauerte um das Lebenn, das so klar vor ihr gelegen hatte. Nicht selten bedauerte sie sich dabei selbst, aber auf die Frage *„Warum?"* fand sie nie eine Antwort. Schließlich schlichen sich andere Fragen in ihr Bewusstsein. Wie sollte es weitergehen? Sie würde nicht ewig bei Hilde bleiben können. Hilde arbeitete schwer für ihren Lebensunterhalt und im Augenblick waren sie und Benni eine große zusätzliche Belastung für sie. Natürlich würde Hilde ihr das niemals so sagen, aber Melissa wusste, dass es so war. Und auch wegen Benni würde sie nicht bleiben können. Sie hatte nun eine Verantwortung, sie musste sich um Benni kümmern. Und auch wenn sie das gerne tat, so hatte sie doch niemals damit gerechnet, dass sie ihm einmal Mutter und Vater ersetzen müsste! Sie würde dafür sorgen müssen, dass er das Erbe seines Vaters antrat, und dazu gehörte eine gute Ausbildung. Zwar hatte sie lange im Kontor ihres Vaters geholfen, hatte Schreiben, Lesen und Rechnen gelernt und schließlich auch etwas Buchführung, weil es eine Zeit so aussah, dass sie das einzige Kind ihres Vaters und ihrer Mutter bleiben würde. Aber schließlich war ihre Mutter doch noch einmal schwanger geworden und als Benni zur Welt kam war endlich ein männlicher Erbe da und ihre Ausbildung verlor an Bedeutung. Danach hatte sie nur noch selten im Kontor geholfen, sehr zu ihrem Verdruss, denn die Arbeit machte ihr wirklich Spaß.

Stattdessen hatte ihre Mutter verstärkt Wert darauf gelegt, dass sie Haushaltsführung und andere weibliche Tugenden erlernte, die aus ihr eine gute Partie machen sollten. Dann war ihre Mutter gestorben und ihr Leben hatte sich erneut verändert, denn nun interessierte es niemanden mehr, was sie tat oder ließ. Den Schmerz um den Verlust der geliebten Mutter hatte niemand an ihr wahrgenommen und damals schon hatte sie begonnen, sich um Benni zu kümmern. Ihr Vater hatte sich sehr bald in seine eigene, von dem Verlust seiner Frau geprägte Welt geflüchtet und war nur selten für sie da gewesen. Und dennoch war es anders als jetzt, denn nun war ihr Vater tot. Er hatte seine Traurigkeit mit ins Grab genommen, aber auch ihre Zukunft. Ihre und Bennis! Niemals würde sie es alleine schaffen, Benni das Leben zu bieten, das ihn erwartet hätte, wenn ihr Vater noch am Leben wäre. Ganz verschwommen, zunächst nur wie der von aufsteigenden Nebeln verwischte Horizont am Morgen, schob sich ein Gedanke in ihre Überlegungen. Sie versuchte, ihn zu fassen, ihn aus dem Trüben herauszuzerren, aber erst in dem Augenblick, als sie enttäuscht beschloss, ihn dem Nebel zu überlassen, der sich in ihrem Kopf eingenistet hatte, traf es sie mit einer nie zuvor dagewesenen Klarheit. Gabriel! Sie war verlobt und ihr zukünftiger Gemahl war ein angesehener Dortmunder Bürger! Mit ihm an ihrer Seite hätte sie die Hilfe, für die sie so verzweifelt gebetet hatte. Gabriel! Wusste er überhaupt schon, was passiert war? Machte er sich Sorgen, weil sie schon längst in Dortmund hätten eintreffen müssen? Suchte er gar schon nach ihnen? Sie musste ihm so schnell wie möglich eine Nachricht zukommen lassen, dass es ihr und Benni den Umständen entsprechend gut ging. Und während sie noch darüber nachgrübelte, wie sie es anstellen konnte, möglichst schnell nach Dortmund und zu Gabriel zu gelangen, kam Hilde von ihrem Gang in den Wald zurück. Aufgeregt sprang Melissa auf und eilte auf Hilde zu.

„Hilde! Da bist du ja! Bitte, ich muss nach Dortmund zu meinem Verlobten! Sicher macht er sich schon große Sorgen!"

Hilde nahm ihre Kiepe ab und stellte sie auf den Boden. Dann stemmte sie die Hände in die Hüften und drückte den Rücken durch.

„Ich wusste, dass du dich eines Tages daran erinnern würdest, Kindchen. Und ich habe mir auch schon Gedanken gemacht, wie wir das anstellen können, dass dein Verlobter Nachricht erhält. Ich fürchte allerdings, dass du dich noch ein paar Tage gedulden musst. Raban hat versprochen, nach euch zu sehen. Wenn er kommt, kannst du ihm eine Nachricht mitgeben. Ich fürchte, solange musst du warten." Hilde nahm die Kiepe wieder auf und ging um die Kate herum, um die gesammelten Kräuter in einem eigens dafür hergerichteten Anbau zum Trocknen auszubreiten.

„Aber kann mich dieser Raban nicht gleich mit nach Dortmund nehmen? Mich und Benni? Dann..." Melissa hielt der Alten die windschiefe Tür auf und trat nach ihr in die dämmrige Kammer.

„Du kannst ihn fragen, aber so wie ich ihn kenne, wird er ablehnen. Er...du bist alleine, nur der kleine Benni würde euch begleiten. Raban..."

„Hallo, ist denn niemand hier? Wo seid ihr alle?" Eine tiefe, angenehme Stimme unterbrach das Gespräch der beiden und über Hildes Gesicht glitt augenblicklich ein verschmitztes Lächeln.

„Nun, Kindchen, dann kannst du ihn ja selber fragen!" Damit eilte Hilde so schnell es ihre alten Knochen erlaubten aus dem Raum und ließ Melissa verdutzt zurück. Als Melissa nach draußen trat, blendete sie zunächst die Sonne, so dass sie nur einen riesigen Schatten wahrnahm. Sie kniff die Augen zusammen, um gegen die Sonne sehen zu können. Himmel! Da stand ein riesiger Dämon, in schwarzes Tuch gehüllt und hatte die Ärmel seines Umhanges wie schwarze Rabenschwingen um Hilde geschlossen! Wie angewurzelt blieb Melissa stehen und ließ die Szene auf sich wirken. Hilde schien allerdings alles andere als beunruhigt zu sein, denn sie lachte wie ein junges Mädchen und stellte sich auf Zehenspitzen, um das schwarze Haar des Dämons, das ihm wild auf die Schulter fiel, zu zerzausen.

„Raban, wie gut dass du kommst. Wir haben gerade über dich gesprochen. Melissa, komm her. Das ist Raban." Hilde löste sich aus der Umarmung und streckte die Hand nach Melissa aus.

„Nun komm schon her, Mädchen. Raban beißt nicht, jedenfalls nicht, wenn man ihn nicht reizt!" Sie zwinkerte dem Hünen zu. Melissa trat auf die riesige

Gestalt zu. Himmel! Alles an diesem Mann war
schwarz, schwarz wie der Höllenschlund! Seine
Beinlinge, sein Umhang, seine Haare, und ja, auch
seine Augen! Melissa stellten sich die Nackenhaare auf
und sie begann zu zittern, als Raban sie anblickte. Sie
schluckte einmal, zweimal, aber ihre Stimme wollte ihr
nicht gehorchen. Ein ganz neues, unbestimmtes Gefühl
lähmte ihre Zunge. Vielleicht war es die unheimliche
Ausstrahlung dieser düsteren Gestalt, vielleicht der
Blick aus diesen schwarzen Augen, die bis in das
Innerste ihrer Seele zu blicken schien. Melissa war
unfähig, die Augen von diesem Mann zu lassen, sie
konnte Raban nur anstarren. Dieser Mann strahlte so
viel Stärke und Selbstsicherheit aus, wie sie es noch nie
zuvor bei einem Menschen erlebt hatte. Gleichzeitig lag
ein melancholischer Zug um seine Mundwinkel, was
die Strenge seiner Erscheinung milderte. Und, ja, er sah
gut aus, unverschämt gut, das stellte Melissa zu ihrer
Verwunderung ebenfalls fest.
Amüsiert blickte Hilde von einem zum anderen, denn
auch Raban fixierte Melissa, ohne ein Wort zu sagen.
schließlich räusperte er sich.
„Es freut mich, Euch bei guter Gesundheit zu sehen,
Jungfer...?"
„Melissa Berchtold, Herr Raban. Verzeiht, dass ich
Euch so vertraulich anspreche, aber ich kenne Euren
Nachnamen nicht." In Gedanken fügte sie hinzu:
*„Raban, der Rabe! Schwarzer Galgenvogel! Und mit
Nachnamen womöglich Abaddon, Ritter der Hölle!"* Als
Melissa sich der Stille bewusst wurde, die auf ihre

Worte folgte, und sie die fragenden Augen von Hilde und Raban auf sich gerichtet sah, ahnte sie, dass sie laut gedacht hatte. Himmel, was hatte sie da gemurmelt? Die Worte waren ihr entschlüpft, ohne dass sie es gewollt hätte. Zwar sah er aus wie der sprichwörtliche Engel des Abgrundes, wie er bereits in der Bibel genannt wurde, aber ihn ganz offen so zu nennen...

Verdutzt und ein wenig irritiert musterte Raban sie daraufhin von oben bis unten, bevor er fragte: „Würdet Ihr mir vielleicht erklären, was Ihr damit andeuten wollt?"

Melissa spürte, wie sie bis unter die Haarspitzen errötete. Wie konnte sie diese peinliche Situation nur retten? Sie kannte diesen Mann doch gar nicht! Welcher Teufel hatte sie nur geritten, ihn derart despektierlich anzureden?! Galgenvogel! Ritter der Hölle, Engel des Abgrunds! Auch wenn sein Aussehen diesen Vergleich geradezu heraufbeschwor...Melissa rief sich zur Ordnung.

„Nun? Mögt Ihr mir erklären, wie Ihr darauf kommt, dass Ihr meinen Namen mit einem Galgenvogel oder einem Ritter der Hölle in Verbindung bringt?"

Melissa war sich nicht sicher, ob sein Grinsen verriet, dass er die Bedeutung sehr wohl kannte, oder ob er einfach immer nur dümmlich grinste, wenn etwas seinen Verstand überstieg.

„Ich...äh...also Raban, der Rabe, kein Name könnte passender für Euch sein." Hilde versuchte vergeblich, ein Kichern zu unterdrücken, was ihr aber nicht gelang, und so richtete sich Rabans Aufmerksamkeit auf die alte Frau.

„Was ist denn daran so lustig, du garstiges, altes Weib? Weshalb passt Raban besser zu mir als...", er überlegte einen Moment, "...zum Beispiel Michael?"

„Falls du damit auf den Erzengel anspielst, der mit seinem Schwert für alles kämpft, was gut und ehrenvoll ist...also, wenn ich es recht bedenke, dann könnte das auch hinkommen!" Hildes Lachen entspannte die Situation und Melissa begann zu hoffen, dass ihr eine weitere Erklärung erspart bleiben würde.

„Komm, Raban, lass und hineingehen, dann kannst du deinen kleinen Freund besuchen und auch Melissa hat etwas mit dir zu besprechen." Hilde wandte sich der Kate zu und ging voraus. Melissa fühlte sich unwohl, weil Raban sie, statt Hilde zu folgen, immer noch mit diesem undurchdringlichen Blick aus seinen schwarzen Augen musterte. Schließlich deutete er eine Verbeugung an. Er wies zur Hütte und als Melissa an ihm vorbei schlüpfte, um sich durch den niedrigen Eingang der Kate hindurch zu ducken, hörte sie ihn leise sagen: „ Nach Euch, Empusa!" Kurz hielt Melissa inne. *Wer, zum Teufel, war Empusa?* Aber ihn danach zu fragen, hieße, sich auf einen weiteren Disput einzulassen, und das wollte sie tunlichst vermeiden. Im Dämmerlicht des kleinen Raumes konnte Melissa ausmachen, wie Hilde drei tönerne Becher von dem einzigen Regal nahm, das an der Stirnseite der Kate hing und aus einem Krug einen Trank einschenkte, der stark nach Hagebutte duftete.

„Es tut mir leid, Raban, dass ich dir keinen Tropfen des guten Weines anbieten kann, den du keltern lässt, aber der letzte Krug, den du mir mitgebracht hast, ist längst getrunken." Melissa wunderte sich, wie fröhlich die alte Frau in Gegenwart dieses Mannes war. Die Blicke, die beide immer wieder tauschten, zeugten von großer Zuneigung und Melissa fragte sich, in welcher Beziehung die beiden wohl zueinander standen.

Ein Geräusch ließ alle drei herumfahren und als sich Benni unter seiner Decke hervorschälte und mit großen Augen auf Raban schaute, hielt Melissa unwillkürlich den Atem an. Das war seit Tagen das erste Mal, dass Benni sich aus seinem Schneckenhaus herausbewegte und Anteil an seiner Umgebung nahm. Noch bevor sie reagieren konnte, war Raban auf Benni zugegangen und hatte sich neben ihn gehockt.

„Hallo, mein kleiner tapferer Freund. Wie geht es dir heute?"

Als Benni ihn nur musterte und dabei leicht den Kopf schief legte, aber stumm blieb, erklärte Melissa leise: „Er spricht nicht. Nicht mehr." Sie musste schlucken und Tränen traten ihr in die Augen. Kurz blickte Raban zu ihr herüber, dann heftete er seinen Blick wieder auf Benni.

„Das ist schade, denn ich hätte dich gern gefragt, ob ich dein Freund sein kann. Ich habe gesehen, wie tapfer du gegen die bösen Männer gekämpft hast und ich hätte gerne so einen mutigen jungen Mann wie dich zum Freund." Als Benni nichts sagte, streckte Raban kurzerhand seine Rechte aus. „Aber unter Männern gilt

56

auch ein Handschlag!" Zögernd sah Benni auf die
riesige Hand, die sich ihm entgegenstreckte. Melissa
schaute ängstlich zu Hilde hinüber, weil sie
befürchtete, dass Raban das Kind mit seiner forschen
Art wieder erschrecken würde. Aber Hilde nickte ihr
beruhigend zu und als sie sich wieder umdrehte, sah
sie, wie Benni seine zitternde kleine Hand, zögerlich
zwar, aber dennoch mit kindlichem Mut, in die große
Pranke seines neuen Freundes legte. Raban drückte sie
sehr vorsichtig und als er losließ, sagte er sehr ernst:
„Jetzt sind wir Freunde. Danke für dein Vertrauen."
Benni nickte nur und kuschelte sich wieder unter seine
Decke, so, als ob ihn die letzten Augenblicke viel Kraft
gekostet hätten. Melissa konnte nicht fassen, dass
ausgerechnet dieser bedrohlich wirkende Hüne es
geschafft hatte, ihren kleinen Bruder für einen kurzen
Augenblick seiner traurigen Welt zu entreißen. Raban
war sich nicht bewusst, was gerade geschehen war und
setzte sich gutgelaunt wieder auf den wackeligen Stuhl.
Er konnte sich nicht so recht erklären, warum Melissa
und Hilde ihn ungläubig anstarrten, und so fragte er:
„Warum seht ihr mich so an? Hattet ihr Angst...", und
dabei fixierte er Melissa, „...dass Abaddon den Kleinen
mit in den Abgrund reißt, dass der Ritter der Hölle
Gefallen an kleinen Kindern hat?" Erneut errötete
Melissa. Allerdings war diesmal nicht ihre Scham über
die eigene Unverschämtheit der Grund dafür, sondern
vielmehr ihre Wut darüber, dass Raban sie an der Nase
herumgeführt hatte, als er ihr den Unwissenden
vorspielte. Er wusste also ganz genau, wen sie gemeint

hatte, als sie ihn mit Abaddon verglich! Schnell senkte sie den Blick, denn dieser unverschämte Kerl sollte nicht sehen, was ihr im Augenblick durch den Kopf ging.

Gott sei Dank nahm Hilde Rabans Frage auf und erklärte: „Wir sind nur überrascht, dass der Kleine dich so nah an sich herangelassen hat. Bisher hat er nur auf seinem Lager gelegen und die Decke angestarrt."

„Er hat ziemlich viel durchmachen müssen. All die Schläge, die er einstecken musste, und dann die grausamen Bilder..."

Ruckartig richtete Melissa ihren Blick wieder auf Raban.

„Es ist nicht notwendig, dass Ihr die Erinnerungen an...diesen schrecklichen Tag noch einmal heraufbeschwört." Ein Schauern erfasste sie, als genau das passierte, als die schrecklichen Bilder von brutal erschlagenen Körpern vor ihrem inneren Auge aufstiegen und ihr heiße Tränen in die Augen trieben. Sie hatte geglaubt, in den letzten Tagen einen Weg gefunden zu haben, die Erinnerungen an das furchtbare Gemetzel zu verdrängen, aber ihre Reaktion auf die bloße Erwähnung dieses Tages machte ihr klar, dass sie sich etwas vormachte. Nie, niemals würde sie die Bilder vergessen können! Vielleicht würden sie mit der Zeit verblassen, aber sie würden ein Teil von ihr bleiben, so wie die kleine Narbe, die sie an der Lippe von den brutalen Schlägen zurückbehalten würde. Und vielleicht, eines Tages, würde der Schmerz erträglich werden, der seit dem Tod ihres Vaters in ihrem

Inneren wütete, aber noch war es nicht so weit. Hilflos wischte sie sich die Tränen ab, aber es kamen immer neue nach.

Nach einer Weile spürte sie Hildes Hand auf ihrem Arm. „Kindchen, ich weiß, dass es schwer für dich ist, zu akzeptieren, was geschehen ist. Aber du musst nach vorne schauen. Du trägst jetzt die Verantwortung, für dein Leben und auch für Bennis Zukunft. Dabei hilft es dir nicht, dich zu bedauern. Was geschehen ist, ist geschehen. Hab den Mut und nimm dein Leben in die Hand." Liebevoll streichelte sie Melissas feuchte Wange, dann wandte sie sich Raban zu und das gab Melissa einen Augenblick Zeit, sich zu fassen.

„Raban, Melissa war mit ihrem Vater und ihrem Bruder auf dem Weg nach Dortmund, zu ihrem Verlobten. Könntest du dafür sorgen, dass er Nachricht erhält, dass sie und Benni wohlauf sind?"

„Oder könntet Ihr mich und Benni vielleicht gleich mitnehmen, wenn Ihr zurückreitet?" Melissa wischte sich endgültig die Tränen aus dem Gesicht. Gleichzeitig wurde ihr bewusst, wie unsinnig ihr Anliegen war. Sie hatte zwar kein Pferd gesehen, aber wenn dieser Raban nicht den weiten Weg zu Fuß zurückgelegt hatte, dann war er wohl geritten. Und zwar auf *einem* Pferd.

„Ich fürchte, ich muss Euch vertrösten, bis Euer zukünftiger Gemahl Euch abholen lässt. Wenn Euch das lieber wäre, könnte ich auch dafür sorgen, dass Ihr mit dem nächsten Handelszug reisen könnt, der hier vorbeiführt." Bedauernd zuckte er die Schultern. „Aber in jedem Fall werde ich Eurem Verlobten Nachricht von

Euch bringen. Wer ist es?"

„Sein Name ist Gabriel Scherf. Er hat ein Haus nördlich des Hellweges." Erst jetzt wurde ihr bewusst, wie wenig sie wirklich über ihren zukünftigen Gemahl wusste. Sie konnte noch nicht einmal genau sagen, wo er wohnte!

Raban tat so, als ob er ihre Verlegenheit nicht bemerkte. „Oh, macht Euch keine Gedanken. Ich werde ihn schon ausfindig machen." Damit stand er auf und ging zu der niedrigen, windschiefen Tür.

„Ich muss leider weiter, ich war nur gerade in der Gegend und da wollte ich nachsehen, wie es Euch und dem tapferen Kerl da drüben geht." Er deutete mit dem Kopf in Bennis Richtung. Als er an Melissa vorbeiging, hielt er kurz inne und sah ihr in die Augen.

„Es tut mir aufrichtig leid, was Euch widerfahren ist. Ich wollte, ich wäre eher dazugekommen." Flüchtig berührte er ihren Arm, bevor er sich unter dem Rahmen hindurch duckte und ins Freie trat. Hilde erhob sich und folgte Raban nach draußen. Verwirrt stellte Melissa fest, dass ihr ein Schauer über den Rücken lief. Dieser Mann strahlte etwas aus, das Melissa beunruhigte. Es war die Art, wie er sich bewegte, so selbstsicher und kraftstrotzend. Und dabei umgab ihn gleichzeitige etwas Düsteres, Geheimnisvolles, so als ob er wirklich mit den Mächten der Finsternis im Bunde wäre. Dazu sein ungewöhnliches Aussehen, ganz in schwarz…Nur sein Lächeln passte nicht zu diesem Bild, das Melissa sich von ihm gemacht hatte. Und seine Augen nicht, denn

sie waren von einem ganz ungewöhnlichen Braun, mit
goldenen Sprenkeln und nicht schwarz!

***

„Hast du Neuigkeiten für mich?" Raban begrüßte
seinen Freund und führte ihn in sein Kontor, bevor er
sorgfältig die Tür schloss. Dann bedeutete er Jerg, Platz
zu nehmen und nahm zwei Silberpokale von dem
kleinen Tischchen, das neben dem kleinen Fenster zu
seiner Rechten stand. Er goss Wein aus einer ebenso
wertvollen Karaffe ein und stellte einen Becher vor
seinen Besucher.
„Leider ja." Jerg nahm einen kleinen Schluck und sah
Raban bedauernd an. „Ich habe inzwischen mit dem
Silberschmied gesprochen, den du mir genannt hast,
und er bestätigte, diese Knöpfe mit deinem
Monogramm angefertigt zu haben. Leider behauptet er
steif und fest, nur die Sieben angefertigt zu haben, die
sich an deinem Wams befinden."
„Befanden träfe es eher. Jerg, ich habe nachgesehen. Es
fehlt tatsächlich ein Knopf." Resigniert zuckte Raban
die Schultern.
„Gut, dann müssen wir herausfinden, wie dieser Knopf
an den Leichenfundort gelangte. Wem gibst du deine
Sachen zum Waschen? Hast du das Wams kürzlich
ausbessern lassen?"

„Affra kümmert sich um meine Wäsche. Du weißt schon, die Tochter von meiner Köchin. Sie hilft immer mal wieder aus, wenn ihre Mutter sie darum bittet , aber...", Raban hob eine Hand als Jerg etwas einwenden wollte, „...für beide lege ich meine Hand ins Feuer."

„Na hoffentlich verbrennst du dich nicht, alter Freund. Wenn du nicht beim Katharinenkloster warst, dann kann dein Knopf nur auf eine Weise dorthin gelangt sein: Jemand muss ihn von deinem Wams abgetrennt und dorthin geschafft haben. Und zwar in der Absicht, dir zu schaden!"

„Nicht Ursel und auch nicht Affra!" Eine Weile sah Jerg seinen Freund an, der versonnen vor sich hin starrte.

„Raban, was ist zwischen dir und Affra, dass du ihr so etwas nicht zutraust?" Jerg hatte seine Vermutung ins Blaue hinein ausgesprochen, denn ihm waren Gerüchte zu Ohren gekommen, dass Raban nach Isabels Tod mehr als nur eine Haushaltshilfe in dem hübschen jungen Ding gesehen hatte. Raban sah auf und funkelte seinen Freund an.

„Das geht dich gar nichts an! Affra hat mit dieser Sache nichts zu tun!" Er war wütend, weil Jerg ihm auf den Kopf zugesagt hatte, dass er mit Affra das Lager geteilt hatte. Ihn plagte sein schlechtes Gewissen, weil sich das junge Ding offensichtlich in ihn verliebt hatte. Und genau das hatte schon einmal zu einer Katastrophe geführt! Um zu vermeiden, dass sich die Geschichte noch einmal wiederholte, hatte er Affra vor dem ersten Mal klipp und klar gesagt, dass er ihr lediglich einen Platz in seinem Bett anbieten könne, nicht in seinem

Leben. Nach Isabels Tod hatte er beschlossen, sich nie wieder an eine Frau zu binden. Das brachte nur Ungemach mit sich. Er wollte frei sein, frei in der Entscheidung, wen er in sein Bett holte und wann. Und das war nur möglich, wenn keine Gefühle im Spiel waren. Er war nicht der Typ Mann, der den Frauen vormachte, sie zu lieben, um sie ins Bett zu bekommen. Nur leider hatte das bei Isabel nicht funktioniert. Sie hatte sich Hals über Kopf in ihn verliebt, das hatte sie ihm oft genug gesagt. Da er ihre Gefühle nicht so erwidern konnte, wie sie es sich vielleicht gewünscht hätte, hatte sie ihm immer wieder vorgehalten, dass er sie nur ihrer Mitgift wegen geheiratet hatte, und in gewisser Weise hatte sie damit sogar recht. Allerdings hatte er ihr in dieser Hinsicht niemals etwas vorgemacht und sich dennoch bemüht, ihr ein guter Gemahl zu sein. Er hatte sie sehr anziehend gefunden und als sein zukünftiger Schwiegervater auf den Umstand zu sprechen kam, dass Isabel keine Jungfrau mehr war, hatte ihn das nicht gestört, denn die äußerst großzügige Mitgift seines Schwiegervaters ließ ihn darüber hinweg sehen. Aber als sie ihm am Morgen nach der Hochzeit gestand, bereits von einem anderen Mann ein Kind zu erwarten, hatte es ihn doch mehr getroffen, als er dachte. Sie hatte ihm unter Tränen erzählt, das Kind sei bei einer Vergewaltigung entstanden und ihr Vater hätte daher auf einer schnellen Eheschließung bestanden, und dass sie ihn von ganzem Herzen liebe und daher Angst gehabt hatte, ihm diesen Umstand vor der Trauung zu offenbaren. Aber so sehr Raban sich auch dafür hasste, er war einfach nicht in der Lage gewesen, ihr und dem Kind, das sie erwartete, tiefere Gefühle entgegenzubringen. Und so hatte die Beziehung von Anfang an unter keinem guten Stern gestanden und Raban wollte nicht, dass sich so etwas wiederholte. Mit Affra verhielt es sich anfangs anders. Affra hatte keine Bedingungen gestellt und sich ihm bereitwillig hingegeben, aber mit der Zeit hatte er bemerkt, dass sie mehr für ihn empfand. Und weil ihre Gefühle für ihn gegen die Abmachung waren, die beide getroffen hatten, und er ihr keine weitergehenden Hoffnungen machen wollte, hatte er die Beziehung beendet. Anfangs hatte Affra noch um seine Gunst gekämpft, hatte sich nachts in sein Bett geschlichen und tatsächlich hatten ihre kundigen Hände und ihr weicher Körper es einige Male geschafft, dass er seinen Vorsatz, nicht wieder mit ihr zu schlafen, ganz vergaß. Damit das ein Ende hatte, war er dazu übergegangen, ein Hurenhaus aufzusuchen, wenn er eine Frau brauchte. Das war für beide Seiten eine faire Sache. Er bezahlte eine Hure dafür, dass sie ihm das gab, was ein Mann gelegentlich brauchte, ohne dass sie Ansprüche stellte. Es war ein Geschäft, nicht mehr und nicht weniger.

„Raban?" Jergs Stimme riss ihn aus seinen Gedanken. Raben knurrte unwillig. „Was immer da war, es ist vorbei und hat nichts mit dieser Sache zu tun!" Er nahm einen großen Schluck Wein, um den schalen Geschmack herunterzuspülen, der ihm im Halse steckte.

„Gut, lassen wir die Frage, wie der Knopf von deinem Wams auf die Wiese kam, zunächst außer Acht. Nach dem, was du mir über das Testament deines Vaters gesagt hast, erbst du erst dann, wenn eine deiner Stiefschwestern stirbt, richtig?"

„Du hast die Tücken dieses Testaments erkannt. Da Gottfried van Gehrden nicht mein leiblicher Vater war, hat er auch keine Notwendigkeit gesehen, mich in seinem Testament mit einem entsprechenden Erbteil zu bedenken. Er hat sein Vermögen zu gleichen Teilen Gerlind, Beata und Brida vermacht. Ich bekam eine gute Ausbildung in einem Kontor in London und seinen Namen, mehr war für den Bastard nicht drin. Halt, ich vergaß, er hinterließ mir dieses fast bankrotte Kontor, in dem du gerade Platz genommen hast!"

Bevor all die Bitterkeit wieder hochkommen konnte, die ihn durch seine lieblose, von Schlägen und Strafen begleitete Kindheit und Jugend verfolgt hatte, stürzte er den Rest aus dem Becher hinunter, in der Hoffnung, die aufsteigende bittere Galle loszuwerden.

„War das Handelsgeschäft deines Vaters...", als er sah, dass Raban fest die Lippen zusammenpresste, verbesserte er sich schnell, "...deines Stiefvaters denn wirklich so am Boden? Ich meine..."

„Du meinst, wenn du dich hier heute umsiehst, kann es doch nicht sein, dass kein Geld vorhanden war? Oh doch, mein Freund, der Alte war auf seine alten Tage sehr...eigensinnig. Beata, meine älteste Stiefschwester, war gerade mit diesen windigen Kaufmann Rafael

Waldner verlobt und er und mein Stiefvater steckten ständig die Köpfe zusammen. Ich glaube, es war Rafael, der den Alten dazu überredete, das gesamte Barvermögen und mehr aus dem Geschäft abzuziehen und ihm zu überlassen oder in die Mitgift der Mädchen zu stecken! Dieser Hundsfott konnte mich noch nie leiden!"

„Aber das alles hier...", Jerg machte eine umfassende Handbewegung, „wie..."

Dann unterbrach er sich selbst und für einen Wimpernschlag lang trat ein harter Ausdruck in seine Augen.

„Du hast Isabels Mitgift dazu verwandt, dir das alles hier aufzubauen, nicht wahr?" Jergs Stimme hatte einen merkwürdig gepressten Tonfall angenommen und Raban rätselte, was wohl den plötzlichen Stimmungswandel in seinem Freund hervorgerufen haben könnte. Konnte es sein, dass er ihm seinen Erfolg neidete?

„Hast du Isabel geliebt?", fragte Jerg tonlos.

Raban rutschte unbehaglich auf seinem Stuhl nach vorne. Die Richtung, die das Gespräch nahm, gefiel ihm nicht. Was bezweckte Jerg mit dieser Frage?

„Jerg..." Raban hatte das Gefühl, sich rechtfertigen zu müssen.

Aber der unterbrach ihn mit einem Achselzucken.

„Schon gut, alter Freund, du bist ein Mann, der sich nimmt, was sich ihm bietet, was ist schon dabei?"

Raban fühlte sich zum ersten Mal unwohl in der Gegenwart seines Freundes, denn irgendetwas an dessen Ausstrahlung irritierte ihn. Aber wahrscheinlich bildete er sich das nur ein, denn Jerg lehnte sich in seinem Stuhl zurück und der Augenblick der Befangenheit war so schnell vorbei wie er gekommen war.

„Sieh es einem alten Junggesellen nach, wenn ihm nach Romantik der Sinn steht. Ich suche halt immer noch nach der Richtigen!" Damit nahm er seinen Becher und trank ihn in großen Schlucken leer.

„So, nun aber wieder zurück zu dem Testament. Was passiert in dem Fall, dass eines der Mädchen stirbt?"

„Dann verteilt sich ihr Anteil auf die Überlebenden, was in diesem Fall mich mit einschließt! Soviel Familiensinn hatte der Alte dann doch." Raban fuhr sich durch sein dichtes schwarzes Haar.

„Aber das heißt ja auch, dass Beata ebenfalls einen großen finanziellen Nutzen aus dem Tod ihrer Schwestern zieht."

„Jerg! Du glaubst doch nicht im Ernst...", fuhr Raban auf.

„Und indem Beata erbt, profitiert auch Rafael!", fügte Jerg ungerührt hinzu.

„Schon, aber glaubst du im Ernst, dass er fähig wäre, zwei unschuldige Mädchen zu ermorden und eines davon sogar zu schänden, nur um..."

„Wenn wir dieser Hypothese folgen, müssen wir von drei Opfern ausgehen."

Als Raban fragend die Stirn runzelte, fügte Jerg hinzu: „Brida, Mairie und...Gerlin!"

Einen Augenblick hielt Raban die Luft an, als ihm die

Ungeheuerlichkeit dieses Verdachts in den Sinn kam.

„Aber Mairie..."

„War zur falschen Zeit am falschen Ort."

„Aber sie wurde geschändet, ich meine, das passt doch gar nicht."

„Komm schon, Raban. Ich kann mir schon vorstellen, dass die Vergewaltigung zwar nicht geplant war, aber Mairie war ein hübsches Mädchen. Da kann einem Mann schon einmal der Verstand in die Hose rutschen!"

Beide schwiegen daraufhin, jeder ging in Gedanken noch einmal die wenigen Fakten durch, die bislang bekannt waren. Raban musste sich eingestehen, dass Jergs Schlussfolgerungen ebenso einleuchtend wie nicht beweisbar waren.

„Raban, wenn es Rafael gelingt, dir die Morde in die Schuhe zu schieben, dann..."

„Wird das Freigericht mich zum Tode verurteilen und dann...geht mein bisheriger Erbanteil an Beata."

„Und damit kann Rafael als ihr Gemahl darüber verfügen!"

***

Melissa tauchte in das kühle Wasser, das sich in der kleinen Senke eines Baches staute. Es war spät am Nachmittag und sie hatte Hilde gebeten, auf Benni zu achten. Seit Tagen wartete sie auf eine Nachricht von Gabriel. Inzwischen musste er doch längst wissen, wo sie sich befand! Aber vielleicht hatte er einfach nur zu viel zu tun und vertraute darauf, dass sie mit einem Handelszug sicher nach Dortmund gelangte. Jedenfalls wollte sie bereit sein, wenn sie aufbrechen mussten, also hatte sie in den vergangenen Tagen die schlimmsten Risse in ihrem Surcot geflickt und das arg mitgenommene Kleidungsstück gründlich in dem kleinen Bach geschrubbt. Es tat ihr gut, sich mit alltäglichen Dingen von den Bildern abzulenken, die immer wieder in ihr hochkamen. Hilde hatte ja recht, wenn sie sagte, dass sie nach vorn und nicht zurück schauen sollte. Es war nur eben sehr schwer, ihren Schmerz der Vernunft unterzuordnen. Mit einem Seufzer stieg Melissa aus dem Wasser und genoss das Gefühl, das die Sonnenstrahlen, die sich durch die Baumwipfel stahlen, auf ihrer Haut hervorriefen. Ein leichter Windhauch kühlte ihrem Körper, während gleichzeitig die Wärme der Sonne ihm das zurückgab, was der Wind ihm nahm. Sie schloss die Augen und hielt ihr Gesicht für einen kleinen Moment der Unbeschwertheit in die Wärme, so wie sie es als kleines Mädchen gerne getan hatte, wenn sie mit ihrem Vater oder ihrer Mutter am Rhein spielte und badete. Plötzlich stellten sich ihre feinen Härchen im Nacken und an den Armen auf und noch bevor sie die Augen wieder öffnete, wusste sie, dass sie nicht alleine war. Eisiges Entsetzen ließ sie regungslos verharren. Sie war nicht allzu weit von Hildes Kate entfernt, vielleicht, wenn sie rennen würde...

„Es tut mir leid, ich wollte Euch nicht erschrecken. Hilde sagte mir, dass ich Euch hier finde." Lässig lehnte die dunkle Gestalt an einem Baum und sah ihr ungeniert zu, wie sie beim Klang seiner Stimme verzweifelt versuchte, ihre Blöße zu bedecken. Hastig griff sie nach ihrem Unterkleid, das sie zuvor im Bach ausgewaschen und danach zum Trocknen in die Sonne gelegt hatte. Gleichzeitig ahnte sie, dass dieser unverschämte Kerl bereits mehr gesehen hatte, als es ihr lieb war, denn er ließ sie nicht aus den Augen und grinste sie frech an.

Raban, dieser...Ritter der Hölle!

„Dreht Euch gefälligst um, Ihr...Ihr..."

Zunächst machte er keine Anstalten, ihrer Bitte nachzukommen, aber dann drehte er sich aufreizend langsam doch noch um.

„Schade, Ihr erinnertet mich gerade an Aphrodite, die dem Meer entstieg!" Melissa hörte ihn leise lachen.

„Wenn Ihr schon Anleihen in der griechischen Mythologie macht, dann darf ich Euch vielleicht daran erinnern, dass Aphrodite ihre Schaumgeburt einer schrecklichen Verstümmelung verdankte!" Wütend schlüpfte sie in ihr inzwischen gottlob trockenes Unterkleid.

„Falls Ihr darauf anspielt, dass sie ihr Dasein nicht der Vereinigung zwischen Mann und Frau verdankt, sondern der Tatsache, dass ihr Bruder ihrem Vater..."

„Verschont mich bitte mit Eurer Deutung dieser Geschichte!" Melissa war wütend über sich selbst, weil ihr plötzlich klar wurde, dass es ganz und gar töricht von ihr gewesen war, so unbekümmert hier zu baden, wo sie doch wenige Meilen entfernt überfallen worden waren. Immerhin war es nicht auszuschließen, dass sich dieses Gesindel noch in der Gegend herumtrieb. Sie wusste nicht, ob sie erleichtert sein sollte, dass es ausgerechnet dieser unverschämt gut aussehende Mann war, der sie hier aufgestöbert hatte, oder ob sie lieber vor Scham gleich im Boden versinken sollte. Sie beschloss, dass dieser Kerl Schuld an der Situation war. Er hätte ihr ja nicht nachgehen müssen, da Hilde ihm bestimmt gesagt hatte, dass sie baden... Himmel! Diese Ausgeburt der Hölle hatte ganz genau gewusst, dass er sie – und *wie!* - er sie hier antreffen würde! Und weil sie nicht genau sagen konnte, wie lange er bereits an dem Baum gelehnt hatte, bevor sie aus dem Wasser gestiegen war, fuhr sie ihn wütend an: „Habt Ihr denn gar keinen Anstand! Wie könnt Ihr es wagen...!" Sie drehte sich schnell um, bevor ihr noch undamenhafte Beschimpfungen entschlüpfen konnten. Aber vor allem, bevor er sehen konnte, dass sie bei der Vorstellung, er habe sie nackt gesehen, bis unter die Haarspitzen errötet war. Raban stieß sich von dem Baum ab, hatte aber Mühe mit Melissa Schritt zu halten, als sie wütend davonstapfte.

„Woher kommen Eure Kenntnisse der griechischen Mythologie?", fragte er interessiert.

„Übrigens habt Ihr sehr verführerisch ausgesehen, Aphrodite, dort im Wasser, mit nichts am Körper als dem Sonnenschein!", fügte er unverschämt hinzu noch bevor sie seine Frage beantworten konnte. Melissa versuchte, diese Bemerkung zu überhören, aber eigenartigerweise verursachte sein Kompliment, so anzüglich es auch sein mochte, ein eigenartiges Prickeln in ihrem Bauch. Ohne auf seine Worte einzugehen, nahm sie seine Frage auf.

„Ich habe Homer und Ilias gelesen und, ja, auch Hesiod!"

„Ihr könnt lesen?" Verdutzt hielt Raban inne. Es war sehr außergewöhnlich, dass eine Frau lesen konnte. In der Regel kamen nur Ordensfrauen in den Genuss, eine umfassende Bildung zu erhalten. Und hier stand eine junge Frau vor ihm, die sogar Homer gelesen hatte!

„Ja, denkt nur. Und soll ich Euch noch etwas verraten? Ich kann sogar rechnen und Bücher führen!" Immer noch wütend über ihre eigene Unachtsamkeit und auch, weil er sie so ungeniert angestarrt hatte, blieb sie abrupt stehen und drehte sich um. Völlig überrumpelt von dem Manöver konnte Raban nicht schnell genug stoppen und lief in Melissa hinein. Er konnte sie gerade noch am Handgelenk festhalten, sonst wäre sie gestürzt. Den Bruchteil eines Augenblicks verharrten beide so. Melissa stand so nah bei Raban, dass sie seinen Herzschlag und die Wärme seiner Haut spüren konnte. Sie roch seinen männlichen Duft nach Leder und Schweiß und spürte wieder dieses unbekannte Gefühl, das sich in ihrem Körper vom Nacken bis in ihren Bauch ausbreitete. Ihre Haut schien an der Stelle zu brennen, wo er sie berührte und als spüre auch er diese Hitze, ließ er plötzlich ihre Hand los.

„Seid Ihr immer so unberechenbar?" Seine Stimme klang dunkel und heiser und Melissa war es, als würde die Luft vibrieren. Einen Wimpernschlag später hatte sie sich wieder in der Gewalt.

„Nur, wenn Abaddon hinter mir her ist!", fauchte sie.

„Und wenn dieser Abaddon gekommen ist, um Euch abzuholen und zu Eurem Verlobten zu bringen, Aphrodite?" Auch Raban hatte seine Gefühle wieder im Griff und seine braunen Augen funkelten amüsiert. Melissa wollte gerade zu einer Erwiderung ansetzen, als ihr die Bedeutung seiner Worte in den Sinn kam.

„Ihr seid hier, um mich nach Dortmund zu bringen? Jetzt?"

„Ja, ich konnte den Anführer des Handelszuges, dem wir uns anschließen können, überreden, hier kurz zu rasten. Es kann also sofort losgehen, es sei denn...", wieder musterte er sie unverhohlen, „...Ihr müsst Euch erst noch den Schaum abwaschen, aus dem Ihr geboren seid."

Melissa war versucht, ihm eine schnippische Antwort zu geben, zuckte dann aber nur die Schultern und ging auf die kleine Kate zu, um schnell Benni zu holen und Hilde Lebwohl zu sagen. Zu packen hatte sie wahrlich nichts! Und es brachte auch nichts, sich immer wieder von diesem Mann herausfordern zu lassen! Bald würde sie in Dortmund sein, Gabriel heiraten und ihm fortan eine gute Ehefrau sein. Dann würde sie diesen Raban nie wiedersehen und das war auch gut so. Sie hatte schon genug Probleme, da brauchte sie nicht auch noch einen Mann in ihrer Nähe, der sie immer wieder aus der Fassung brachte und vor dem sie sich fürchtete! Behutsam trat sie an Bennis Lager und erklärte ihm, dass sie nun zusammen fortgehen würden, um sich die große Freie Reichsstadt Dortmund anzusehen. Zwar flackerte kurz Angst in seinen Augen auf, aber dann stand er tapfer auf und schob seine kleine Hand in ihre. Der Abschied von Hilde fiel ihnen sehr schwer und sie versprachen, Hilde so bald wie möglich wieder zu besuchen. Die alte Frau machte nicht viele Worte, umarmte beide und winkte dann Raban heran. Der hatte sich im Hintergrund gehalten, packte aber sofort sein Pferd am Zügel und führte es auf die kleine Lichtung, die sich vor der Kate erstreckte.

„Hallo mein Freund.", begrüßte er Benni und hockte sich vor ihn. „Magst du mit mir auf meinem Pferd reiten?" Als Benni zögerte, stand Raban wieder auf.

„Dann gehe ich auch zu Fuß. Aber mein Pferd würde sich sicher freuen, wenn du es wenigstens begrüßt. Er heißt Luzifer!" Dabei tätschelte er dem riesigen schwarzen Hengst den Hals und sah belustigt zu Melissa hin, die die Augen verdrehte und den Kopf schüttelte.

„Warum wundert mich das jetzt nicht?! Das Pferd passt zu Euch! Es ist genauso schwarz wie Eure Seele!"

Melissa ärgerte sich, dass es Raban wieder gelungen war, sie aus der Reserve zu locken.

Herausfordernd sah sie ihn an. Für den Bruchteil einer Sekunde verdunkelten sich seine Augen und schienen fast schwarz.

„Falls Ihr damit meint, dass ich meine Seele dem Teufel

verschrieben habe, so mögt Ihr vielleicht sogar Recht haben. In Dortmund gibt es nicht wenige Menschen, die eben das glauben!"

Damit drehte er sich um und zog an Luzifers Zügel, so dass sich das Pferd mit einem leisen Schnauben in Bewegung setzte. Noch bevor Melissa fragen konnte, was er damit andeuten wolle, ließ eine dünne Stimme sie aufhorchen.

„Reiten!" Raban hielt augenblicklich inne und auch Melissa glaubte, sich verhört zu haben.

Benni zog an Rabans Beinlingen und sah ihn auffordernd an. Nach einem kurzen Blick zu Melissa hob er den Jungen auf das Pferd und stieg hinter ihm in den Sattel.

„Ich fürchte, Luzifer kann nicht noch mehr Gewicht tragen, Jungfer Melissa. Würde es Euch etwas ausmachen, den kurzen Weg bis zu den anderen zu laufen?" Scheinheilig grinste er von oben auf sie herunter und die unheimliche Stimmung war augenblicklich verflogen.

„Euer Pferd sieht gar nicht so schwächlich aus! Aber ich gehe gerne zu Fuß, das hält die Figur in Form und das wird meinem zukünftigen Gemahl sicherlich gefallen!" Damit setzte sie sich in Bewegung und den restlichen Weg legten sie schweigend zurück.

Als sie auf die wartenden Händler trafen, fand sich schnell ein freier Platz für Melissa auf einem der Wagen. Benni wollte weiterhin mit Raban reiten, was Melissa ihm gerne erlaubte. Als der Abend nahte, schlugen sie ihr Lager auf und Melissa versuchte, sich von Raban fernzuhalten. Sie wollte sich nicht wieder von ihm ärgern lassen. Ganz im Gegensatz zu seiner Schwester war Benni allerdings ständig in der Nähe seines neuen Freundes anzutreffen. Zwar sprach er immer noch kein Wort, aber das schien Raban nicht zu stören, denn er nahm den Kleinen bei der Hand und nahm ihn mit durch das Lager, während er mal hier, mal dort anhielt und mit den Händlern sprach. Melissa war einerseits froh, ihren kleinen Bruder nach langer Zeit einmal wieder so lebhaft zu sehen, andererseits ärgerte es sie, dass es ausgerechnet Raban war, dem er sein Vertrauen schenkte. Es war schon ziemlich spät, das Mondlicht tauchte die Lichtung, auf der sie rasteten, in ein silbriges Licht, als Raban mit Benni zu Melissa trat. Sie hatte die Augen geschlossen und lehnte mit dem Rücken an einem Baum, als Raban sie ansprach. Erschreckt keuchte sie auf und für einen kurzen Augenblick spürte sie wieder das Entsetzen, das sie an dem Tag des Überfalls empfunden hatte, denn wie damals hatte Raban den schlafenden Benni in seinen Umhang gehüllt und glich im fahlen Licht mehr denn je dem Ritter der Hölle.

„Ich glaube, der tapfere kleine Kerl ist eingeschlafen!", flüsterte er, um das Kind nicht zu wecken. Vorsichtig bettete er Benni auf einen Stapel Decken, die ihm und Melissa als Nachtlager dienten.

„Euer Bruder ist ein zäher kleiner Bursche.", sagte er. Dann schälte er sich aus seinem Umhang und legte ihn auf das nachtfeuchte Gras. Melissa überkam ein unbehagliches Frösteln, denn das Letzte, was sie sich jetzt wünschte, war seine Gesellschaft. Er schien es nicht zu bemerken, und wenn doch, dann ignorierte er es. Er setzte sich und streckte behaglich die Beine aus.

„Melissa, warum fürchtet Ihr Euch vor mir?" Er sah sie durchdringend an.

„Ich fürchte mich nicht vor Euch!", log sie, aber ihre Stimme strafte ihre Worte Lügen.

„Doch, das tut Ihr. Gerade, als ich mit Benni zu Euch trat, da habt Ihr mich so angesehen, als wäre ich tatsächlich der Abaddon persönlich!" Sein Blick bohrte sich in ihren, er schien geradewegs in ihre Seele zu sehen.

„Ich...bei dem Überfall, da war ein Mann, der...saß auf einem schwarzen Pferd und hatte einen schwarzen Umhang. Er sah Euch ähnlich." Verlegen räusperte sie sich, denn es war allein diese Äußerlichkeit, die sie so erschreckte. Raban hatte ihr zu keinem Zeitpunkt Anlass gegeben, ihn zu fürchten. Ganz im Gegenteil.

„Ich verstehe.", sagte er schlicht. Melissa schämte sich etwas für diesen Vergleich, aber viel verstörender war, dass ihr Herz heftig klopfte. Sie wollte das nicht so stehen lassen, also versuchte sie, es Raban zu erklären.

„Es...war so schrecklich. Dieser Mann wollte...er wollte mich...also...", sie brach ab, denn die Erinnerung an das, was ihr beinahe widerfahren wäre, ließ einen Kloß in ihrem Hals zurück.

Sie zuckte zusammen, als er vorsichtig ihre Hand in die seine nahm.

„Ihr braucht es mir nicht zu erklären, Melissa. Ich wünschte nur, ich wäre früher gekommen. Dann..."

„Hättet Ihr auch nichts weiter ausrichten können! Es waren mindestens sieben, acht Männer! Ihr mögt vielleicht mit Eurem Schwert gut umgehen können, aber gegen diese Übermacht hättet selbst Ihr den Kürzeren gezogen!" Sie entzog ihm ihre Hand, denn statt sie mit dieser Geste zu beruhigen, hatte er genau das Gegenteil erreicht.

„Ihr habt keine hohe Meinung von mir!" Er lächelte sie an und ihr stockte der Atem. Sie sah ihn zum ersten Mal genauer an und musste feststellen, dass er ganz und gar nicht furchteinflößend aussah, sondern im Gegenteil außergewöhnlich gutaussehend war. In seinen braunen Augen konnte sie aufrichtige Anteilnahme lesen und seine kantigen Gesichtszüge, die bei flüchtiger Betrachtung hart und arrogant erschienen, waren auf eine betörende Weise männlich. Melissa schluckte und wandte beschämt den Blick ab. Was dachte sie sich nur dabei, ihn so anzustarren?! Sie war schließlich auf dem Weg zu ihrem Verlobten!

„Ich...habe eine hohe Meinung von Euch. Schließlich habt Ihr mir und Benni das Leben gerettet."

„Ihr glaubt also nicht, dass ich ein Feigling bin?" Erstaunt sah sie ihn an.

„Wieso sollte ich das glauben?"

„Na ja, ich hätte wohl in der Tat keine Chance gegen die Kerle gehabt, wenn sie nicht ohnehin schon auf dem Rückzug gewesen wären. Allerdings: Vielleicht hatten sie auch nur Angst, sich ein zänkisches, doppelzüngiges und vorlautes Weib ins Lager zu holen? " Raban grinste sie frech an und Melissa war

drauf und dran, ihm eine schnippische Antwort zu
geben, schluckte sie dann aber doch lieber herunter. Er
sah sie aufmerksam an, so als ob er darauf wartete,
dass sie ihm widersprach. Als sie ihm den Gefallen
nicht tat, lehnte er sich zurück und fragte unvermittelt:
„Erwartet Euch Euer Verlobter?"
„Ich denke, Ihr habt ihm meine Nachricht überbracht?
Also wird er mich wohl erwarten." Ihre Stimme klang
seltsam hohl, denn sie hatte sich ebenfalls schon
gefragt, warum Gabriel sich nicht gemeldet hatte.
„Ich frage mich nur, warum er Euch nicht selbst
abgeholt hat. Ich meine..."
„Oh, gewiss hat er eine Menge zu tun. Ich denke, sein
Geschäft nimmt ihn über Gebühr in Anspruch und
vielleicht kümmert er sich auch schon um die
Vermählung. Ich denke, dass wir unter den gegebenen
Umständen möglichst bald heiraten werden,
immerhin..."
„Melissa...", wieder nahm er ihre Hand in die seine
und streichelte mit seinem Daumen zart über ihren
Handrücken. Die Berührung jagte ihr Schauer über den
Rücken und auch wenn es der Anstand verlangt hätte,
dass sie ihm diese Vertraulichkeit nicht gestatten
durfte, ließ sie es geschehen. Seine Berührung hatte
etwas Tröstliches, denn auch, wenn sie es sich nicht
eingestehen wollte, verunsicherte sie Gabriels
Verhalten doch sehr. Warum hatte er ihr nicht
wenigstens ein paar Zeilen zukommen lassen? Das
wäre in Anbetracht ihrer Situation doch nicht zu viel
verlangt gewesen?! Je mehr sie darüber nachdachte,

desto unsicherer wurde sie, was ihre Ehe mit Gabriel anging. So lange ihr Vater noch lebte, hatte sie nie an dieser Verbindung gezweifelt. Ihr Vater hatte das Beste für sie gewollt, und wenn er Gabriel vertraute, dann wollte sie es ihm gleichtun. Aber wie gut hatte ihr Vater Gabriel gekannt? Wie würde ihre Ehe werden, wenn sie ihm jetzt schon keine Mühe wert war? Es war nicht so, dass sie besonders viel erwartete. Sie war dazu erzogen worden, einen Mann zu heiraten, der mit seinem Vermögen und Können das Geschäft ihres Vaters fortführte, jedenfalls war das so, bis Benni geboren worden war. Danach war es darum gegangen, eine möglichst gute Partie für sie auszuhandeln und die Geschäftsbeziehungen ihres zukünftigen Gemahls zu ihrem beiderseitigen Vorteil zu nutzen. Allerdings hatte sie immer gehofft, dass es in ihrer Ehe wenigstens so etwas wie gegenseitigen Respekt geben würde. Aber ließ Gabriel den nicht schon vorher vermissen?

„Melissa?" Rabans sanfte Stimme riss sie aus ihren Grübeleien.

Verwirrt über ihre eigenen Gedanken und Zweifel entzog sie ihm erneut ihre Hand.

„Verzeiht, aber ich bin müde. Es war ein langer Tag."

Er sah sie lange und so durchdringend an, dass sie schon befürchtete, er könne ihre Zweifel und Sorgen hinsichtlich ihrer bevorstehenden Hochzeit erraten. Ohne ein weiteres Wort legte sie sich neben Benni, aber bevor sie sich zudecken konnte, hatte Raban ihr schon eine Decke umgelegt. Es war nur eine flüchtige Berührung, aber für Melissa fühlte es sich an, als hätte

er Feuerhände. Erschreckender aber als seine
Berührung traf sie die Erkenntnis, dass es keine Furcht
war, die sie in seiner Nähe empfand. Es war etwas
anderes, viel gefährlicheres, etwas, das sie nicht in
Worte fassen konnte.

Melissa war froh, als der Zug am Morgen seinen Weg
fortsetzte und sie am Nachmittag endlich Dortmund
erreichten. Sie war erstaunt, wie groß die Stadt war.
Müde bestaunte sie die mächtige Kirche des Heiligen
Reinoldus und das geschäftige Treiben auf dem
Hellweg. Die Händler hatten sich, kurz nachdem sie
das Neutor über die noch herunter gelassene
Zugbrücke passiert hatten, in alle Richtungen zerstreut
und Raban war abgestiegen, um das Pferd durch die
Menge der herum eilenden Menschen zu führen. Benni
hatte nicht wieder gesprochen, aber er blickte sich,
heftig an seinem Daumen lutschend, interessiert um.
Vor einem schmucklosen Haus, das allerdings größer
war als alle anderen in der Straße, hielt er sein Pferd
schließlich an.

„Wir sind da."

Und obwohl sie das eigentliche Ziel ihrer Reise nun
erreicht hatte, hatte Melissa einen dicken Kloß im Hals
sitzen. Das war es also, ihr zukünftiges Zuhause! Die
Unsicherheit darüber, was sie hier erwartete, ließ ihr
Herz schneller schlagen. Sie atmete mehrmals tief ein
und aus, dann drehte sie sich zu Raban um.

„Ich danke Euch für alles, was Ihr für mich und Benni
getan habt, Abaddon.", sagte sie ernst und nahm
entschlossen Bennis Hand in die ihre. Sie schenkte

Raban zum Abschied ein kleines Lächeln, dann betätigte sie entschlossen den Türklopfer in Form eines Löwenkopfes. Es dauerte eine Weile, bevor die Tür geöffnet wurde und ein junges Mädchen erschien. Melissa erklärte ihr freundlich, wer sie war und als das Mädchen sie herein bat, drehte sie sich noch einmal um. Raban stand immer noch an derselben Stelle und sah ihr nach.

Dann schloss sich die Tür hinter ihr und sie trat in eine düstere Halle.

„Ich sage dem Herrn, dass Ihr da seid." Damit ließ das Mädchen sie stehen und verschwand hinter einer dicken Tür aus Eichenholz. Es dauerte eine ganze Weile, bis sich die Tür wieder öffnete und ein Mann heraustrat. Soviel Melissa im Halbdunkeln erkennen konnte, hatte er modisch gestutztes, dunkelblondes Haar und war etwas größer als sie. Er hatte ebenmäßige Gesichtszüge und sah ausnehmend gut aus, was Melissa erleichtert zur Kenntnis nahm.

„Da bist du ja." Mehr sagte er nicht, und während Melissa sich über die vertrauliche Anrede noch wunderte, musterte er sie von oben bis unten. Offensichtlich fiel sein Urteil positiv aus, denn er setzte ein anzügliches Lächeln auf.

„Hat der alte Berchtold doch nicht übertrieben! Du bist wahrlich eine Augenweide." Er ging um sie herum und Melissa hatte sich noch nie so nackt gefühlt, wie in diesem Augenblick. Noch nicht einmal, als Raban sie aus dem Bach hatte steigen sehen!

„Und das ist bestimmt dein Bruder." Er nickte mit dem

Kopf in Bennis Richtung. „Wie heißt du denn?"
Als sich Benni nur ängstlich an sie klammerte, sagte
Melissa entschuldigend: „Er spricht nicht mehr seit..."
„Oh ja, schreckliche Sache. Darüber werden wir reden
müssen."
„Bitte, Herr Scherf..."
„Gabriel."
„Also gut, Gabriel. Könntet Ihr uns bitte erst unsere
Kammern zeigen, damit ich Benjamin ins Bett bringen
kann. Er ist sehr erschöpft."
„Natürlich, wie unaufmerksam von mir." Er rief nach
dem Mädchen, das ihnen schon die Tür geöffnet hatte
und trug ihr auf, den Jungen nach oben zu bringen.
Aber als die junge Frau nach Benjamins Hand greifen
wollte, schlug er diese weg und klammerte sich
ängstlich an Melissas Surcot.
„Er fürchtet sich seit dem Überfall vor Fremden. Bitte,
dürfte ich ihn selber zu Bett bringen?" Bittend sah
Melissa Gabriel an. Der kniff unwillig die Augen
zusammen, nickte aber nach einem kurzen Augenblick.
„Also gut, aber beeile dich, ich muss mit dir reden."
Damit ließ er sie stehen und verschwand wieder hinter
der schweren Eichentür. Das Mädchen knickste und
führte Melissa und Benni eine Treppe in das obere
Stockwerk hinauf, wo sie eine Tür öffnete.
„Hier ist Eure Kammer. Wenn Ihr den Jungen zu Bett
gebracht habt, geht einfach diesen Gang bis ans Ende.
Es ist die letzte Tür auf der rechten Seite." Das
Mädchen sah Melissa dabei nicht an und verschwand
so eilig, als wäre es ihr unangenehm, mit der jungen

Frau reden zu müssen. Als Melissa die kleine Kammer betrat, sah sie sich irritiert um. Der Raum war gerade einmal so groß, dass zwei einfache Pritschen hinein passten. Kein Tisch, keine Truhe, nichts. Es sah mehr nach einer Dienstbotenkammer aus als nach einer standesgemäßen Unterkunft für die zukünftige Herrin des Hauses. Melissa tröstete sich mit dem Gedanken, dass es ja nur für eine Nacht war. Gabriel hatte ja nicht wissen können, wann genau sie eintreffen würde, also hatte die Zeit sehr wahrscheinlich nicht ausgereicht, eine passende Kammer herzurichten. Und obwohl diese Erklärung in ihren eigenen Ohren ziemlich dünn klang, hielt sie doch daran fest. Was sollte es sonst für einen Grund geben, sie hier unterzubringen? Sie ignorierte das mulmige Gefühl, das sie beschlichen hatte, seit sie das Haus betreten hatte und brachte Benni zu Bett. Gott sei Dank war er so müde, dass er fast augenblicklich einschlief. Sie stand auf, strich sich den Rock glatt und ging den Gang hinunter, bis sie vor der Tür stand, die das junge Mädchen ihr genannt hatte. Nach einmaligem Klopfen öffnete Gabriel und bedeutete ihr, einzutreten.

„Komm herein."

Sie sah sich um und stellte fest, dass es sich um Gabriels Schlafgemach handeln musste, denn ein breites Bett mit Baldachin beherrschte den Raum. Ihr ungutes Gefühl verstärkte sich noch, als Gabriel ihr unvermittelt mit dem Zeigefinger über die Wange strich. Vollkommen überrumpelt war Melissa nicht in der Lage, sich zu bewegen. Erst als er begann, seine

Finger langsam an ihrem Hals hinab wandern zu lassen, trat sie einen Schritt zurück.

„Was wolltet Ihr so dringendes mit mir besprechen, Gabriel? Hat es mit unserer Hochzeit zu tun?" Er ließ seine Hand sinken und sah ihr fest in die Augen.

„In gewisser Weise... Melissa, es wird keine Hochzeit geben."

Sie brauchte einige Augenblicke, bis ihr der Sinn seiner Worte aufging.

„Aber..." Sicherlich meinte er, dass sie ihre Vermählung aufgrund der schrecklichen Ereignisse nur verschieben müssten.

„Du hast richtig verstanden, Melissa. Unter den gegebenen Umständen kann ich dich natürlich nicht zur Frau nehmen. Da ich aber kein Unmensch bin, biete ich dir dennoch ein Dach über dem Kopf an. Natürlich müsstest du eine entsprechende Gegenleistung erbringen..." Sein Blick glitt anzüglich über ihren Körper.

„Aber...es gibt doch einen Ehevertrag! Ihr müsst..." Gabriel zog sie mit einem Ruck zu sich hin und sie spürte seinen heißen Atem an ihrer Wange.

„Ich muss gar nichts, Melissa. In harten Zeiten wie diesen kann ich keine Frau ohne Mitgift heiraten. Keine Mitgift, keine Vermählung, meine Liebe." Seine Hände wanderten langsam ihre Arme hinauf. Melissa war zu geschockt, um ihm Einhalt zu gebieten.

„Aber es gibt noch das Kontor meines Vaters in Köln! Ich könnte..." Seine Hände umfassten ihre Brüste.

„Du hast gar nichts, Süße! Dein Vater hat alles verkauft,

um hier in Dortmund ganz von vorne anzufangen. Wusstest du das etwa nicht?" Er ließ seine Hand in ihren Ausschnitt wandern und begann, ihre Brust zu kneten. Heiser flüsterte er ihr ins Ohr: „Nein, es stimmt nicht, dass du nichts hast. Du hast einen wundervollen Körper, kleine, feste Brüste und ganz sicher ist das, was sich zwischen deinen Beinen verbirgt, noch viel reizvoller." Als er versuchte, Melissa zu küssen, erwachte sie aus ihrer Starre und stieß ihn heftig fort. „Wie könnt Ihr es wagen...!", zischte sie mühsam beherrscht. Er trat grinsend einen Schritt zurück. „Oh, ich biete dir ein Dach über dem Kopf und was ich dafür fordere ist nichts anderes, als du zu tun hättest, wenn wir verheiratet wären. Du machst die Beine für mich breit und bekommst dafür eine Kammer und Essen." Bevor er reagieren konnte, traf ihn Melissas Hand schmerzhaft im Gesicht. Überrascht hielt er sich die Wange, dann traf sie ebenfalls ein Hieb mit der Faust. Gleißendes Licht explodierte in ihrem Kopf und sie fiel auf den Boden. Wütend zerrte Gabriel sie wieder auf die Füße.

„Tu das nie wieder, hörst du?!", zischte er und schlug ihr erneut ins Gesicht.

„Du hast bis morgen früh Zeit, dir mein Angebot zu überlegen, Melissa. Und du solltest es dir gut überlegen! Hier in Dortmund gibt es keinen Ort, wo du hinkönntest. Du hast kein Geld, bist fremd, und dann noch dein Bruder an deinem Rockzipfel...Entweder du kommst freiwillig in mein Bett oder du landest in einem der vielen Hurenhäuser. Und dann komme ich dich dort besuchen und bekomme auch so, was ich will. Nur werde ich nicht der Einzige sein, der dich bespringt. Es gibt viele geile Böcke hier in der Stadt und du wirst für alle die Beine breit machen müssen. Wieder und wieder wirst du gevögelt, bis du kaum noch gehen kannst. Und am nächsten Tag kommen sie wieder, und du wirst Dinge tun müssen, von denen du nicht einmal ahnst, dass es sie gibt!" Seine Stimme war gefährlich leise und er hauchte ihr einen Kuss auf die Wange bevor er sie wegstieß.

„Ich erwarte deine Entscheidung morgen früh, Melissa." Damit drehte er sich um und ging zu einem kleinen Tischchen auf dem eine Karaffe und zwei Becher standen. Er goss sich von der Flüssigkeit ein und stürzte sie hastig herunter. Er drehte sich nicht noch einmal um und Melissa wankte zur Tür. Ihr war schwindelig und in ihrem Kopf hämmerte es unablässig. Sie wollte nur weg von hier, raus aus diesem Raum und weg von diesem Mann. Am liebsten hätte sie dieses Haus auf der Stelle verlassen, aber ihr war auch klar, dass sie zu so später Stunde nicht einfach draußen herumlaufen konnte. Also blieb ihr nichts anderes übrig, als sich zu Benni zu legen und den Morgen abzuwarten. Sie war todmüde, aber als sie auf der harten Pritsche lag und auf Bennis regelmäßige Atemzüge lauschte, konnte sie nicht einschlafen. Zu viele Gedanken kreisten ihr im Kopf herum. Sie wusste nur eines: Sie würde auf keinen Fall hierbleiben und zu Gabriels Hure werden! Sie würde einfach von Haus zu Haus gehen und nach Arbeit fragen. Dabei spielte es keine Rolle, was es für sie zu tun gab, sie würde jede Arbeit annehmen. Es konnte schließlich nicht sein, dass kein Haushalt in dieser riesigen Stadt Dienstboten suchte. Der Umstand, dass sie dabei auf Benni Rücksicht nehmen und ihn mitversorgen musste, erleichterte es zwar nicht, eine Anstellung zu finden, aber unmöglich war es auch nicht. Leider, und das wurde ihr ziemlich schnell klar, war das die einzige Möglichkeit, die ihr blieb. Zurück zu Hilde konnte sie nicht. Sich alleine mit Benni auf den Weg zu machen war viel zu gefährlich und für eine Mitreisemöglichkeit fehlte ihr schlichtweg das Geld. Und Raban um Hilfe zu bitten, verbot sich von selbst. Zum einen wusste sie gar nicht, wo sie ihn finden konnte, zum anderen war sie viel zu stolz, um diesem selbstherrlichen Ritter der Hölle ihre Situation zu erklären. Lieber würde sie Nachttöpfe leeren! Als im Morgengrauen die ersten Geräusche davon kündeten, dass das Haus langsam erwachte, hatte sie kein Auge zugetan. Sie weckte Benni, der herzhaft gähnte und sich dann verwirrt umsah.

„Benni, du musst aufstehen. Herr Gabriel möchte mich nicht mehr heiraten und darum müssen wir sein Haus verlassen." Zwar verriet sein Gesichtsausdruck, dass er nicht richtig verstand, was sie ihm da sagte, aber er erhob sich gehorsam und folgte ihr auf den Flur. Melissa sah sich um, aber Gott sei Dank war von Gabriel nichts zu sehen. Entschlossen gingen sie die Treppe hinunter. Unten angekommen war Melissa versucht, in der Küche nach einem Kanten Brot für

Benni zu fragen, aber da sie sicher war, kein Entgegenkommen erwarten zu können, verwarf sie diesen Gedanken schnell wieder. Als sie gerade die Eingangstür öffnen wollte, wurde diese mit einem wuchtigen Knall aufgestoßen und Gabriel trat in die Halle. Er sah übernächtigt aus, wirkte ungepflegt und als er Melissa ansprach, konnte sie deutlich riechen, dass er nach abgestandenem Bier roch.

„Ah, wie ich sehe möchte das Vögelchen ausfliegen! Hast du dir das auch gut überlegt?" Er stellt sich dicht vor Melissa und Benni hin und versperrte ihnen so den Weg nach draußen. „Aber ich will kein Unmensch sein. Falls du es dir anders überlegen solltest, meine Tür steht dir immer offen. Du kennst die Bedingungen." Er trat ganz nah an sie heran und sie musste sich mühsam beherrschen, um nicht vor ihm zurückzuweichen. Seine Hände glitten tastend über ihren Körper, verharrten an ihren Brüsten und glitten schließlich in ihren Ausschnitt. Genüsslich kniff er ihr in die Brustwarzen, bevor er sie unvermittelt losließ.

„Ich wollte nur sichergehen, dass du mich nicht bestiehlst." Er grinste sie an. Dann trat er einen Schritt zurück und ließ sie und Benni vorbei. Melissa machte, dass sie hinauskam und erst als sie auf der Straße standen, atmete sie mehrmals erleichtert heftig ein und aus. Ein Blick auf Benni sagte ihr, dass ihn die Szene verstört hatte. Vielleicht erinnerte er sich an den Überfall, als er ebenfalls hatte mitverfolgen müssen, wie Melissa nur knapp einer Vergewaltigung entkommen war. Aber im Augenblick war keine Zeit, ihm das näher zu erklären. Sie wollte nur weg, weg von diesem Haus und weg von Gabriel! Doch schon nach wenigen Schritten wurde ihr bewusst, dass sie keine Vorstellung davon hatte, wo sie sich befand und wohin sie sich nun wenden sollte.

***

Raban hatte noch einige Zeit vor dem Haus gestanden und auf die geschlossene Tür gestarrt. Ihm war erst jetzt bewusst geworden, dass ihn das Mädchen womöglich mehr beschäftigte, als er es sich eingestehen wollte. Von dem Augenblick an, als er sie zum ersten Mal nach dem Überfall bei Hilde gesehen hatte, hatte er sie nicht vergessen können. Das dunkle Kastanienrot ihrer Haare, diese grünen Augen, die so empört blitzen konnten, dieser sinnliche Mund...Und wie sie die Stirn gekraust hatte, als er sie Empusa genannt und sie nicht gewusst hatte, dass Empusa in der griechischen Mythologie ein Schreckgespenst ähnlich einem Dämon war, das Wanderer erschreckte! Und dass sie zu stolz war, ihn danach zu fragen! Der Anblick ihres nackten, vom Sonnenlicht weichgezeichneten Körpers hatte ihn dann völlig aus der Fassung gebracht. Sie war ihm erschienen wie einst Aphrodite aus den Schaumkronen des Meeres, jedenfalls so, wie er sie sich vorstellte! Sie war vollkommen! Aber noch viel mehr als ihr vollkommener Körper berührte ihn die Verletzlichkeit, die er in ihren Augen gesehen hatte. Nie zuvor hatte er aus den Augen einer Frau so viel herauslesen können und nie zuvor war er so magisch von einer Frau angezogen worden.

Seufzend hatte er schließlich die Zügel seines Pferdes gegriffen und sich auf den Weg nach Hause gemacht. Was immer er für sie empfand, Begehren oder etwas, über das er lieber nicht näher nachdenken wollte, er musste es sich aus dem Kopf schlagen. Schon bald würde sie die Gemahlin eines Anderen sein. Es war nicht damit zu rechnen, dass sie das Trauerjahr, das nach dem Tod ihres Vaters angezeigt gewesen wäre, einhalten würden. Die Umstände würden jeden Priester dazu bringen, darüber hinweg zu sehen.

Und so war er schließlich müde und über seine eigenen Gedanken verwirrt, in sein Bett gefallen und hatte nur mühsam in den Schlaf gefunden.

Als er am Morgen erwachte, fühlte er sich genauso erschöpft wie am Abend zuvor, aber da er sich vorgenommen hatte, Jerg einen Besuch abzustatten und mit ihm das weitere Vorgehen zu besprechen, verließ er nach einem einfachen Frühstück, bestehend aus Hafergrütze und etwas verdünntem Wein, das Haus. Auf dem Weg zum Rathaus herrschte das übliche Gedränge, die Marktstände standen dicht an dicht und ihre Besitzer versuchten lauthals, die Kunden an ihre Auslagen zu locken. Während Raban sich mühsam seinen Weg durch die Menge bahnte, glaubte er für einen flüchtigen Augenblick, Melissa entdeckt zu haben. Ganz kurz schien ihre kastanienrote Lockenpracht in der frühen Morgensonne aufzuleuchten. Verärgert schüttelte er den Kopf. Warum bloß ging ihm dieses Weib nicht aus dem Kopf? Er hatte wahrlich andere Sorgen, als sich in Gedanken an diese spröde Schönheit zu ergehen! Immerhin schien es so, als wollte ihm jemand einen Mord in die Schuhe schieben und wer immer das war oder was immer er plante, er konnte nicht nur seine Existenz ruinieren sondern ihn auch an den Galgen bringen. Und wenn er das verhindern wollte, musste er seine gesamte Aufmerksamkeit darauf richten, den wahren Mörder zu überführen! So in Gedanken versunken erreichte er schließlich das Rathaus. Die Wachen ließen ihn ohne Weiteres passieren und so saß er wenig später seinem Freund gegenüber.

„Gibt es Neuigkeiten, Jerg?", fragte Raban ohne Umschweife, nachdem Jerg ihm Wein eingegossen und selbst einen großen Schluck getrunken hatte.

„Nun ja, die gibt es." Er rutschte unbehaglich auf seinem Stuhl nach vorne und Raban beschlich das Gefühl, dass es sich bei den Neuigkeiten um keine erfreulichen handeln würde. Seufzend wartete er auf das, was sein Freund ihm gleich eröffnen würde. Nur wer Jerg von Arnstetten gut kannte, konnte hinter seiner geschäftsmäßigen Miene Besorgnis erkennen.

„Es tut mir leid, Raban, aber als die Büttel nochmal am Tatort nach Spuren suchten, haben sie jemanden ausfindig gemacht, der behauptet, er hätte dich dort zu der fraglichen Zeit gesehen." Jerg zog bedauernd die

Schultern hoch. „Diese...Person hat angegeben, dich dabei beobachtet zu haben, wie du Brida mit einem Stein erschlagen hast, bevor du dich auf Mairi gestürzt hast und.." Er räusperte sich verlegen, ließ den Satz aber unvollendet, weil sein Freund auch so wusste, was er damit andeuten wollte.

Raban war blass geworden. Dieser Jemand, der danach trachtete, ihm zu schaden, war gerissener als sie es ihm zugetraut hätten! Natürlich war er an dem Tag nicht in der Nähe des Klosters gewesen, aber es würde schwer sein, das zu beweisen. Die Aussage dieses Zeugen in Verbindung mit dem Knopf, der zweifelsohne zu seinem Wams gehörte, zog die Schnur, die sich um seinen Hals gelegt hatte, gehörig zusammen.

Verzweifelt strich sich Raban das schwarze Haar aus dem Gesicht.

„Wer, Jerg, wer behauptet so etwas? Wer ist dieser miese Hurensohn, der mich an den Galgen bringen will?" Als Jerg nur bedauernd die Schultern zuckte, schlug Raban wütend mit der Faust auf den Tisch. „Sag mir jetzt sofort, wer solche Lügen verbreitet!"

„Raban, beruhige dich. Ich verstehe dich ja, aber ich *darf* dir nicht sagen, wer dieser Zeuge ist. Ich bin dein Freund, aber ich bin auch ein Schöffe dieser Stadt und somit dem Gericht verpflichtet. Ich gehe schon so ein großes Risiko ein, denn eigentlich dürfte ich dir das alles gar nicht erzählen!"

„Jerg, bitte, du glaubst diesem...diesem Zeugen doch wohl nicht, oder?"

„Raban, es geht nicht mehr darum, ob ich dir glaube!

Ich konnte leider nicht verhindern, dass der Zeuge seine Aussage vor dem Freigericht machte. Das Einzige, was ich erreichen konnte war, dass du Gelegenheit bekommst, dich zu dem Vorwurf zu äußern und deine Unschuld zu beweisen, bevor sie dich ins Verlies unter dem Rathaus werfen. Ich habe mich für dich verbürgt, nur deshalb läufst du noch frei herum! Es wird viel davon abhängen, ob du beweisen kannst, dass du zum Zeitpunkt der Morde *nicht* in der Nähe des Klosters warst!"

„Aber wie soll ich denn beweisen, dass ich *nicht* dort war?"

„Indem du beweist, dass du *woanders* warst!" Jerg sah ihn eindringlich an. „Raban, wo warst du, als die Morde geschahen?"

„Wenn ich das wüsste! Ich weiß ja noch nicht einmal, für welchen Zeitpunkt genau ich ein Alibi vorweisen soll!"

„Die Morde geschahen am letzten Bartholomäustag, kurz nach der Laudes, jedenfalls wenn man dem herbeigerufenen Henker und dem Medicus glauben darf."

„Am vierundzwanzigsten August also, frühmorgens.", überlegte Raben und Jerg nickte zustimmend.

„Da war ich...", angestrengt versuchte Raban,sich zu erinnern, "... verdammt! Da war ich auf dem Weg von Koblenz zurück nach Dortmund. Wie du weißt, habe ich bei dem Überfall auf den Handelszug, der meine Erzlieferung in den Süden bringen sollte, die gesamte Lieferung verloren. Ich war dort, um den Verlust abzuschätzen und womöglich Näheres über die Umstände des Überfalls zu erfahren. Auf dem Rückweg habe ich dann zufällig die Räuber überrascht, die den Handelszug mit diesem Mädchen überfielen, das ich gerettet habe."

„Also bleiben uns als Zeugen nur diese Hundsfotte, die den Handelzug überfallen haben, und die werden wir wohl kaum befragen können", Jerg versuchte ein Grinsen, was allerdings misslang, „ und dieses Mädchen?"

Raban seufzte. „So sieht es wohl aus. Und Benni und Hilde." Als er sah, dass Jerg ihn verständnislos ansah, erklärte er: „ Benni ist Melissas kleiner Bruder. Und Hilde, vielleicht erinnerst du dich?, ist meine alte Kinderfrau. Sie lebt in einer Hütte im Wald. Leider hat sie bisher alle meine Angebote, zu mir in die Stadt zu ziehen, abgelehnt. Sie hat wohl ebenso schlechte Erinnerungen an meinen Stiefvater und sein Haus wie ich. Nur hat sie andere Konsequenzen daraus gezogen als ich."

„Aber das ist doch sehr gut. Dann hast du ja mehr Zeugen, als ich zu hoffen wagte." Jerg sah seinen Freund mit einem nicht zu deutenden Ausdruck in seinen Augen an. „Dann müssen wir schnellstmöglich deine alte Kinderfrau und dieses Mädchen hierher schaffen, damit sie deine Aussage bestätigen!"

Raban seufzte erneut. „Also gut. Ich werde ihren zukünftigen Gemahl darum bitten, sie zum Gericht zu begleiten, damit sie ihre Aussage machen kann." Damit stand er auf und wollte gerade zur Tür hinaus, um diese leidige Angelegenheit sofort zu erledigen, als Jerg ebenfalls aufstand.

„Sehr gut. Soll ich mich darum kümmern, dass diese Hilde hierher gebracht wird?"

„Danke, aber das mache ich lieber selbst. Hilde hat nicht gerne Besuch von Fremden, seit...sie dort lebt."

„Raban, ich fürchte, da ist noch etwas. Du wirst sie nicht selbst hierher bringen können. Du...darfst die Stadt bis auf Weiteres nicht verlassen, tut mir leid. Das hat der Richter angeordnet. Ich konnte nichts dagegen tun. Es war ohnehin ein sehr großes Entgegenkommen von ihm, dass er nicht gleich auf deiner Inhaftierung bestand."

Erstaunt sah Raban seinen Freund an. Es war in der Tat ungewöhnlich und ein großes Entgegenkommen, das nur sehr angesehenen Bürgern gewährt wurde, dass man einen eines Mordes Verdächtigen nicht sofort ins Gefängnis werfen ließ, um ihn dort peinlich zu befragen. Andererseits verriet ihm das Verbot, die Stadt zu verlassen aber auch, dass der Richter nicht gewillt war, ihn als Verdächtigen auszuschließen.

Raban zuckte die Schultern, dann nickte er.

„Also gut, wenn du dich darum kümmern könntest, dass Hilde vor dem Richter aussagt, wäre ich dir sehr dankbar. Wenn du ihr sagst, dass ich es immer noch bereue, sie damals über Nacht im Keller eingesperrt zu haben, wird sie wissen, dass du wirklich von mir geschickt wurdest." Raban grinste. „Die Geschichte kennen nämlich nur sehr wenige Menschen."

Jerg schlug seinem Freund auf die Schulter.

„Alsdann, wenn du mir sagst, wo ich deine Hilde finden kann, mache ich mich auf den Weg sobald es meine Aufgaben hier zulassen." Er grinste Raban an. „Du bist nämlich nicht der Einzige, dessen Untaten das Hohe Gericht beschäftigen."

***

Melissa stieg enttäuscht die Stufen des eindrucksvollen Steinhauses herunter und schluckte tapfer die Tränen der Wut und Enttäuschung herunter, die in ihr aufstiegen. Sie wusste nicht genau, das wievielte Haus, die wievielte Absage das gerade gewesen war, aber es schien wirklich so, dass man in Dortmund besonders argwöhnisch gegenüber Fremden war. Sie hatte seit dem gestrigen Tag, als sie Gabriels Haus verlassen hatte, an unzählige Türen geklopft und um Arbeit gebeten. Aber entweder wurde ihr die Tür erst gar nicht geöffnet oder gleich wieder vor der Nase zugeschlagen, nachdem sie ihr Anliegen vorgetragen hatte. Einmal hätte es fast geklappt, aber als die freundliche ältere Frau, die sie hereinbitten wollte, Benni sah, hatte sie bedauernd darauf hingewiesen, dass ihre Herrschaft ein alleinstehender alter Mann war, der keine Kinder in seinem Heim duldete. Wenigstens hatte die Alte ihr ein kleines Brot und einen Apfel zugesteckt und ihr viel Glück bei der Suche nach einem neuen Dienstherren gewünscht. Melissa hatte die Hoffnung nicht aufgeben wollen, aber als die Nacht hereingebrochen war und sie keinen Schlafplatz für sich und Benni hatte, war die Verzweiflung wie eine dunkle Woge über sie hinweggerollt. Benni war den ganzen Tag über tapfer gewesen, hatte nur ein wenig von dem Brot und den Apfel gegessen, aber als sie am Abend immer noch keinen Unterschlupf gefunden hatten, war er doch zunehmend ängstlicher geworden und hatte wieder begonnen, an seinem Daumen zu lutschen und sich unruhig umzusehen. Schließlich hatte Melissa keinen anderen Ausweg gesehen, als sich mit Benni auf einen Friedhof zu schleichen und hinter einem großen Grabstein Schutz zu suchen. Sie konnte die Inschrift nicht entziffern, aber die verwitterten, ineinander verschlungenen Dreiecke kannte sie aus Köln. Es handelte sich um einen Davidstern, also befand sie sich auf einem jüdischen Friedhof, was ihr zusätzlich ein unbehagliches Gefühl bereitete. Juden, das wusste man, hatten Christus ermordet, vergifteten Brunnen und brachten die Pest unter das Volk. Und sie töteten Kinder, um sie ihrem Herrn Jahwe zu opfern! Melissa hoffte inständig, dass tote Juden ebenso tot waren wie tote Christen und daher ihre blutbefleckten Finger nicht nach Benni ausstrecken würden. Der hatte große Augen gemacht, als er begriff, dass seine Schwester vorhatte, hier die Nacht zu verbringen, aber nachdem er das restliche Brot aufgegessen hatte, fiel er fast augenblicklich in einen unruhigen Schlaf. Melissa war froh über die laue Septembernacht, denn so froren sie wenigstens nicht, wenn auch der Hunger langsam für sie zum Problem wurde. Sie hatte das Brot und den Apfel Benni überlassen und nur etwas Wasser aus einem Brunnen getrunken. Dementsprechend hungrig war sie. *Morgen, morgen muss ich unbedingt etwas zu essen für uns auftreiben,* war ihr letzter Gedanke gewesen, bevor auch sie in einen unruhigen Schlaf gefallen war. Aber der folgende Tag hatte begonnen, wie der vorhergegangene geendet war. Sie hatte wieder erfolglos an unzählige Türen geklopft und war schließlich enttäuscht, müde und hungrig in dieser imposanten Kirche gestrandet. *Nur einen kleinen Augenblick ausruhen,* dachte sie und schloss erschöpft die Augen.

Sie erwachte, als jemand heftig an ihrer Schulter rüttelte. Erschrocken riss sie die Augen auf und sah direkt in das erboste Gesicht eines Priesters, der sich vor ihr aufgebaut hatte.

„Das hier ist kein Schlafplatz, mein Kind. Wenn du beten und Gott um Vergebung für deine Sünden bitten willst, dann tu das. Aber wenn du ein Nachtlager suchst, bist du hier falsch!" Er rümpfte die Nase und musterte angewidert ihr zerknittertes, schmutziges Gewand.

„Bitte, lasst mich und meinen Bruder nur noch einen kleinen Augenblick ausruhen. Ich bin fremd hier und suche eine Anstellung. Ich weiß nicht, an wen ich mich noch wenden könnte und möchte Gott um seinen Beistand bitten." Die Tränen, die Melissa inzwischen über die Wangen liefen, schienen den strengen

Gottesmann ein wenig milde zu stimmen.

„Das ist bedauerlich, mein Kind, aber dennoch ist die Kirche ein Ort der Zwiesprache mit Gott und kein Schlafgemach." Er sah sie streng an.

„Aber wenn du Gott ehrlich und reinen Herzens um Hilfe bitten willst, will ich dich nicht daran hindern. Er wird dir Antwort auf deine Fragen geben und dir Trost spenden." Er wandte sich zum Gehen, drehte sich aber noch einmal um.

„Allerdings sollte er das bis zur Schließung der Kirche getan haben, denn dann musst du spätestens weg sein! Ich dulde nicht, dass sich Bettelpack und lichtscheues Gesindel über Nacht in meiner Kirche aufhält und womöglich den Opferstock plündert oder andere abscheuliche Dinge tut." Damit drehte er sich endgültig um und trat vor den Altar, um seinerseits im Gebet zu versinken. Was er damit meinte, ließ er offen, aber seine Anweisung, die Kirche nach dem Gebet zu verlassen, war unmissverständlich. Melissa seufzte, nahm Bennis Hand und zog ihn hinter sich her Richtung Ausgang.

„Wenn du willst, kannst du heute Nacht bei mir schlafen." Melissa blieb stehen und sah sich um. In einer Nische neben dem Ausgang lehnte eine Frau an einem Pfeiler. Bei näherem Hinsehen erkannte Melissa, dass sie nicht mehr ganz jung war und ihr zerschlissenes Kleid starrte vor Dreck. Ihre dunkelblonden, strähnigen Haare hatte sie zu einem unordentlichen Zopf geflochten, aber das Auffallendste an ihr waren ihre schönen dunkelblauen Augen, die so gar nicht zu der restlichen Erscheinung passen wollten. Die Frau stieß sich von dem Pfeiler ab und bedeutete Melissa, ihr zu folgen. Als diese zögerte, blieb sie stehen und stemmte die Hände in die Hüften.

„Du siehst nicht so aus, als ob du eine Wahl hättest. Ich habe gehört, was du zu diesem bigotten Pfaffenarsch gesagt hast." Sie sah Melissa herausfordernd an.

„Du bist nicht von hier, hast keinen Platz, wo du und der Bengel", sie deutete mit dem Kopf auf Benni, „schlafen kannst und lehnst mein Angebot trotzdem ab?" Sie schüttelte den Kopf. „Aber bitte, ich habe es nur gut gemeint. Ich weiß nicht, aus welchem abgelegenen Dorf du kommst, aber wenn du nicht weißt, wie gefährlich es für eine Frau nachts auf den Straßen sein kann, dann muss deine Heimat ein sehr kleines Kaff in einem abgelegenen Wald sein!" Damit drehte sie sich um und ging auf das kostbar geschnitzte Eichenportal zu.

„Köln, ich komme aus Köln. Und verzeih, ich weiß dein großzügiges Angebot zu schätzen. Es ist nur so, dass...ich habe in den letzten Tagen nicht gerade viel Freundlichkeit hier in Dortmund erfahren." Melissa sah ihr Gegenüber müde an.

„Und ich sehe nicht gerade so aus, als ob ich etwas zu verschenken hätte, nicht wahr?" Spöttisch zog die Frau die Mundwinkel nach oben. Melissa errötete bei diesen offenen Worten, hatte sie doch genau das gerade gedacht.

„Hör zu, ich habe wirklich nichts zu verschenken, aber ich war vor langer Zeit in der gleichen Lage wie du. Ich habe meinen Weg gefunden, hier zu überleben. Ich kann dir nur einen Schlafplatz in meinem kleinen Verschlag anbieten, kein Bett, nur gestampfter Lehmboden und nur eine löchrige Zudecke, aber immerhin bist du dort vor den Übergriffen durch die geilen Böcke sicher, die sich hier nachts herumtreiben und auf solche Weiber wie dich nur warten. Komm mit oder lass es, mir ist es einerlei." Damit drehte sie sich erneut um und ging zu dem großen Portal. Unschlüssig wog Melissa die Möglichkeiten ab, die sie hatte, aber als sie an die vergangene Nacht auf dem Friedhof dachte und daran, dass sie immer wieder von unheimlichen Geräuschen aus dem Schlaf gerissen worden war und ängstlich in die dunkle Nacht gestarrt hatte, bevor sie wieder in einen unruhigen Schlaf verfallen war, stand ihr Entschluss fest. Ganz zu schweigen von dem Szenario, das die Fremde heraufbeschworen hatte, wenn sie auf der Straße übernachten müssten.

„Warte, bitte. Ich würde dein Angebot sehr gerne annehmen." Sie zog Benni hinter sich her und folgte der Frau nach draußen. „Ich möchte nur niemandem zur Last fallen, denn ich kann dir deine Freundlichkeit nicht vergelten, ich habe kein Geld."

„Das vermutete ich bereits." Sie grinste und musterte unverhohlen Melissas schmutziges Kleid. „Du siehst nicht gerade aus wie eine Berswordt, Klepping oder Lemberg." Als sie sah, dass Melissa sie verständnislos ansah, fügte sie erklärend hinzu: „Das sind allesamt reiche Pfeffersäcke, die in den feinen Häusern rund um den Alten Markt und entlang des Hellwegs leben. Nicht unsere Kragenweite." Wieder kräuselte sie spöttisch die Lippen.

„Ich heiße übrigens Hiltrud. Nur Hiltrud, ganz ohne Klepping oder Berswordt!"

„Ich heiße Melissa und mein Bruder heißt Benni, also eigentlich Benjamin, aber wir...ich nenne ihn nur so, wenn er etwas ausgefressen hat." Liebevoll wuschelte Melissa durch die blonden Locken ihres Bruders. Benni trottete teilnahmslos neben ihr her und schien, wie so oft, in seiner eigenen Welt versunken zu sein. Melissa machte sich zunehmend Sorgen, dass Benni die schrecklichen Bilder, die er bei dem Überfall hatte mitansehen müssen, niemals vergessen würde. Was der Junge ihrer Meinung nach brauchte, war ein Umfeld, das ihn zur Ruhe kommen ließ, das ihm Sicherheit und Geborgenheit vermitteln würde. Sie seufzte im Stillen, denn all das war in ihrer momentanen Lage in weite Ferne gerückt. Sie verspürte einen kurzen Ruck an der Hand und blieb unwillkürlich stehen, denn auch Benni und Hiltrud hatten angehalten. Melissa war so in Gedanken versunken gewesen, dass sie nicht bemerkt hatte, was um sie herum vor sich ging. Sie standen in einer grölenden, geifernden Menschenmenge, die, wie Melissa nach wenigen Augenblicken feststellte, wie gebannt auf einen merkwürdig aussehenden Eisenkäfig starrte, der in etwa sechs Fuß Höhe an einem stabilen Holzpfahl angebracht war. In dem Käfig hockte ein leichenblasser Mann mittleren Alters, der verzweifelt versuchte, sich an den Eisenstäben seines Gefängnisses festzuhalten, während sich einige junge Burschen aus der Zuschauermenge einen Spaß daraus machten, den Korb mittels eines an den Eisensprossen angebrachten Seiles hin und her zu schwingen. Gleichermaßen fasziniert wie angewidert musste Melissa mitansehen, wie sich der Mann aus dem Käfig heraus nach kurzer Zeit in die Menge erbrach, was diese mit lautem Geschrei und Gelächter quittierte. Offenbar hatte man allerdings mit dieser Reaktion gerechnet, denn die Umstehenden waren gerade noch rechtzeitig zur Seite gesprungen, so dass das Erbrochene niemanden traf. Als Melissa merkte, dass Benni das Geschehen sprachlos und mit großen Augen verfolgte, packte sie ihn bei der Hand und zog ihn schnell mit sich fort. Am Rande der tobenden Menschenmenge hielt sie nach Hiltrud Ausschau, denn offensichtlich hatten sie sich in dem Gewühl verloren. Als sie sie schließlich erblickte, die Hände in die Hüften gestemmt und hemmungslos über den armen Delinquenten lachend, der sich inzwischen erneut mit dem Korb zu drehen begonnen hatte und wieder zu würgen begann, dämmerte ihr, dass es sich bei dem ungewöhnlichen Bauwerk wohl um die Dortmunder Form des Schandkorbes handeln musste, der sich in Köln ebenfalls großer Beliebtheit bei dem Volk erfreute, jedenfalls bei den Personen, die nicht gerade wegen eines Vergehens darin saßen und zur Belustigung der Umstehenden mit faulen Eiern, vergorenem Gemüse oder anderem Unrat beworfen wurden. Wenig später, der Verurteilte lehnte inzwischen mit verschwitzten Haaren und offensichtlich stark benommen an den Gitterstäben, begann die Menge sich zu zerstreuen, wohl in dem Glauben, hier gäbe es in absehbarer Zeit nichts mehr zu gaffen. Auch Hiltrud bahnte sich einen Weg zu Melissa und Benni und gemeinsam gingen sie ein gutes Stück den Hellweg Richtung Westen entlang, bevor Hiltrud in eine kleine Gasse abbog, die nach Norden führte. Die Straßen und Wege wurden merklich leerer und die prächtigen Steinhäuser, die eben noch so stolz den Alten Markt und den Hellweg gesäumt hatten, verwandelten sich zusehends in einfache Holzhäuser, dann in Hütten und als Hiltrud ein weiteres Mal abbog, standen sie schließlich vor einem Verschlag, der noch nicht einmal die Bezeichnung Hütte verdiente. Am Ende einer Gasse, die so eng war, dass Melissa kaum die Arme ausbreiten konnte, ohne die Wände der umstehenden Gebäude zu berühren, lehnten ein paar Bretter an der Wand, ein schmutziges Wachstuch hing vor dem Loch, das wohl den Eingang darstellte und das Dach bildeten ebenfalls ein paar Bretter, die aber immerhin zum Schutz vor Regen von einer weiteren Plane bedeckt waren. Entgeistert sah Melissa auf den Bretterhaufen. Es war kaum vorstellbar, dass ein Mensch das sein Zuhause nennen konnte, wenn selbst die Schweine und Hühner der reichen Familien bessere Ställe besaßen!

„Falls dir das nicht gut genug ist, meine Schöne, dann steht es dir natürlich frei, dir ein entsprechendes Zimmer in einem der zahlreichen Wirtshäuser zu suchen." Hiltrud, die Melissas Blick wohl bemerkt hatte, stemmte die Hände in die Hüften und sah ihr Gegenüber mit einer Mischung aus Spott und gekränkter Eitelkeit an. Melissa fühlte sich ertappt und biss sich verlegen auf die Unterlippe. Was hatte sie denn erwartet hatte, als Hiltrud sie einlud, die Nacht bei ihr zu verbringen? Jedenfalls nicht *das*, musste sie sich eingestehen, wohl wissend, dass Hiltrud nicht Schuld an dieser Situation war. Immerhin hatte sie ihr und Benni nur einen Platz für die Nacht angeboten, keinen Palast und, das kam Melissa jetzt in den Sinn, noch nicht einmal ein Bett!

„Verzeih, Hiltrud, ich wollte dich nicht verletzen. Gerade dich nicht, da du die Einzige bist, die mir helfen will. Aber..."

„Schon gut." Sie zog die Plane zur Seite und deutete einladend in das dunkle Innere des Verschlages.

„Ich kann mir vorstellen, dass du bisher bessere Schlafplätze gewöhnt warst, aber mehr kann ich euch nicht bieten. In einer Stadt wie Dortmund ist es schwer genug, sich seinen Lebensunterhalt zu verdienen und einen Platz zum Leben zu finden, wenn man keine wirkliche Chance bekommt. So wie du...und ich auch, vor langer Zeit. Aber das ist eine lange Geschichte. Wenn du willst...", sie ging hinein und ließ die Plane achtlos fallen, ganz so, als sei es ihr einerlei, ob Melissa und Benni ihr folgen würden oder nicht.

Melissa zögerte nur kurz, denn ganz egal, was sie von dem Verschlag auch halten mochte, er bot ihr und Benni immerhin die Möglichkeit, eine halbwegs sichere Nacht zu verbringen. Also schob sie ihren Bruder in das Innere und folgte ihm. Als sich ihre Augen an das schummerige Licht gewöhnt hatten, das durch die löchrige Plane auf dem Dach fiel und den fensterlosen Raum nur unzureichend erhellte, stellte sie zu ihrem Erstaunen fest, dass der Verschlag zwar sehr eng war, aber offensichtlich bestand er aus mindestens zwei Räumen, die hintereinander angeordnet waren. Im vorderen Teil befand sich außer einer Truhe, die wohl auch als Sitzgelegenheit diente nur noch ein Regal an der rechten Wand, das so schief befestigt war, dass Melissa sich wunderte, warum der einfache Tonkrug und der irdene Becher, die als einzige Gegenstände darauf standen, nicht herunterrutschten. So spärlich dieser Raum auch möbliert war, so sauber schien er allerdings zu sein, denn der lehmgestampfte Boden war sauber gefegt und kein Spinnweben hing an der Decke. Melissa schreckte aus ihrer Betrachtung auf, als Hiltrud sich einen Eimer griff, der in einer Ecke gestanden hatte und sich zum Gehen wandte.

„Sieh dich nur ruhig um, ist ja nicht so groß." Sie grinste und schob den Vorhang zur Seite. „Ich gehe nur schnell etwas Wasser holen und vielleicht finde ich auch noch etwas zu essen." Sie verschwand und Melissa blieb mit Benni allein zurück. Neugierig schob sie den zweiten Vorhang zurück, der den hinteren Teil abtrennte und war ein weiteres Mal überrascht, wie aufgeräumt auch dieser Raum war. In einer Ecke lag ein großer Strohsack, der Hiltrud offensichtlich als Lager diente und darauf lagen, ordentlich gefaltet, mehrere Decken. In der anderen Ecke stand sogar so

etwas wie eine Waschschüssel und an einem Haken in der Wand hing ein zerschlissener, aber immerhin leidlich sauberer Umhang. Benni war ihr die ganze Zeit nicht von der Seite gewichen, aber als er jetzt den Strohsack entdeckte, riss er sich los und krabbelte unter die Decken. Fast augenblicklich war er eingeschlafen, was Melissa schmerzlich vor Augen führte, dass sie dem kleinen Kerl viel abverlangte. Er musste hungrig sein, hatten sie doch seit einem kleinen Kanten Brot am Morgen nichts gegessen, aber offensichtlich war er viel zu erschöpft, um sich darum zu scheren. Wie gerne hätte sie ihm jetzt einen honigsüßen Krapfen oder wenigstens einen einfachen Haferbrei mit Dörrobst gegeben, aber sie hatte nichts Essbares in der Hütte gefunden. Bei dem Gedanken an süßes Gebäck lief ihr das Wasser im Mund zusammen und um sich abzulenken, deckte sie Benni zu und ging wieder nach vorne. In diesem Moment kam Hiltrud hineingeschlüpft, den vollen Wassereimer in der einen und ein Leinentuch in der anderen Hand.
„Willst du dich erst waschen oder hast du zu großen Hunger?" Dabei wickelte sie ein Stück Käse und drei Pasteten aus dem Tuch, die verführerisch nach Gebratenem dufteten. Melissa schluckte und versuchte, nicht allzu gierig auf die Pasteten zu schielen, aber als Hiltrud ihr eine hinhielt, griff sie beherzt zu. Sie meinte, noch nie zuvor in ihrem Leben etwas derart Köstliches gegessen zu haben und verschlang die Pastete in Windeseile. Nachdem sie auch noch einen Becher Wasser getrunken hatte, war sie zwar noch

lange nicht satt, aber der erste nagende Hunger war gestillt. Erst jetzt fiel ihr Benni wieder ein! Himmel! Der kleine Kerl hatte bestimmt ebenfalls einen Bärenhunger! Dankbar nahm sie von Hiltrud die zweite Pastete entgegen und weckte Benni auf. Da er gerade erst eingeschlafen war, dauerte es einen kurzen Augenblick, bevor er zu sich kam. Dann aber erblickte er die verführerisch duftende Fleischpastete und war mit einem Schlag hellwach. Hungrig stopfte er die Leckerei in sich hinein, aber schon bei den letzten Bissen fielen ihm wieder die Augen zu. Den angebotenen Becher Wasser trank er nur zur Hälfte leer, dann schlief er augenblicklich wieder ein. Zufrieden, Benni wenigstens für eine kurze Zeit satt bekommen zu haben, betrat Melissa wieder den vorderen Bereich, wo Hiltrud gerade dabei war, sich mit einem fleckigen Stofffetzen das Gesicht zu waschen. Erstaunt stellte Melissa fest, dass sich hinter der vormals unscheinbaren, schmutzigen Gestalt eine ansehnliche Frau verbarg. Allerdings schien Hiltrud aber auch bedeutend älter zu sein, als Melissa sie geschätzt hatte. „Da staunst du, mein Täubchen, was? Ist die alte Vettel doch gar nicht so hässlich wie du dachtest?" Sie grinste Melissa an, wobei sie ein nicht mehr ganz lückenloses Gebiss entblößte.
„Weißt du, wenn man auf der Straße lebt ist es besser, wenn die Leute einen nicht so genau beachten. Und wer schaut sich schon eine verlauste Alte genau an? Manchmal allerdings", sie bedachte Melissa mit einem belustigten Blick, „ist es von Vorteil, wenn gewisse

Personen auf einen aufmerksam werden." Als sie den fragenden Blick ihres Gegenübers aufschnappte, lachte sie meckernd.

„Sei doch nicht so schwer von Begriff! Was denkst du, wie ich an die Pasteten gekommen bin? Hast du hier irgendwo einen versteckten Goldschatz gesehen? Oder auch nur einen Groschen?" Sie zuckte nur die Schultern als Melissa immer noch nicht zu verstehen schien.

„Kind, Frauen wie du und ich, die auf der Straße leben, haben nur eine Währung!" Sie zog ihren Rock bis zu den Hüften hoch und endlich begriff Melissa, was Hiltrud meinte. Entsetzt zog sie die Augenbrauen hoch. „Du meinst...also du hast für die Pasteten..."

„Die Beine breit gemacht, genau mein Täubchen! Seine Alte lässt ihn nicht mehr ran, also steckt er seinen Rührstab in fremden Teig." Sie lachte über ihren eigenen Witz. Melissa dagegen drehte sich fast der Magen um. Die Pastete, die sie und Benni gerade verspeist hatten, war der Lohn für... Sie schluckte den aufkommenden Ekel hinunter, aber ein schaler Geschmack blieb. Hiltrud hatte sie genau beobachtet und seufzte.

„Kind, ich erzähle dir jetzt meine Geschichte, und dann wirst du anders über die Sache denken." Sie setzte sich auf den Boden und bedeutete Melissa, sich ebenfalls niederzulassen.

„Ich bin nicht als Hure geboren, wie du dir vielleicht denken kannst. Ich bin auf einem kleinen Bauernhof groß geworden, meine Eltern waren arm, aber wir

110

hatten immer das Nötigste, niemand musste hungern. Eines Tages erzählte meine beste Freundin mir im Vertrauen, dass sie dieses Leben satt hätte und von zuhause fort wollte. Sie hatte auf dem Markt einen jungen Kerl getroffen, der ihr das Blaue vom Himmel versprach. Eine Anstellung, schöne Kleider und vielleicht sogar mehr…Ich beschloss, mit ihr fort zu laufen, denn wenn es ihr gelingen würde, in Dortmund ein besseres Leben zu führen, warum sollte es mir dann nicht auch gelingen? Wir zogen also los, heimlich, niemand durfte erfahren, was wir planten. In Dortmund nahm der junge Kaufmann Trude tatsächlich in seinem Haushalt auf und bot ihr eine Stellung als Magd an. Für mich hatte er dagegen keine Verwendung, also machte ich mich voller Hoffnung und Zuversicht daran, eine Anstellung in einem anderen Haushalt zu bekommen. Na, klingelt`s bei dir?" Sie tätschelte Melissas Hand, die gebannt zuhörte. "Natürlich wollte niemand eine Magd ohne Referenzen, noch dazu eine, die nichts richtig konnte! Wer auf einem Bauernhof aufwächst, lernt nichts, was man in einer Stadt braucht. Hier gab es keine Kühe zu melken, kein Gras zu mähen oder Kräuter und Pilze zu sammeln." Hiltrud machte eine kurze Pause und schloss die Augen. Als sie sie wieder öffnete, war ihr Blick hart geworden.

„Was glaubst du, wo ich schließlich landete, als der Hunger übermächtig und die Angst vor brutalen Übergriffen zu groß wurde? Ich hatte meine Unschuld längst verloren, vergewaltigt in einer dunklen Gasse, von mehreren Kerlen, die ihre abartigen Gelüste an mir befriedigten." Sie schien in der Vergangenheit angekommen zu sein, denn in ihre Augen trat ein gequälter Ausdruck. Eine Träne rollte über ihre Wange, aber sie machte sich nicht die Mühe, sie wegzuwischen. "Mit zunehmendem Alter wurden die Hurenhäuser, an die mich die Wirte weitergaben, immer schlechter, die Kunden dreckiger, ihre Wünsche ausgefallener. Als auch der letzte Wirt keine Verwendung mehr für mich hatte, stand ich wieder auf der Straße. Um zu überleben, tat ich das Einzige, was ich inzwischen gelernt hatte. Ich machte die Beine breit für jedes Brett, jeden Becher, für alles, was du hier siehst!" Nun wischte sie sich doch die Tränen ab, dann stand sie entschlossen auf und goss sich etwas Wasser in den Becher. Nach einem großen Schluck fuhr sie fort.

"Aber es ist gar nicht so schlecht, das Leben, das ich führe. Ich kann mir die Kerle aussuchen, von denen ich mich vögeln lasse, und wenn mir einer zu dreckig ist, dann lass ich ihn auch nicht ran. Da verzichte ich lieber auf etwas zu essen." Sie drehte den Becher in der Hand. "Das ist ein Luxus, den ich in den Hurenhäusern nicht hatte. Da musste ich jeden ranlassen, der genug bezahlte. Wenn ich mich geweigert habe, wurde ich verprügelt und am Ende hat es nichts genutzt, weil ich dann nur Schmerzen hatte und die Kerle mich schließlich doch gevögelt haben."

Melissa konnte nichts darauf sagen. Zu sehr hatte Hiltruds Schilderung sie mitgenommen. Erst nach einer ganzen Weile brachte sie es fertig, sich zu räuspern.

„Was ist aus deiner Freundin geworden? Hat sie wenigstens ihr Glück gefunden?"

„Trude? Oh, es dauerte nicht lange, da holte der hohe Herr sie in sein Bett. Auf eine andere Art erging es ihr also nicht besser als mir. Nur musste sie nur *einem* Kerl zu Willen sein, der allerdings hatte eine perverse Neigung. Wenn wir uns heimlich trafen, hatte sie immer blaue Flecken und wenn sie erzählte, was er mit ihr anstellte, blieb selbst mir die Luft weg." Hiltrud wischte die Erinnerungen mit einer unwirschen Handbewegung beiseite. „Dann wurde sie schwanger. Aber während die Dame des Hauses die fleischlichen Eskapaden ihres Gemahls stillschweigend geduldet hatte, um nicht selbst seine Gelüste befriedigen zu müssen, war dieser Umstand Grund genug, Trude hinauszuwerfen."

„Was ist dann mit ihr geschehen?" Melissa wusste nicht, ob sie die Antwort hören wollte.

„Oh, Trude hat das Kind natürlich verloren. Die Straße ist kein guter Ort für Schwangere." Nach einer kurzen Pause fügte Hiltrud hinzu: „Sie ist nie darüber hinweggekommen. Man fand sie schließlich in einem Hinterhof. Sie hatte sich erhängt."

Melissa sog scharf die Luft ein. Wie verzweifelt musste man sein, auf einen Platz im Himmelreich zu verzichten, indem man die größte Sünde beging, die ein Christ nur begehen konnte!

Müde rieb sich Hiltrud über die Augen.

„Es wird Zeit zu schlafen. Leg dich nur zu deinem Bruder auf das Stroh. Mir macht eine Nacht mehr oder weniger auf dem Boden hier nichts aus." Als Melissa protestieren wollte, hob sie abwehrend die rechte Hand. „Im Übrigen muss ich morgen sehr früh raus, wenn wir wieder Pasteten haben wollen." Sie grinste Melissa schief an.

„Hiltrud, ich kann das nicht...ich meine ich will nicht, dass du..." Melissa wurde vor Verlegenheit ganz rot.

„Kindchen, auf einmal mehr oder weniger kommt es nicht an. Und der Pastetenbäcker ist gar nicht so übel..." Ohne ein weiteres Wort holte Hiltrud sich eine Decke aus dem hinteren Teil der Hütte und legte sich auf den harten Boden. Noch bevor Melissa etwas erwidern konnte, schnarchte Hiltrud schon, oder tat wenigstens so, um jede Diskussion im Keim zu ersticken. Melissa legte sich also zu Benni und nahm ihn in den Arm. Und obwohl die Gedanken in ihrem Kopf wie Blätter im Wind herumwirbelten, fiel sie doch nach kurzer Zeit erschöpft in einen tiefen Schlaf.

***

Enttäuscht schaute Raban noch eine kurze Weile auf die Tür, die sich gerade vor ihm geschlossen hatte. Das konnte doch nicht sein! Seit zwei Tagen versuchte er, Melissa zu sprechen und alles, was man ihm hier sagte, war, dass sie nicht zu sprechen sei! Selbst als er darum ersucht hatte, dem Hausherrn persönlich sein Anliegen vortragen zu wollen, war ihm einfach die Tür vor der Nase zugeworfen worden. Zunehmend beschlich ihn das Gefühl, dass hier etwas nicht stimmte. Dieses verhuschte Mädchen, das ihm immer die Tür geöffnet hatte, hatte jedes Mal behauptet, weder ihr Herr noch Melissa seien im Hause, was schlichtweg gelogen war. Zunächst aus einem Gefühl der Enttäuschung heraus, Melissa würde sich verleugnen lassen, weil sie ihn nicht wiedersehen wollte, hatte Raban begonnen, das Haus zu beobachten. Und so hatte er gesehen, dass Gabriel Scherf sehr wohl im Hause war, als er gerade zum wiederholten Mal vorstellig wurde. Warum ließ er sich dann verleugnen? Und wo war Melissa? War es etwa so, dass dieser eifersüchtige Gockel ihr verboten hatte, mit fremden Männern zu reden?

Seufzend wandte sich Raban schließlich zum Gehen. Welchen Grund es auch immer dafür geben mochte, dass man ihn nicht zu Melissa vorließ, er würde es hier und heute nicht erfahren! Aber er nahm sich fest vor, diese Sache nicht auf sich beruhen zu lassen, denn er brauchte Melissas Aussage, um zu beweisen, dass er zum fraglichen Zeitpunkt gar nicht am Tatort hatte sein können.

Er beschloss, auf dem Rückweg zu seinem Kontor im Richthaus am Hellweg vorbeizuschauen. Das Hohe Gericht hatte ihm heute in einem Schreiben mitgeteilt, dass sein Vermögen bis auf Weiteres beschlagnahmt war. So wolle man verhindern, dass er sich mit seinem Vermögen womöglich absetzen konnte, bevor die Frage seiner Schuld – oder gegebenenfalls Unschuld – geklärt war. Das war durchaus in Fällen wie dem seinen nicht unüblich, denn wenn es ihm doch gelingen sollte, sich einer Anklage durch Flucht zu entziehen, ging wenigstens sein gesamtes Hab und Gut in den Besitz der Stadt über, was immerhin einer finanziellen Wiedergutmachung gleich kam, wenn auch nicht einer gerechten Strafe für ein Verbrechen wie Mord.

Nichtsdestotrotz musste er versuchen, wenigstens die laufenden Wechsel bedienen zu können. Er erwartete in den nächsten Tagen eine größere Lieferung feinster Seidenstoffe und Gewürze, die er erst zur Hälfte angezahlt hatte. Der Rest der Kaufsumme war bei Lieferung fällig und daher wollte er darum bitten, ihm diese Summe aus dem beschlagnahmten Vermögen zur Verfügung zu stellen. Notfalls wollte er dem Rat die Waren im Gegenzug so lange verpfänden, bis er wieder über sein Vermögen verfügen konnte.

So in Gedanken versunken erreichte er schließlich das imposante steinerne Richthaus, das den Amtssitz des Hohen Gerichts und damit auch des obersten Richters, des Freigrafen, beherbergte und wurde nach kurzer Wartezeit zu diesem vorgelassen.

Remigius von Werder, der sein Freigrafenamt von Dietrich von Moers, dem obersten Stuhlherrn der Femegerichte, und seines Zeichens Erzbischof von Köln, für eine nicht unbeträchtliche Summe gekauft hatte, war schon auf den ersten Blick ein Mann, der eine unglaubliche Strenge ausstrahlte. Sein dunkelbraunes Haar war ordentlich auf Kinnlänge gestutzt, sein voller Bart wirkte gepflegt und verlieh seinem Äußeren eine gewisse Härte. Seine wachen grauen Augen musterten Raban interessiert. Nachdem sich Raban ehrerbietig verbeugt hatte, deutete sein Gegenüber einladend auf einen Stuhl, der vor einem imposanten Eichentisch stand, auf dem ordentlich sortiert Papiere und Schriftrollen lagen.

„Herr van Gehrden, was führt Euch zu mir?", fragte der Freigraf seinen Gast, ohne diesen aus den Augen zu lassen.

„Mich erreichte heute morgen die Ankündigung, dass Ihr mein Vermögen habt beschlagnahmen lassen. Ich wollte Euch bitten, mir für einen Teil davon Aufschub zu gewähren. Ich erwarte in den nächsten Tagen eine Lieferung aus Venedig die ich noch zur Hälfte auslösen muss. Ich wollte Euch vorschlagen..."

„Es sei Euch gewährt." Der Freigraf musterte Raban interessiert, der ob dieses bedingungslosen Entgegenkommens erheblich irritiert zu sein schien.

„Äh ja, danke, das ist sehr großzügig von Euch."

„Raban, lasst uns ein offenes Wort sprechen." Er goss sich und seinem Gast Wein in zwei Becher und reichte Raban einen davon. Der nippte unbehaglich an dem Wein und versuchte, die Situation einzuschätzen.

„Ihr seid eines Verbrechens verdächtig, das hinterhältiger und grausamer nicht sein könnte." Er beugte sich zu Raban hinüber und musterte diesen unverhohlen.

„Habt Ihr dieses junge Mädchen geschändet und sie und Eure Schwester getötet?"

„Nein." Raban sah seinem Gegenüber geradewegs in

die Augen und zuckte nicht einmal mit der Wimper. Einen unbehaglich langen Augenblick musterte der Freigraf ihn unverwandt, dann lehnte er sich zurück. „Ich glaube Euch. Wisst Ihr, ich kannte Eure Mutter. Sie war...sie hat mir einmal sehr viel bedeutet, aber sie hat sich gegen mich entschieden und Euren Vater geheiratet. Dass das ein großer Fehler war hat sie zu spät eingesehen. Aber sei es drum...Ich habe Euren Werdegang seit Eurer Geburt aufmerksam verfolgt und es nötigt mir Respekt ab, wie Ihr es geschafft habt, Euch gegen alle Widrigkeiten durchzusetzen." Als er eine kurze Pause machte, um einen Schluck zu trinken, hakte Raban nach.

„Ihr kanntet meine Mutter? Das habe ich nicht gewusst!"

„Das wundert mich nicht. Euer Vater hat ihr verboten, über mich zu reden. Vielleicht war er eifersüchtig, vielleicht wollte er aber auch nur Gerede verhindern."

„Er war nicht mein Vater." Nun war es an Raban, sein Gegenüber zu beobachten. Für einen kurzen Moment flackerte etwas in den Augen des Freigrafen auf, aber bevor Raban es deuten konnte, war dessen Miene wieder unverbindlich und distanziert. Trotzdem hatte Raban das sichere Gefühl, dass Remigius von Werder von dieser Tatsache überrascht war.

„Herr van Gehrden, ich will offen zu Euch sprechen. Ich glaube nicht, dass Ihr getan habt, wessen man Euch beschuldigt. Aber wir sind hier nicht in der Kirche und so muss ich in alle Richtungen ermitteln. Was eine Täterschaft Eurerseits einschließt." Er nahm noch einen

Schluck Wein, bevor er weitersprach.

„Euer Freund, Jerg von Arnstetten, hat mir das hier gegeben." Er fingerte den Knopf aus der obersten Schublade und hielt ihn Raban hin.

„Ja, das ist mein Knopf. Aber ich weiß nicht, wie er an den Tatort kam. Ich schwöre Euch, dass ich nicht dort war!"

„Das ist der nächste Punkt. Es gibt eine Zeugin, die schwört, Euch dort gesehen zu haben." Unverwandt sah der Richter Raban an.

„Eine *Zeugin*?" Verblüfft zog Raban die Augenbrauen in die Höhe. „Jerg...Herr von Arnstetten sagte mir, es gäbe einen Augenzeugen, aber dass es eine Frau ist, hat er mir nicht gesagt."

„Oh, es handelt sich um eine Nonne aus dem Kloster, die zufällig aus einem der oberen Fenster gesehen hat, als..."

„Aber das ist doch Unfug! Warum hat sie dann nicht sofort Alarm geschlagen und Hilfe geholt?"

„Seht Ihr, das habe ich mich auch schon gefragt. Schwester Adelheid wirkte bei ihrer Aussage darüber hinaus etwas...nun sagen wir, sie konnte nicht alle Fragen zweifelsfrei beantworten und wirkte...eingeschüchtert. Ganz so, als ob sie jemand gezwungen hätte, genau das zu sagen, was man ihr vorher eingetrichtert hatte."

„Aber das würde ja heißen..."

„Dass Ihr jemandem derart auf die Füße getreten seid, dass er Euch an den Galgen bringen will!" Gespannt sah der Freigraf Raban an.

„Habt Ihr eine Ahnung, wer Euch derart hasst, dass er Euren Tod wünscht?"

Raban war blass geworden. Jergs Überlegngen waren in die gleiche Richtung gegangen und ihre Mutmaßungen hinsichtlich seines Schwagers fielen ihm wieder ein.

„Nun, es gab da einen unschönen Vorfall an dem Tag, als Herr von Arnstetten uns von den Morden berichtete."

„Uns?"

„Ja, als ich in seiner Amtsstube eintraf, waren dort bereits Beata, meine Stiefschwester, und ihr Gemahl, Rafael Waldner. Rafael warf mir ohne Umschweife an den Kopf, dass er mich für die Morde verantwortlich machte."

„Habt Ihr eine Vermutung, warum er das tat? Ich meine, es ist doch ungewöhnlich, dass man jemanden so ohne Weiteres eines, nein, zweier Mord beschuldigt, ohne Beweise zu habe." Fragend zog der Amtmann die Augenbrauen in die Höhe.

„Genaugenommen waren es vier." Raban seufzte.

„Vier?" Erstaunt hielt der Richter die Luft an.

„Ja, er beschuldigte mich, an den Toden von Isabel, meiner Gemahlin, Gerlin, eine meiner Schwestern, und eben diesen beiden letzten Opfern Schuld zu sein."

„Er behauptete, Ihr hättet auch Isabel getötet?" Der Ton, mit dem der Freigraf das aussprach, ließ Raban aufhorchen.

„Ja, zumindest deutete er an, dass ihr Tod nicht ausreichend untersucht worden sei und ich so ungeschoren davon gekommen wäre."

„Aber so weit ich mich erinnere, lautete das Urteil damals auf natürlichen Tod, ausgelöst durch die Schwermut nach dem Tod Eures Kindes. " Prüfend sah er Raban an.

„Es war nicht mein Kind.", sagte der tonlos und wandte den Blick ab.

Es trat eine lange Pause ein, in der der Richter sein Gegenüber interessiert musterte. Dann fragte er unvermittelt: „Wisst Ihr denn, wer dann der Vater war?"

„Nein, Isabel hat es nie verraten. Sie wurde damals vergewaltigt, bevor...sie war schon schwanger, als wir heirateten." Raban wusste nicht, warum es ihm so schwerfiel, darüber zu reden. Wahrscheinlich hatte es ihn damals doch mehr verletzt, als er zugeben wollte, dass Isabel ihm nicht vor der Heirat die Wahrheit gesagt hatte.

Erst jetzt fiel Raban auf, dass der Richter immer von Isabel sprach, anstatt von Frau van Gehrden.

Misstrauisch fragte er: „Kanntet Ihr meine Gemahlin?"
Der Richter antwortete mit einer Gegenfrage.

„Ihr habt sie nicht wirklich gut gekannt, nicht wahr?"
Mit einer Mischung aus Bedauern und Unverständnis sah er Raban an. Er fühlte leichten Unmut in sich aufsteigen, weil er nicht verstand, wie Raban so gleichgültig gegenüber seiner Gemahlin hatte sein können. Wenigstens ließ dessen Gesichtsausdruck erahnen, dass er sich der junge Mann bei diesem Thema deutlich unwohl fühlte.

„Isabel war mit meiner Tochter Johanna gut befreundet. Sie haben immer die Köpfe zusammen gesteckt und viel Zeit zusammen verbracht. Jedenfalls bis Johanna ihren späteren Gemahl kennenlernte. Ab dem Zeitpunkt haben sie sich etwas aus den Augen verloren, aber ganz abgerissen ist der Kontakt nie." Raban konnte sich nicht erinnern, dass ihm bei der Hochzeitsfeier auch eine Johanna vorgestellt worden war, aber da die Gästeschar schier unübersehbare Ausmaße angenommen hatte, worauf sein Schwiegervater bestanden hatte, war das auch nicht ungewöhnlich. Vielleicht war sie einmal zu Besuch bei Isabel gewesen, aber auch daran konnte er sich nicht wirklich erinnern. Wie er sich überhaupt an wenig erinnern konnte, was mit Isabel zu tun hatte. Ein schlechtes Gewissen begann, unbarmherzig an ihm zu nagen. Er hatte sich immer damit herausgeredet, Isabel hätte sich seine Gleichgültigkeit durch ihrem Vertrauensbruch selbst zuzuschreiben. Aber nun wurde ihm mit schmerzlicher Deutlichkeit bewusst, dass sie genau so ein Opfer der Umstände war, wie er. Niemals hatte er auch nur den Versuch gemacht, sie zu fragen, wie sie sich fühlte, nachdem das Kind gestorben war. Es war ihm schlichtweg einerlei gewesen. Und dafür schämte er sich jetzt.

„ Johanna kam damals, es muss vor etwa zwei Jahren gewesen sein, zu mir und bat mich, irgendetwas in dieser Angelegenheit zu unternehmen. Isabel hatte sich ihr anvertraut und gesagt, sie sei vergewaltigt worden. Johanna hatte bemerkt, wie sehr Isabel darunter litt, ein

Kind aus dieser Tat empfangen und damit Eure
Zuneigung verwirkt zu haben. Den Mann, der ihr das
angetan hatte, wollte sie allerdings um keinen Preis
nennen und da sie zu dem Zeitpunkt bereits mit Euch
verheiratet war, sah ich keine Möglichkeit, die
Vergewaltigung zu beweisen, geschweige denn, den
Täter dafür zu bestrafen."
Raban war blass geworden. Er war damals erst ein paar
Tage vor der Vermählung aus London nach Dortmund
zurückgekehrt. Ein Sturm und schwere See hatten
verhindert, dass er früher in seiner Heimat eintraf.
„Wer...wer war dieser Mann?" Rabans Miene ließ
keinen Irrtum darüber aufkommen, was er mit ihm zu
tun gedachte, wenn er seiner habhaft werden würde.
Er umfasste seinen Becher Wein so fest, dass seine
Handknöchel weiß hervortraten.
„Das hat sie Johanna nie erzählt, und wenn doch, dann
hat Johanna jedenfalls mir gegenüber geschwiegen."
„Herr von Werder, ich..." Er versuchte, sich zu
räuspern, aber seine Stimme wollte ihm nicht
gehorchen. „Ich habe wohl wirklich nicht viel über
meine Gemahlin gewusst. Ich.."
„Ihr müsst Euch nicht entschuldigen, ich habe kein
Recht, in dieser Sache über Euch zu richten. Das müsst
ihr mit Euch selber ausmachen." Er stand auf und
Raban tat es ihm gleich.
„Ihr solltet auf der Hut sein, Herr van Gehrden. Ich
kam auf Eure Ehe zu sprechen, weil ich Euren Verstand
für Euer Umfeld schärfen wollte. Wenn Isabel noch
irgendwo Verwandte hat, dann zieht auch die in

Betracht. Immerhin hat man Euch damals öffentlich beschuldigt, an ihrem Tod zumindest moralisch eine Schuld zu tragen." Er sah Raban durchdringend an.

„Den Verdacht bezüglich Eures Schwagers kannte ich bereits. Euer Freund, Jerg von Arnstetten, hat mich darüber informiert. Eure Schlussfolgerungen sind nicht von der Hand zu weisen, aber meine Erfahrung sagt mir, dass mehr hinter der ganzen Sache steckt." Und leider sagte ihm sein Instinkt auch, dass der Rat, den er Raban gerade gegeben hatte, nämlich in alle Richtungen zu denken, genauso auf ihn zutreffen musste: „De omnibus dubitandum est", *An Allem ist zu zweifeln!* war einer der Grundsätze, die ihn sein Magister an der ehrenwerten Universität zu Bologna gelehrt hatte. Zwar glaubte er nicht, dass Raban und dieser Jerg von Arnstetten das alles nur inszeniert hatten, um von Raban abzulenken, aber er würde die Beiden vorsichtshalber im Auge behalten.

Er legte Raban versöhnlich die Hand auf die Schulter. „Ich fürchte, diese Sache ist nicht so offensichtlich, wie sie Euch vielleicht erscheinen mag." Mit diesen Worten entließ der Richter seinen Gast.

***

Als Melissa erwachte, wusste sie zunächst nicht, wo sie sich befand. Sie hatte zum ersten Mal seit dem Überfall

tief und vor allem traumlos geschlafen. Sie richtete sich
vorsichtig auf, um Benni nicht zu wecken, der fest an
sie gekuschelt noch leise schnarchte. Dann fiel ihr der
gestrige Tag wieder ein und sie sah sich nach Hiltrud
um. Aber so wie es schien, war die Hütte leer und die
ältere Frau bereits unterwegs. Als Melissa in den Sinn
kam, dass Hiltrud womöglich gerade bei dem Bäcker
ihr Frühstück holte, und was sie dafür tun musste,
wurde ihr ganz übel. Ganz sicher würde sie keinen
Bissen herunterbringen, wenn Hiltrud mit Pasteten
zurück käme! Melissa trat aus dem Verschlag heraus
und sah sich um. Die Gasse, in der sie sich befand, war
eng und dunkel. Die überkragenden Giebel der Häuser
ließen keinen Sonnenstrahl bis hier unten durch und es
stank nach Unrat und Abfällen. Sie ging bis an das
Ende der Gasse und versuchte, sich zu orientieren, als
sie plötzlich Stimmen vernahm. Sie wollte sich gerade
wieder umdrehen und zurück zu Benni gehen, als sie
zwei heruntergekommene Kerle sah, die sie anstarrten.
Beide grinsten sich an, dann nickten sie sich zu und
nachdem sie sich durch einen schnellen Blick in alle
Richtungen versichert hatten, dass sie alleine waren,
waren sie mit wenigen Schritten bei Melissa. Der
Größere von beiden packte sie und zerrte sie hinter
eine Hausecke. Sie wehrte sich mit allen Kräften, aber
gegen den Kerl hatte sie keine Chance. Er drückte sie
gegen die Hauswand und begann, sie überall
anzufassen. Dabei ließ ein Blick in seine verschlagenen
grauen Augen keinen Zweifel darüber aufkommen,
was er vorhatte. Melissa konnte seinen stinkenden

Atem riechen und als er versuchte, sie zu küssen, musste sie würgen.

„He, Kleine, nicht so abweisend! Glaubst wohl, du bist was Besseres!" Er ließ seine Zunge aufreizend an ihrem Hals herunterfahren, während er sich mit der rechten Hand an seiner Bruche zu schaffen machte. Hilflos stand Melissa da, an die Wand gepresst und nicht fähig, sich gegen ihren Peiniger zu wehren. Der andere Kerl johlte und machte eindeutige Gesten in Richtung seines Kumpans.

„He, Wilfried, lass mir was von dem Täubchen über. So was Feines haben wir lange nicht mehr gevögelt!"

„Und leider wird das auch heute nichts, Gernot!" Überrascht hielt der Mann, der Melissa gegen die Wand gepresst hatte, inne und auch der zweite Kerl blickte sich zu der Stimme um. Melissa konnte nichts erkennen, weil der Kerl, der sich an ihr zu schaffen machte, ihr den Blick auf die Gasse versperrte, aber sie meinte, Hiltruds Stimme erkannt zu haben.

„Ah, die hübsche Hiltrud! Dich haben wir eigentlich gesucht und dabei dieses Vögelchen hier gefunden." Der Kerl schob Melissas Röcke hoch und ließ sich nicht weiter beirren, bis eine grobe Hand ihn am Hemdkragen packte und von Melissa wegzog.

„He, was soll das! Wenn du sie haben willst, stell dich hinten an. Nach mir ist erstmal Gernot..." Ein Faustschlag brachte ihn zum Verstummen und jetzt sah Melissa, dass ein bulliger Kerl neben Hiltrud stand und ihren Peiniger mit dem Schlag vorerst außer Gefecht gesetzt hatte.

„Hast du auch noch was dazu zu sagen?", fragte der Unbekannte den Mann, den Hiltrud Gernot genannt hatte. Ganz kurz flackerte Unwillen und Trotz in den Augen des Mannes auf, aber dann schien die Vernunft die Oberhand zu gewinnen, zumal sich sein Kumpan immer noch nicht rührte.

„Schon gut, du kannst sie haben. Ich mag sowieso lieber willige Weiber!" Damit drehte er sich um und verschwand, ohne sich weiter um seinen verletzten Freund zu kümmern. Hiltrud trat neben Melissa und stieß den regungslosen Wilfried mit dem Fuß an.

„Das hast du ja fein hingekriegt, Simon. Du solltest ihn nicht tot schlagen, nur erschrecken!" Dabei blinzelte Hiltrud den Mann amüsiert an.

„Der ist nicht tot, Süße. Aber wenn er nachher auf dem Misthaufen da drüben wach wird, wird er sich fast so fühlen." Damit packte er den Ohnmächtigen an dessen speckigem Wams und schleppte ihn zu einem riesigen Misthaufen am anderen Ende der Gasse.

„Da sind wir ja gerade noch rechtzeitig gekommen, Kleine. Das sind zwei üble Burschen, die ab und an meine...Dienste in Anspruch nehmen. Glaub mir, solchen Hurensöhnen sollte ein zartes Pflänzchen wie du lieber aus dem Weg gehen. Und jetzt komm, lass uns erstmal was essen, dann sieht die Welt schon wieder anders aus." Sie tätschelte Melissa die Wange, aber die stand nur zitternd und weinend an der Hauswand, ohne sich zu rühren.

„Mädchen, komm schon, es ist doch nichts passiert. Besser, du lernst gleich, wie man mit solchen Kerlen umgeht. Solche Begegnungen werden dir nicht erspart bleiben, wenn du auf der Straße lebst."

Nur langsam war Melissa im Stande, das Zittern zu unterdrücken, das immer noch ihren Körper beherrschte. Das Dröhnen in ihrem Kopf ließ ein wenig nach und sie erkannte, welch großes Glück sie gerade gehabt hatte. Hiltrud und dieser Mann hätten keinen Augenblick später kommen dürfen! Melissa versuchte, den Ekel abzuschütteln, der sie überkam, als sie an die gierigen Hände dachte, die ihren Körper überall berührt hatten, den abstoßenden Geruch, den die Beiden verströmt hatten, die fleischige Zunge, die wie ein ekliger Wurm über ihren Hals gekrochen war...

Behutsam zog Hiltrud Melissa in Richtung Hütte, dicht gefolgt von dem großen, gutmütig aussehenden Mann namens Simon. Dort angekommen drückte sie das immer noch verstört wirkende Mädchen auf die Truhe und goss einen Becher voll Wasser, den sie ihr reichte, bevor sie Simon ebenfalls herein rief.

„Kindchen, das ist Simon, der Pastetenbäcker. Ich wollte ihn dir eigentlich unter anderen Umständen vorgestellt haben, aber sei es drum." Sie zog den Mann näher heran. Der deutete eine kleine Verbeugung an.

„Hiltrud hat nicht übertrieben. Ihr seid noch schöner als sie gesagt hat." Schüchtern musterte er sie und ein Lächeln glitt über sein Gesicht. Melissa war unwohl als ihr in den Sinn kam, warum Hiltrud diesem Simon von ihr vorgeschwärmt haben könnte.

„Mädchen, ich will nicht um den heißen Brei herumreden. Ich habe gedacht, dass es gut wäre, wenn

du dir für das erste Mal so einen wie ihn nimmst. Er...",
sie tätschelte dem bulligen Mann den Arm, „...ist ein
braver Kerl, der keine ausgefallenen Wünsche hat und
dir zeigen könnte, was man von dir erwartet."

Melissa dachte zuerst, sie hätte sich verhört, aber als sie
in die ernsten Gesichter sah, merkte sie, dass es
Hiltruds voller Ernst war. Sie sollte mit diesem Simon
schlafen! Sie schluckte schwer, denn ihr wurde auch
klar, was Hiltrud von ihr erwartete. Sie sollte zukünftig
ebenfalls ihren Körper für Geld oder anderes
Entgegenkommen verkaufen! War das nicht genau das,
was Gabriel ihr prophezeit hatte?! Sie würde ihren
Körper verkaufen müssen, um sich und Benni
durchzubringen!

„Süße, du musste es nicht heute tun! Ich verstehe,
wenn du nach diesem Erlebnis mit den beiden
stinkenden Hurensöhnen noch etwas Zeit brauchst,
aber auf Dauer kann ich dich und den Kleinen nicht
durchfüttern!" Sie sah Simon an.

„Ich bringe sie morgen mit, wenn ich die Pasteten bei
dir abhole!" Damit schob sie den Mann durch den
Vorhang hindurch auf die Gasse.

„Hiltrud, ich...kann das nicht!" Entsetzt sah Melissa
Hiltrud an, die sie mit einer Handbewegung
aufforderte, sich neben sie auf die Truhe zu setzen.

„Komm mal her, Kindchen." Sie nahm Melissas kalte
Hand in ihre und tätschelte sie beruhigend.

„Glaub mir, wenn ich damals eine andere Möglichkeit
gesehen hätte, hätte ich mich auch für einen anderen
Weg entschieden. Es ist nicht so, dass es mir Spaß

macht, ständig für diese geilen Böcke die Beine breit zu machen, aber es ist erträglich. Mit der Zeit lernt man, damit umzugehen. Vor allem, wenn einem nichts anderes übrigbleibt, um zu überleben. Es ist ganz sicherlich nicht das Leben, was ich mir erträumt habe, als ich nach Dortmund kam, aber Träume sind was für Leute, die sie sich leisten können!"

„Aber...", Melissa blieb der Protest im Halse stecken. Hatte sie nicht auch Träume gehabt, als sie in Köln aufgebrochen waren? Hatte sie nicht von einem ruhigen, beständigen Leben als Ehefrau und Mutter geträumt? An der Seite eines Mannes, der sie beschützte und sich um sie sorgte? Und was war daraus geworden?! Sie war alleine, alleine mit Benni, um den sie sich kümmern musste, in einer Stadt, in der sie niemanden kannte, ohne Geld und Arbeit! Sie konnte nicht länger die Augen vor dieser Tatsache verschließen, auch wenn der Ausweg, den Hiltrud ihr aufgezeigt hatte, nicht ihrer war. Plötzlich wusste sie mit erschreckender Ruhe, was sie tun würde: Sie würde ihren Stolz und ihre Angst vor dem, was sie dort erwartete, ausblenden und zu Gabriel gehen! Im Grunde machte es keinen Unterschied, zu wessen Hure sie würde, jedenfalls nicht für sie. Aber für Benni würde es einen Unterschied machen! Bei Gabriel hätten sie wenigstens ein Dach über dem Kopf und müssten nicht auf der Straße leben. Und regelmäßig etwas zu essen. Vielleicht konnte sie ihn sogar überreden, Benni zur Schule zu schicken, aber selbst wenn er sich weigerte, wäre dieses Leben besser als das, was Hiltrud führte. Was passieren würde, wenn Gabriel ihrer überdrüssig wurde oder wenn sie gar schwanger würde, darüber wollte sie lieber nicht nachdenken. Kurz dachte sie an Hiltruds Freundin, die in der gleichen Situation gewesen war und nun in ungeweihter Erde verscharrt lag, aber schnell schüttelte sie diesen Gedanken ab. Für den Augenblick genügte es, Benni ein Zuhause zu geben, damit er zur Ruhe kommen konnte. Alles Weitere würde sich finden.

„Hiltrud...", begann sie, aber ihr war sofort klar, dass die Ältere sie nicht verstehen würde. Und so sagte sie nur: „Ich danke dir für alles, was du für mich und Benni getan hast. Vielleicht kann ich es dir eines Tages vergelten, aber..."

„Mein Weg ist nicht deiner, ist es nicht so?" Mehr sagte sie nicht und das war auch nicht nötig. Fast liebevoll streichelte sie Melissa über die Wange. „Was wirst du nun tun?"

„Ich sorge dafür, dass Benni ein Dach über dem Kopf hat, einen Platz, an dem seine Seele hoffentlich zur Ruhe kommt und er die schrecklichen Bilder vergisst, die er mitansehen musste." Entschlossen stand Melissa auf und umarmte Hiltrud.

„Und glaube mir, so sehr unterscheidet sich mein Weg gar nicht von deinem!"

***

Ruhelos ging Raban in seinem Kontor auf und ab. Die
Worte des Richters hatten mehr Fragen aufgeworfen als
sie zu klären vermochten. Isabel hatte eine große
Familie, vier Brüder und drei Schwestern. Dazu Onkel
und Tanten, Cousins und Cousinen. Aber keinem von
denen traute er zu, sich auf diese infame Weise an ihm
für den Tod seiner Frau rächen zu wollen. Zwar waren
alle tief erschüttert über Isabels Tod gewesen und er
hatte einige ziemlich direkte Fragen beantworten
müssen, aber das war es, was diese Menschen
auszeichnete: Sie waren direkt! Isabels Vater, der zu
diesem Zeitpunkt noch lebte, hatte ihn ganz direkt und
vor allen anderen Anwesenden nach dem Begräbnis
gefragt, ob Isabel durch seine Hand gestorben war.
Raban lief ein Schauer über den Rücken, als er sich an
seine Antwort erinnerte. „Nicht durch meine Hand,
aber möglicherweise durch mein Verhalten.", hatte er
ehrlich geantwortet, und nachdem sich beide Männer
eine ziemlich lange Zeit offen in die Augen geblickt
hatten, hatte der Alte ihm eine Hand auf die Schulter
gelegt und gesagt: „ Das, mein Junge, musst du mit
Gott ausmachen, darüber habe ich nicht zu richten!"
Dann war er gegangen und kurz darauf hatte Raban
erfahren, dass sein Schwiegervater gestorben war.
Natürlich war es nicht ausgeschlossen, dass jemand aus
ihrer Familie ihn immer noch für ihren Tod

verantwortlich machte, aber er hielt das für unwahrscheinlich. Außerdem lebten ihre Geschwister über das gesamte Reich verstreut und er hatte lange nichts mehr von ihnen gehört. Er wollte diese Spur nicht gänzlich außer Acht lassen, aber wie er es auch drehte und wendete, die wahrscheinlichste Lösung war immer noch, dass Rafael hinter der Intrige gegen ihn steckte!

Geräusche aus der Halle ließen ihn aufhorchen, aber noch bevor er sein Kontor durchquert hatte, um nachzusehen, was die Ursache für den Lärm war, wurde die schwere Eichentür aufgedrückt und Jerg betrat den Raum. Er sah müde und abgekämpft aus und ein Blick in seine Augen ließ Raban nichts Gutes ahnen.

Noch bevor er Jerg fragen konnte, was passiert war, schüttelte dieser den Kopf und legte Raban die rechte Hand auf die Schulter.

„Raban, ich habe mich gestern aufgemacht, um deine alte Amme abzuholen. Ich bin erst gerade zurückgekehrt..."

Raban stellten sich bei Jergs Tonfall die feinen Haare an den Armen auf.

„Wo ist sie?" Er konnte nicht genau sagen, warum er Jergs Antwort schon im Voraus ahnte.

„Sie ist...Raban, es tut mir leid. Deine Hilde...ist tot!" Er blickte seinen Freund an und beobachtete mit einem eigentümlichen Flackern in den Augen, wie alle Farbe aus dessen Gesicht wich.

„Wie...?" Es schien so, als ob ihn diese Frage all seine

Kraft kosten würde.

„Ich hatte Gerwin mitgenommen, mehr zu meinem Schutz, weil ja immer noch diese marodierenden Halunken durch die Gegend streifen. Als wir an der Kate ankamen... Raban, es tut mir leid, wir konnten nichts mehr für Hilde tun. Ihre Kate war abgebrannt, wir...haben sie in den verkohlten Resten gefunden."

Ein unmenschlicher Laut entrang sich Rabans Brust, bevor er die Augen schloss, um die Tränen zurückzuhalten, die ganz unmännlich in seinen Augen brannten. Er bemerkte nicht, dass Jerg ihn musterte, aber er nahm den leichten Brandgeruch wahr, der diesen umgab und als er die Augen wieder öffnete sah er auch, dass die Haare seines Freundes an einer Stelle etwas versenkt waren und eine Brandblase dick und rot auf seiner rechten Hand pochte.

Jerg hatte seinen Blick bemerkt. „Die Trümmer rauchten noch, als wir dort ankamen. Wir haben trotz der Gluthitze alles versucht...Es tut mir leid." Entschuldigend zuckte er mit den Schultern.

„Wer hat das getan? Und warum?" Raban konnte seine Stimme selbst kaum hören.

„Ich fürchte, die Antwort auf eine deiner Fragen beantwortet gleichzeitig auch die andere. Und auch wenn die Möglichkeit besteht, dass es diese Hurensöhne waren, die in letzter Zeit immer wieder die Handelszüge überfallen, so scheint mir das doch zu einfach zu sein. Diese Kerle sind auf Beute aus, reiche Beute, und - verzeih mir meine Offenheit - aber es sah mir nicht so aus, als ob es bei der Alten..", schnell verbesserte er sich, „bei deiner alten Amme große Reichtümer zu holen gab." Er machte eine Pause um Raban die Gelegenheit zu geben, selbst seine Schlüsse zu ziehen. Aber als dieser, offensichtlich vor lauter Entsetzen nicht fähig, auch nur einen klaren Gedanken zu fassen, nicht schnell genug antwortete, fuhr Jerg fort: „Wer wusste noch, dass ich die alte Hilde nach Dortmund holen wollte? Wer wusste, dass sie für dich aussagen sollte?" Während Raban immer noch schwieg und litt, führte Jerg seine Überlegungen weiter aus. „Wenn es so ist, wie ich vermute, dann wollte jemand verhindern, dass du ein Alibi bekommst." Ganz flüchtig meinte Raban, einen verächtlichen Ausdruck in Jergs Augen aufflackern zu sehen, aber dann begann sein eigener Verstand wieder zu arbeiten. Wenn Hilde getötet wurde, weil sie bestätigen konnte, dass er zum Zeitpunkt der Morde nicht am Tatort hatte sein können, dann...

„Wie ich sehe, hast du verstanden. Du sprachst von einer weiteren Zeugin, diesem Mädchen, das du gerettet hast. Finde sie. Möglicherweise ist sie in Gefahr!"

***

Melissa holte tief Luft und versuchte, die aufsteigende Panik zu unterdrücken, als sie vor dem Eingangsportal des Hauses stand, das einmal unter anderen Voraussetzungen ihr Zuhause hatte werden sollen. Wenn sie gleich durch die Tür schritt, dann würde sich das so anfühlen, als ließe sie ihr gesamtes bisheriges Leben hinter sich. Von der Unbeschwertheit ihrer Kindheit und Jugend hinein in die Realität der Erwachsenen. Von dem unbedarften Mädchen hin zur Hure eines Kaufmannes. Von dem Licht in die Finsternis.

Sie hatte sich nie Gedanken darüber gemacht, dass ihr bisher alle Entscheidungen abgenommen worden waren. Es war einfach nicht üblich, dass Kinder – schon gar nicht Töchter! - über ihr Leben selbst entschieden. Ihr Vater hatte ihren zukünftigen Ehemann ausgesucht, ohne dass sie gefragt worden war. Sie hatten sich auf den Weg nach Dortmund gemacht, ohne dass er sie gefragt hätte, ob sie lieber in Köln bleiben wollte. Selbst dieser dunkle Ritter der Hölle hatte über ihr Leben entschieden, indem er sie aus den Fängen dieser Räuber gerettet hatte. Hier, vor dieser Tür, wünschte sie sich, er hätte sie einfach ihrem Schicksal überlassen und sterben lassen sollen. Das wäre allemal besser gewesen als das Leben, das sie hinter dieser Tür erwartete. Es erschien ihr wie ein böser Streich des Lebens, dass die erste Entscheidung, die sie in ihrem Leben treffen durfte, nein, musste, die Entscheidung über ein Leben als Hure auf der Straße oder in einem feinen Haus aus Stein sein sollte.

Entschlossen packte sie Bennis Hand fester und betätigte den schweren Klopfer aus Gusseisen in Form

136

eines Löwenkopfes. Sinnbildlich schien er sie an eine Fabel zu erinnern, die sie einmal in einer Sammlung des Aesop gelesen hatte. Darin lauerte ein alter Löwe in seiner Höhle auf Beute, lockte die Tiere mit einer List hinein, und kein Tier, das diese Höhle betrat, ist je wieder lebend herausgekommen. Außer einem Fuchs, der gar nicht erst hineinging, weil er die Gefahr witterte, aber die Wahl hatte sie ja nicht! Und Gabriel brauchte sich noch nicht einmal einer List zu bedienen, wie der alte Löwe, er hatte ihr im Gegenteil ziemlich genau gesagt, was sie zu tun hatte, wenn sie zu ihm zurückkehrte!

Die Tür öffnete sich und das Mädchen, das Melissa am ersten Tag empfangen hatte, schaute heraus. Als sie Melissa erkannte, huschte ein seltsamer Ausdruck von Erstaunen, Abscheu und – Eifersucht? - über ihr Gesicht, aber so überrascht sie auch über Melissas Erscheinen sein mochte, so schnell hatte sie sich wieder in der Gewalt und ließ Melissa mit gesenktem Haupt eintreten.

„Der Herr ist nicht zuhause. Wir erwarten ihn aber bald zurück. Wollt Ihr solange warten?"

„Ja, das möchte ich. Und…du kannst mich ruhig mit meinem Vornamen anreden. Ich heiße Melissa. Ich bin gekommen, um die Stellung als…Magd…anzunehmen, die dein Herr mir angeboten hat." Bei der Erwähnung ihrer Stellung als Magd musste Melissa sich bemühen, ihrer Stimme einen möglichst gleichgültigen Klang zu geben. Aber ein Blick in das hübsche Gesicht des Mädchens machte ihr klar, dass ihre zukünftige

Position in diesem Haushalt kein Geheimnis war und zumindest bei der jungen Frau auf Mitgefühl stieß. Aber konnte es sein, dass dieses Mädchen ihr auch so etwas wie Eifersucht entgegen brachte? Unter ihren gesenkten Augen schien sie Melissa abschätzend zu mustern und offensichtlich war ihr Urteil über Melissas körperliche Vorzüge zu ihren eigenen Gunsten ausgefallen, denn plötzlich hob sie den Kopf und sah Melissa selbstbewusst in die Augen.

„Mein Herr schätzt es, wenn die Frauen, die er in sein Bett holt...ihm etwas zu bieten haben. Du solltest dafür sorgen, dass du an den richtigen Stellen zunimmst, so dürr wie du bist! Mit etwas Speck auf den Rippen tut es auch nicht so weh...", sie musterte Melissa aufmerksam, während sie mit unverhohlener Freude über den unsicheren Blick ihres Gegenübers fortfuhr, „...wenn er dich mit seiner Rute quält!"

Entsetzt über die offene Rede des Mädchens entging Melissa die Zweideutigkeit dieser Worte und sie musste wohl ziemlich schockiert ausgesehen haben, denn das Mädchen wandte sich ohne eine weitere Erklärung zufrieden ab. In der Tür zur Küche blieb sie stehen und wandte sich noch einmal um.

„Ich heiße übrigens Anna und außer mir gibt es hier nur noch meine Mutter Hertha, die Köchin. Komm, ich zeige dir dein neues...Heim!"

Der Rundgang durch das große Steinhaus endete wieder in der Halle. Anna nahm Melissa und Benni mit in die Küche und bedeutete ihnen, sich an den großen Eichentisch zu setzen. Dann nahm sie zwei Becher von einem Bord und goss Apfelmost in den einen, Grutbier in den anderen. Melissa nippte an dem sauren Gebräu und verzog sofort das Gesicht.

„Falls du was Besseres gewöhnt bist solltest du dich schnell umstellen. Hier gibt es nur das…oder Wasser." Sie deutete mit dem Kopf auf eine schmale Treppe im hinteren Teil der Küche.

„Da drüben geht es in den Keller. Wir dürfen nur in den vorderen Teil, in die Vorratsräume. In den hinteren Kammern lagern die Handelsgüter des Herren, da macht er ein ordentliches Gewese drum. Wenn er einen von euch da erwischt, möchte ich nicht in eurer Haut stecken. Also macht lieber einen Bogen darum." Sie wandte sich an Benni.

„Das gilt auch und besonders für dich, du Zwerg! Da wohnen nämlich böse Geister, Drachen, Bären und…Löwen!" Ganz unvermittelt beugte sie sich zu Benni herunter und ließ ein schauerliches Gebrüll ertönen, was man nicht eindeutig einem der genannten Wesen zuordnen konnte. Es klang eher wie eine Mischung aus allen. Benni zuckte erwartungsgemäß zusammen und klammerte sich ängstlich an seine große Schwester.

„Bitte, Anna, wenn du mich schon nicht leiden kannst, dann verschone wenigstens meinen Bruder mit deinen Gemeinheiten." Kurz maßen sich die beiden Frauen mit Blicken, dann zuckte Anna die Schultern und wandte sich ab.

„Schon gut, aber der Herr mag es wirklich nicht, wenn man da herumschnüffelt. Das wollte ich dieser Kröte nur klarmachen!"

Ein Geräusch an der Haustür beendete den Disput und Anna sprang sogleich auf und eilte hinaus. Melissa hörte einen kurzen Wortwechsel, dann standen Anna und Gabriel in der Tür. Dieser hatte ein selbstgefälliges Lächeln aufgesetzt und lehnte sich lässig an den Türrahmen.

„Da bist du ja wieder, mein Täubchen. Hatte ich recht mit meiner Einschätzung deiner Situation? Ich gehe davon aus, dass du bereit bist, meine Bedingungen, die ich an deinen Verbleib hier in meinem Haus geknüpft habe, zu akzeptieren?" Als Melissa errötete und den Blick senkte, nickte er zufrieden.

„Das ist gut. Ich habe noch ein wenig zu tun, aber ich denke, es wird ein schöner Abend werden. Ich freue mich schon darauf." Siegessicher drehte er sich damit um und ließ Melissa mit klopfendem Herzen zurück.

Annas Augen sprühten Funken, aber sie sagte kein Wort. Stattdessen machte sie sich daran, eine Karaffe mit rotem Wein zu füllen und sie zusammen mit einem Becher auf ein Tablett zu stellen. Beides schob sie Melissa hin.

„Hier, der Herr wünscht ganz sicher etwas zu trinken." Zögernd blickte Melissa auf das Tablett, dann versuchte sie, sich aus Bennis Umklammerung zu lösen. Aber der Junge war nicht geneigt, seinen sicheren Platz an ihrer Seite so schnell aufzugeben.

„Komm schon, Kleiner. Deine Schwester muss jetzt arbeiten. Was hältst du davon, wenn ich dir einen leckeren süßen Kringel aus dem Korb da drüben hole und dir dann die kleinen Kätzchen zeige, die unsere Mimi vor kurzem bekommen hat? Vier sind es, ein Weißes, ein Braunes und zwei Getigerte. Hmm?" Überrascht über den sanften Tonfall, den Anna angeschlagen hatte, aber auch über Bennis Reaktion darauf, nickte sie dem Mädchen zu. Benni hatte seinen Griff gelockert und kämpfte sichtlich mit seinem Hunger und der Neugier. Sein Blick wanderte von Melissa zu Anna und wieder zurück. Dabei nagte er unsicher an seiner Unterlippe. Als seine Schwester ihm aufmunternd zunickte, gewann schließlich sein kindliches Gemüt die Oberhand, er nahm den süßen Honigkringel aus Annas Hand und folgte ihr zögernd nach draußen. Melissa wunderte sich zwar, weil Benni so schnell seine ängstliche Ablehnung aufgegeben hatte, aber vielleicht war es ja an der Zeit, dass seine seelischen Wunden langsam verheilten und er wieder ins Leben hinein fand.

Melissa nahm entschlossen das Tablett und klopfte kurz darauf an die Tür zu Gabriels Kontor. Auf seine Aufforderung hin öffnete sie umständlich die Tür mit dem Ellenbogen, wobei der Becher und die Karaffe bedenklich ins Schwanken kamen. Gabriel, dem das nicht entgangen war, grinste sie anzüglich an.

„Ich hoffe, nachher stellst du dich geschickter an, meine Liebe." Damit stand er auf und trat dicht vor Melissa hin. Sein Atem streifte ihr Gesicht während er um sie herum ging, ohne sie aufzufordern, das Tablett abzustellen. Als er hinter ihr stand, wanderten seine Hände aufreizend langsam zu ihren Brüsten, er begann, sie zu kneten und sein heißer Atem streifte die feinen Härchen in ihrem Nacken. Als er begann, ihre Röcke nach oben zu schieben, keuchte Melissa auf und das Tablett begann erneut, heftig zu schwanken.

„Aber aber, mein Täubchen. Nicht so schreckhaft. Ich hole mir nur einen Vorgeschmack und wenn du auch nur einen Tropfen dieses erlesenen Weines verschüttest", seine Hand fuhr die weichen Innenseiten ihrer Schenkel hoch, „dann..." Er ließ die Drohung unausgesprochen während seine Hand ihr Ziel erreicht hatte und er unvermittelt zwei Finger in sie hineinstieß. Melissa schrie vor Schmerz und Überraschung auf, versuchte aber tapfer, sich nicht zu bewegen, damit die Karaffe mit dem Wein, der bedenklich an den Rand der Öffnung schwappte, nicht umkippte. Unvermittelt ließ Gabriel von ihr ab, nahm einen Becher und goss sich einen Schluck Wein ein.

„Sehr gut, mein Täubchen. Deine erste Lektion hast du gelernt. Und nun lass mich allein, ich erwarte noch einen Geschäftspartner." Als Melissa erleichtert das Tablett auf den mit Papieren und Pergamentrollen übersäten Tisch abstellte, hielt er sie noch einmal am Arm zurück.

„Geh schon mal nach oben, du weißt ja, wo mein Schlafgemach ist. Warte dort, es wird nicht lange dauern, bis ich meine Geschäfte erledigt habe. Und dann...", er zog gespielt genießerisch die Augenbrauen zusammen, „...habe ich die ganze Nacht Zeit für dich! Und es wird eine sehr sehr lange Nacht werden und du wirst schnell lernen, wie du mich zufrieden stellen kannst. Du wirst lernen, dass Schmerz eine befriedigende Erfahrung sein kann!"

Melissas Herz klopfte schnell und heftig in ihrer Brust. Sie hatte die Drohung wohl verstanden. Aber was blieb ihr schon anderes übrig, als es irgendwie hinter sich zu bringen? Sie dachte an Benni und wie er, zögerlich zwar, aber dann doch mutig mit Anna mitgegangen war. Sie würde auch mutig sein, würde alles tun, was Gabriel verlangte, um Benni glücklich zu machen. Und wenn sie dafür durch die Hölle gehen müsste, sein glückliches Lächeln, als er in den süßen Kringel gebissen hatte, wog alles auf, was sie möglicherweise erdulden musste!

Melissa ging die breite Treppe hinauf und in Gabriels Schlafzimmer und setzte sich in Ermangelung einer anderen Sitzgelegenheit auf das breite, mit weichen Strohmatratzen und himmlisch leichten Daunendecken bedeckte Bett. Nervös begann sie, die Dielenbretter zu zählen, die quer durch den Raum verlegt waren. Unendlich langsam verging die Zeit, und ihr schien es, als sei das die erste Quälerei, die sich Gabriel für sie ausgedacht hatte. Sie schmoren zu lassen, allein mit ihren Gedanken, ihren Ängsten.

Schließlich hörte sie schwere Schritte auf der Treppe und kurz darauf stieß Gabriel die Tür zu seinem Schlafgemach auf. Sein etwas schwankender Gang ließ darauf schließen, dass er nicht mehr ganz nüchtern war und als er sich vor Melissa aufbaute, roch sie es auch. Er fasste brutal in ihre kastanienfarbenen Locken und zog ihren Kopf nach hinten. Melissa schrie vor Schmerz auf, aber Gabriel schien das nicht zu stören. Er presste seine feuchten Lippen auf ihren Hals während sich seine rechte Hand unter ihr Mieder schob. Er begann, ihre Brust zu kneten und in die empfindliche Warze zu kneifen, so dass Melissa aufkeuchte.

„Süße, das ist erst der Anfang!", flüsterte er, bevor er sie unvermittelt losließ.

„Los, zieh dich aus!"

Melissa zitterte so sehr, dass sie Mühe hatte, die Schnürung an ihrem Surcot zu öffnen. Verzweifelt zerrte sie an den Bändern, als ein wuchtiger Schlag sie ins Gesicht traf.

„Wenn ich sage, zieh dich aus, dann ziehst du dich aus. Keine Mätzchen. Ich bin kein geduldiger Mann, weißt du!" Tapfer nickte sie und hatte endlich die Schüre soweit gelöst, dass sie sich das Überkleid über den Kopf ziehen konnte. Zufrieden sah Gabriel zu.

„Schön. Und jetzt den anderen Fetzen. Und dann legst du dich auf das Bett und machst die Beine schön breit. Ich schaue mir gerne die Weiber an, bevor ich es ihnen besorge." Damit begann er, sich selbst zu entkleiden. Offensichtlich war er der Meinung, dass Melissa wieder nicht schnell genug war, oder aber er hatte einfach Spaß daran, ihr Schmerzen zuzufügen, denn wieder traf sie ein harter Schlag ins Gesicht und dieses Mal spürte sie, wie ihre Lippe aufplatzte. Er keuchte vor Verlangen auf und warf Melissa kurzerhand auf das Bett. Dass sie noch ihren Unterrock trug, war ihm dabei offenbar gleichgültig, denn er schob ihn kurzerhand bis über ihre Hüften hoch. Dann schlug er

144

mit der freien Hand wieder zu und diesmal konnte Melissa einen Schmerzensschrei nicht unterdrücken. Was dann passierte, daran konnte Melissa sich im Nachhinein nur noch bruchstückhaft erinnern. Die Tür flog auf und ein unsägliches Gebrüll erklang. Gabriel hatte auf einmal jemanden im Nacken sitzen, der ebenso unaufhörlich wie erfolglos versuchte, mit irgendetwas auf den Mann einzuschlagen, damit er von Melissa abließ. Gabriels Körper verdeckte ihr die Sicht auf das Geschehen, aber dann drehte er sich um, um den Angreifer zu packen. Als Melissa erkannte, dass es niemand anderes als Benni war, der auf Gabriels Rücken hockte, stockte ihr vor Angst der Atem. Himmel! Was tat der Junge da bloß? Gabriel packte den Kleinen wie eine lästige Fliege und warf ihn mit einem wütenden Schrei zu Boden. Dann versuchte er, nach Benni zu treten, aber der war schneller und rollte sich auf die Seite. Das verhinderte zwar, dass Gabriels Stiefel ihn trafen, aber der war inzwischen so wütend, dass er sich auf Benni stürzte, als wäre er ein ernstzunehmender Gegner. Faustschläge trafen den Jungen, aber noch wehrte er sich tapfer und schlug Gabriel mehrfach mit einem Holzstück auf den Kopf. Melissa erwachte aus ihrer Starre und versuchte, Gabriel von Benni wegzuzerren, was ihr aber nur ein paar schmerzhafte Faustschläge einbrachte.

„Du verdammte Mistkröte. Ich bringe dich um, du nichtsnutzige kleine Laus!" Wieder schlug Gabriel mit ganzer Kraft auf Benni ein, der sich inzwischen auf dem Boden krümmte und leise wimmerte. Melissa wurde klar, dass Gabriel nicht von ihrem Bruder ablassen würde, bevor er nicht genau das erreichte hatte. Verzweifelt sah sie sich um und ihr Blick fiel auf Gabriels Gürtel, den er abgenommen und vor das Bett hatte fallen lassen. Sie hob ihn auf und schlug damit so fest sie konnte zu. Ein metallisches Klirren erklang und nach einem kurzen Augenblick, in dem Melissa schon glaubte, sie hätte ihn ernstlich verletzt, bückte sich Gabriel und hob etwas auf. Dann drehte er sich mit aufreizender Ruhe zu Melissa um. Seine Augen waren kalt und unbefriedigte Mordlust flackerte in ihnen. Sein ansonsten ansprechendes Gesicht war vor Wut zu einer hässlichen Fratze verzerrt. Aber schlimmer noch als dieser Anblick war, dass er plötzlich ein Messer in seiner Hand hatte und mit gefährlich ruhiger Stimme zu Melissa sprach.

„Dankeschön, mein Täubchen. Ich hatte ganz vergessen, dass ich ja immer ein Messer im Gürtel stecken habe. Man weiß ja nie, wozu man es so gebrauchen kann!" Er kam langsam auf sie zu und Melissa stockte der Atem. Benni wimmerte leise vor sich hin, bewegte sich aber immerhin wieder. Wenn sie Gabriel von ihm ablenken wollte, musste sie wohl oder übel seine Wut auf sich nehmen. Also blieb sie stocksteif stehen und wartete ab, was Gabriel als nächstes tun würde. Er stellte sich dicht vor sie und ließ das Messer langsam von ihrem Hals zu ihrem Ausschnitt wandern. Mit einer einzigen Bewegung zerschnitt er den Stoff und ließ das Messer über ihre Brüste gleiten. Er war so vertieft in sein Tun, dass er nicht bemerkte, wie Benni sich aufrappelte. Melissa hingegen sah die Bewegung in Gabriels Rücken. Es gab einen dumpfen Aufschlag, danach war alles nur noch ein einziges Durcheinander und namenloses Entsetzen.

***

Raban hatte sich, nachdem Jerg gegangen war, sofort auf den Weg gemacht. Er wollte Melissa sprechen und dieses Mal würde er sich nicht abweisen lassen. Er musste sie einfach wiedersehen und ganz tief in seinem Inneren wusste er auch, dass es nicht nur die Sorge um ihre Sicherheit oder die entlastende Aussage war, die ihn antrieb. Dieses Mädchen ging ihm nicht aus dem Kopf und er würde es sich nie verzeihen, wenn ihr etwas geschehen würde. Sie hatte mit der ganzen Sache nichts zu tun und er würde es nicht zulassen, dass sie durch ihn in Gefahr geriet.

Schon von Weitem bemerkte er den Tumult, der vor dem Haus des Herrn Scherf herrschte. Das junge Mädchen, das ihn jedes Mal abgewiesen hatte, als er nach Melissa gefragt hatte, stand in der Tür, unterhielt sich mit den Umstehenden, gestikulierte wild mit den Händen und mehr als einmal ging ein Raunen durch die Menge. Die Menschen schienen sehr aufgebracht zu sein und viele der anwesenden Weiber bekreuzigten sich ein ums andere Mal.

Melissa!, schoss es ihm sofort durch den Kopf und sein Herz zog sich schmerzhaft zusammen. Es musste ihr etwas passiert sein! Daher hatte man ihn auch nicht zu ihr vorgelassen. Womöglich war sie krank gewesen und...Ein Gefühl, das er noch nie vorher in solcher Intensität verspürt hatte, ergriff von ihm Besitz. Es war, als hätte jemand der Sonne, die von einem wolkenlosen Himmel die Gassen der Stadt beschien, ihre Wärme genommen. Er sah, wie sich die Münder der Menschen bewegten, ohne einen Ton zu hören. Es rauschte in seinen Ohren und selbst, als Jerg ihm von Hildes Tod berichtet hatte, war sein Schmerz nicht so groß gewesen wie gerade jetzt.

„He, Ihr da! Ja Ihr! Seid Ihr wieder gekommen, um dieses lose Weib zu sprechen? Diese mörderische Hure, die meinem Herrn erst schöne Augen gemacht und ihn dann ermordet hat?!" Das Mädchen winkte ihn heran, aber er fühlte sich zunächst nicht angesprochen. Hure? Mord? Was, zum Teufel, ging hier vor sich?! Dann dämmerte ihm, dass die Kleine direkt auf ihn zeigte und sich inzwischen auch die sensationslüsterne Menge auf ihn zubewegte.

„Was geht hier vor?", krächzte er, und seine Stimme erschien ihm seltsam fremd.

„Na, dieses verlogene Miststück hat meinen Herrn erstochen, ganz ohne Grund. Wahrscheinlich hat sie sich auch noch die Taschen voll gemacht, bevor sie und die kleine Kröte abgehauen sind!" Misstrauisch kniff sie mit einem Mal die Augen zusammen. „Was habt Ihr mit dieser Hure zu schaffen? Seid Ihr etwa ein

Komplize von ihr?" Wieder Gemurmel, dieses Mal aber schon bedeutend bedrohlicher. Die Menge wogte ihm entgegen und Raban sah ein, dass er hier und heute nichts weiter über die Vorgänge erfahren würde. Was war nur passiert? Er drehte auf dem Absatz um und verließ die Gasse, bevor er noch in Bedrängnis kommen würde. Er musste schnellstmöglich nach Hause, nachdenken, und dann womöglich bei Richter von Werder um Aufklärung bitten. Ganz sicher würde er wissen, was passiert war. In seinem Herzen fochten die widersprüchlichsten Gefühle einen Kampf ohne Sieger aus. Offenbar lebte Melissa, was ihn unendlich erleichterte, aber was hatte das Mädchen damit gemeint, dass sie ihrem Herrn wie eine Hure schöne Augen gemacht hatte? Dieser Gabriel war doch ihr zukünftiger Gemahl, da sprach man doch bei derartigem Gebaren nicht von...Hurerei! Gut, vielleicht hatten sie es nicht abwarten können und die Hochzeitsnacht vorgezogen, aber...Ein unwilliges Knurren entrang sich bei der Vorstellung, Aphrodite - seine Aphrodite – in den Armen eines anderen Mannes liegen zu sehen, seiner Kehle. Was war nur mit ihm los? Dieser Mann war ihr Gemahl, oder würde es werden, und hatte damit ein Recht auf alles, was Melissa an Reizen zu bieten hatte! Zum Teufel! Was ging ihn dieses Mädchen an! Er hatte wahrlich genug andere Sorgen, als sich näher mit dem Gefühl zu beschäftigen, das ihn bei dem Gedanken an diese Jungfer durchströmte. Immerhin schien sie zumindest nicht tot zu sein, wenn er den Worten der jungen Magd glauben konnte. Was gleichzeitig beruhigend war, aber auch ein neues Problem aufwarf. Sie war offensichtlich nicht mehr im Haus dieses Herrn Scherf anzutreffen. Nur...wo war sie? Nach ihrem Bekunden kannte sie niemanden hier in Dortmund und wenn sie keinen Platz hatte, wo sie hin konnte, dann würde sie auch ohne die Gefahr, seinem Widersacher in die Hände zu fallen, nicht lange unversehrt überleben! Er musste sie finden! Jetzt noch dringender als zuvor! Er beschloss, sofort mit seiner Suche zu beginnen und ließ seinen Blick über die Menge schweifen. Er drängte sich an den Ständen vorbei, die die Händler auf dem Alten Markt aufgestellt hatten, hörte Frauen feilschen, Männer fluchen und Kinder lachen oder sich um ein paar schrumpelige Äpfel streiten, die sie vorher wohl von einem Obststand stibitzt hatten. Allein der kastanienrote Schopf Melissas tauchte nirgendwo auf. Er durchsuchte alle Gassen, die in der Nähe seines Wohnhauses am Alten Markt lagen, umrundete mehrmals dabei die Kirche des Heiligen Reinoldus in der Hoffnung, Melissa hätte vielleicht hier Zuflucht gesucht, denn für jemanden, der sich in Dortmund nicht auskannte, war die imposante Pfeilerbasilika mit ihrem großen Querhaus weithin sichtbar. Aber Melissa war und blieb unauffindbar. Die Dämmerung war schon weit fortgeschritten, als der Nachtwächter die zehnte Stunde ausrief und Raban musste einsehen, dass er an diesem Tag nichts mehr ausrichten konnte. Müde und enttäuscht warf er sich nach einem späten Nachtmahl, bestehend aus Hirsebrei mit gebratenem

150

Huhn und Zwetschgen und Birnenmus mit einem Klecks Sahne zum Nachtisch, auf sein Bett, nicht ohne vorher den tadelnden Blick seiner alten Köchin aufgefangen zu haben, die seine Appetitlosigkeit persönlich zu kränken schien. Seine Gedanken kreisten um den vergangenen Tag, um Melissa, um seine Sorge um sie und nicht zuletzt auch um Hilde und diese vermaledeite Sache, die ihn ins Verderben reißen konnte. Allerdings nahmen die Sorgen um seine eigene Sicherheit nur einen geringen Teil seines Denkens ein und als er im ersten Morgengrauen aufsprang, um sich erneut auf die Suche nach Melissa zu machen, spielte der Gedanke an ihre entlastende Aussage keine Rolle mehr in seinen Überlegungen. Vielmehr schnürte die Angst um ihr Wohlergehen sein Herz ein, machte ihm das Atmen schwer und verdrängte alle weiteren Gefühle! Ein weiterer missbilligender Blick traf ihn, als er auch das Frühmahl fast unberührt ließ und statt dessen in unübersehbarer Eile aus dem Haus stürmte.

***

Melissa hatte nicht lange gebraucht, um die Situation zu erfassen. Benni hatte sich aufgerappelt und war mit wütendem, kindlichen Gebrüll auf Gabriel zugestürmt, hatte dem davon überrumpelten Mann von hinten einen Stoß versetzt und Gabriel so aus dem

Gleichgewicht gebracht. Dieser war dann, Melissa vermutete, dass es der Gürtel gewesen sein könnte, über etwas gestolpert – oder auch weggerutscht? - und dann heftig mit den Armen rudernd zu Boden gestürzt. Fast im gleichen Moment hatte sich die Tür geöffnet und Anna war, offensichtlich vom Lärm aufgeschreckt, hineingestürzt. Dann hatten sich die Ereignisse überschlagen. Anna war sofort in lautes Wehklagen ausgebrochen, als sie ihren Herrn in einer inzwischen beachtlich großen Blutlache liegen sah und hatte dann laut um Hilfe gerufen. Ohne nachzudenken hatte Melissa sich ihren Surcot geschnappt, Benni an die Hand genommen und war an Anna vorbei gestürmt, ohne sich darum zu kümmern, dass diese ihr nachlief und versuchte, sie an ihrem Hemd festzuhalten. Benni hatte ihr noch im Vorbeilaufen vor das Schienenbein getreten und dann waren sie aus der Halle ins Freie geschlüpft. Die Blicke der Vorübereilenden sprachen Bände, als eine nur mit einem zerfetzten Unterkleid bekleidete Jungfer mit kastanienroten Locken, die sie wie ein Feuerschein umwehten, und ein kleiner, wie ein Löwe brüllender Junge die Gasse hinunterliefen. Gott sei Dank schüttelten die Menschen nur verständnislos über dieses Infernal, das an die Apokalypse erinnerte, die Köpfe, ohne sie weiter zu behelligen. Außer Atem gelangten sie schließlich in eine Gasse, die wegen der überkragenden Giebel der umstehenden Häuser fast vollkommen im Dunkeln lag. Ein kleiner Vorsprung in einer Wand bot soviel Sichtschutz, dass Melissa sich ihren Surcot überstreifen konnte, ohne beobachtet zu werden. Die Ruhe, zu der sie sich zwang, um die Verschnürungen zu schließen, brachte ihr gleichzeitig die entsetzlichen Bilder wieder ins Bewusstsein. Gabriel, im eigenen Blut, tot, gestorben durch ihre Hand. Also genau genommen weder durch ihre noch durch Bennis Hand, aber wer würde ihr glauben? Wer würde glauben, dass es ein tragischer Unfall gewesen war, dass Gabriel in sein eigenes Messer gefallen war? Das hörte sich selbst in ihren Ohren an wie eine billige Verteidigung! Und wenn es so war, wie sie vermutete, würde Anna Himmel und Hölle in Bewegung setzen, um der Geschichte eine ganz eigene Richtung zu geben. Wahrscheinlich war das wirklich so etwas wie Eifersucht gewesen, was sie in Annas Augen gesehen hatte. Und obwohl Melissa nicht glauben konnte, dass man für einen Mann wie Gabriel mehr als Abscheu empfinden konnte, so war es doch wohl so, dass Anna seine Art nicht abstieß. Darüber hinaus war es für Anna und die Köchin nun vollkommen unklar, was aus ihnen werden würde, wenn ihr Herr nicht mehr lebte. Gut möglich, dass sie bald auf der Straße standen und damit einen weiteren guten Grund hatten, sie zu hassen und dafür zu sorgen, dass man sie für eine Mörderin hielt! Das würde ihnen zwar auch nicht helfen, aber womöglich würde es ihnen so etwas wie Gerechtigkeit vorgaukeln, wenn sie Melissa so schaden konnten.

Erst jetzt bemerkte Melissa, dass Benni an ihrem Rockzipfel zog und schuldbewusst beugte sie sich zu ihm herunter.

„Mein tapferer kleiner Held! Hat er dir sehr weh getan?" Ein Blick in Bennis geschwollenes Gesichtchen war ihr Antwort genug, aber Benni schüttelte nur den Kopf.

„Nö, nur ein bisschen! Is nich so schlimm!" Dann strich er vorsichtig über Melissas Lippe.

„Aber dir hat er weh getan! Ich habe gehört, wie du geschrien hast. Da musste ich an die Männer im Wald denken und da haben Leo und ich beschlossen, dass er dir nicht nochmal so wehtun darf!"

Verwirrt starrte sie Benni an. Leo? Und...Himmel! Benni hatte wieder gesprochen! Sie drückte den Jungen fest an sich, strich zärtlich über seine blonden Locken und drückte ihm einen herzhaften Kuss auf die Stirn.

„Benni, du kannst ja wieder sprechen! Das ist...das ist..."

„Ja, ich weiß auch nicht. Aber als ich dich schreien hörte, da...da habe ich mich so erschreckt...und gefürchtet...und dann hat Leo gesagt, ich soll dir helfen..."

„Leo?"

„Ja, er ist wieder da. Jetzt kann er uns wieder beschützen, Melli." Damit streckte er seiner Schwester die kleine Hand hin, die eine Holzfigur fest umklammert hielt. Melissa nahm ihm den geschnitzten Löwen aus der Hand, fest überzeugt, dass es nicht *der* Leo war, nicht der Leo *sein konnte*! Aber noch bevor sie die Holzfigur näher in Augenschein nehmen konnte, sah sie die abgegriffene Mähne, die den Holzlöwen helmartig umgab. *Es war Leo, der Leo!*

„Benni, wo hast du den her?" Sie war sich sicher, dass er sein Spielzeug nicht die ganze Zeit schon bei sich gehabt hatte. Das wäre ihr aufgefallen.

„Na, aus dem Keller!"

„Dem Keller? Dem Keller bei Gabriel?"

Benni nickte heftig und drückte Leo wieder an seine Brust.

„Aber, da durftest du doch gar nicht hin!"

„Aber als Anna keine Zeit mehr für mich hatte, hat sie mich einfach stehen lassen. Und sie hat doch gesagt, dass da im Keller Bären und Löwen wohnen! Da dachte ich, ich guck mal, ob Leo da auch wohnt!" Er sah sie ernst an und erst ganz langsam dämmerte Melissa, was Benni da entdeckt hatte. Aber noch bevor sie sich darüber nähere Gedanken machen konnte, kamen zwei Männer durch die Gasse geschlendert und da Melissas Bedarf an Begegnungen mit Männern für die nächste Zeit mehr als gedeckt war, zog sie Benni schnell in die entgegengesetzte Richtung, um aus der Gasse wieder herauszukommen. Leider hatte ihre kopflose Flucht dazu geführt, dass sie nun vollends die Orientierung verloren hatte. Und so irrten sie durch die Straßen und Gassen, immer in der Hoffnung, eine Stelle zu finden, die ihnen bekannt vorkam. Bisher hatte sie immer gedacht, Köln wäre die größte Stadt, die sie kannte, aber dieses Dortmund schien nicht wesentlich kleiner zu sein! Als sich langsam die Dunkelheit über die Stadt senkte und auch der geschäftigste Händler seine Stände geschlossen hatte, hatten sie immer noch keinen Platz gefunden, an dem sie möglichst sicher die Nacht verbringen konnten. Und dann, als würde Gott ihr den Weg weisen, ragte, seinem ausgestrecktem Finger gleich, der Turm der Kirche des Heiligen Reinoldus zwischen den Häusern auf. Das war zwar die Kirche mit dem wenig gastfreundlichen Pfarrer, aber in ihrer momentanen Lage war das besser als nichts. Vorsichtig spähte sie durch das noch geöffnete Portal und sah den Gottesmann mit eifrigem Gemurmel vor dem Altar knien. Sie bedeutet Benni, still zu sein und zog ihn hinter sich her in den hinteren Teil des Kirchenschiffs. Sie hoffte, dass der Pfarrer nicht noch einmal durch die Kirche gehen und nach Übernachtungsgästen suchen würde, als sie Benni hinter eine große Steinsäule schob und dabei den Schutz einer dahinter liegenden Nische nutzte. Und wenn schon, sie würde sich Gedanken machen, wenn es soweit war! Im Augenblick war sie viel zu müde, um sich darum ernsthafte Sorgen zu machen und auch Benni brabbelte nur noch ganz leise vor sich hin. Ernstzunehmender waren da schon ihre knurrenden Mägen, aber auch für dieses Problem hatte sie momentan keine passende Lösung parat. Morgen, morgen würde sie...

Als Melissa erwachte, kitzelte sie ein vorwitziger Sonnenstrahl an der Nase und überrascht stellte sie fest, dass sie trotz der Ereignisse des vergangenen Tages offenbar fest geschlafen hatte. Sie küsste Bennis blonde Locken und in diesem Augenblick lief ihr Herz über vor Liebe für dieses Kind. Er war ein so tapferer kleiner Kerl! Klaglos hatte er alles ertragen, was sie bisher durchmachen mussten, nicht ein einziges Mal hatte er über Hunger oder Schmerzen geklagt. Er hatte sogar seine Sprachlosigkeit überwunden. Lieber kleiner Benni! Ein Räuspern schreckte sie auf, gefolgt von einer sehr zornigen Stimme.

„Euch kenne ich doch! Ihr habt doch schon einmal versucht, dieses Gotteshaus als billige Herberge zu missbrauchen! Schert euch raus, bevor ich die Büttel rufe!" Schnell zog Melissa den noch verschlafenen Benni auf die Beine und eilte zum großen Kirchenportal, bevor dieser unfreundliche Diener Gottes noch seine Drohung wahrmachen konnte. Eine Begegnung mit einem Büttel war so ziemlich das Letzte, was sie jetzt gebrauchen konnte. Das helle Sonnenlicht blendete sie und sie brauchte einen Augenblick, um sich zu orientieren. Wenn sie sich richtig erinnerte, war hier in unmittelbarer Nähe ein Markt. Und dort würde sie versuchen, etwas zu essen für sich und Benni zu bekommen. Vielleicht konnte sie als Gegenleistung am Stand mithelfen oder beim Aufbau helfen. Da es noch ziemlich früh am Morgen war, bestand durchaus die Möglichkeit, dass der ein oder andere Händler Hilfe gebrauchen konnte. Sie beobachtete das Treiben eine kurze Weile, dann folgte sie dem zunehmenden Strom von Menschen. Sie überquerten den Hellweg, hielten sich in westliche Richtung und kurz darauf standen sie in einem für die frühe Stunde schon beachtlichen Treiben auf dem Alten Markt. Benni hatte wie immer Melissas Hand genommen, sah sich aber im Gegensatz zu den letzten Tagen interessiert um. Dann zog er seine Schwester zu einem Stand, an dem es verführerisch nach Fettgebackenem duftete und zeigte aufgeregt auf einen Kringel, der dick mit Honig bestrichen war.

„Melli, bitte, kann ich so einen haben? Ich habe schon ein ganz großes Loch im Bauch! Da würde der gut reinpassen!" Benni sah sie bittend an und Melissa musste schlucken. Diese Kringel sahen in der Tat köstlich aus, aber...

„Bitte!", quengelte er.

„Willst du was kaufen oder nur Maulaffen feilhalten?" Die füllige Frau mit der sauberen Haube, unter der sich graue Löckchen hervor kringelten, sah sie abschätzend an.

„Ich, äh, was kostet denn so ein Kringel?" Melissa wollte abschätzen, was sie der Bäckerin als Gegenleistung für ein paar Stücke des Gebäcks anbieten konnte, aber die rümpfte nur die Nase und kräuselte ihre Lippen.

„Das kann dir doch egal sein, du siehst nicht so aus, als ob du auch nur einen Pfennig dafür ausgeben könntest!" Sie wandte sich einem anderen Kunden zu, ohne Melissa weiter zu beachten.

„Äh, kann ich nicht vielleicht...ich meine, kann ich nicht dafür arbeiten? Bitte mein Bruder hat großen Hunger!" Flehend mischte sie sich in das Gespräch ein, das die Frau inzwischen mit einem weiteren Kunden führte. Unwillig drehte sich die Bäckerin um.

„Mach, dass du fortkommst. Kein Geld, keine Kringel! So einfach ist das! Und jetzt hau ab!"

Melissa schossen heiße Tränen in die Augen. Wütend

über die Alte, ihre Situation im Allgemeinen und Bennis enttäuschtem Blick im Besonderen wandte sie sich ab.

„Komm, Benni, wir versuchen es woanders." Sie bahnte sich einen Weg durch die Menge, als sich plötzlich in ihrem Rücken ein großes Geschrei erhob.

„Du...du kleiner Rotzbengel! Du diebisches Miststück! Da sollte mich wohl deine Schwester ablenken, damit du meine Kringel stehlen kannst!"

Kaltes Entsetzen packte sie, als sie sah, wie die Frau Benni im Nacken gepackt hatte und ihn ordentlich durchschüttelte, während sie laut nach dem Marktaufseher rief. Nein, bloß kein Aufsehen! Selbst wenn es sich noch nicht herumgesprochen hatte, dass eine Jungfer mit roten Haaren gesucht wurde, weil sie einen Mord begangen haben sollte, war die Aussicht, wegen Diebstahls in diesem komischen Trissel zu sitzen, oder, schlimmer noch, eine Hand abgehackt zu bekommen, nicht gerade erhebend.

„Ich...es tut mir leid, gute Frau. Mein Bruder hat nur Hunger..."

„Ich glaube, damit ist Euer Gebäck mehr als genug bezahlt. Und...legt noch ein paar von diesen Honigküchlein dazu!"

Melissa wagte nicht, aufzusehen, aber diese Stimme hätte sie unter tausenden wieder erkannt. Raban, der Ritter der Hölle! Einige Münzen wechselten den Besitzer, aber die Alte zeterte leise weiter.

Ein drohender Blick aus Rabans dunklen Augen ließ sie schließlich verstummen.

„Ist ja schon gut, Herr. Hier, meine besten Küchlein und Kringel für die...Herrschaften!" Spöttisch sah sie Raban nach, der die entsetzte Melissa fest am Arm gepackt hatte und sie unbarmherzig hinter sich her zog. Benni biss derweil hungrig in seinen Kringel und folgte den beiden zufrieden.

„Was...macht Ihr denn hier?", stotterte Melissa. Noch während sie die Frage stellte, wurde ihr bewusst, wie töricht sich das anhören musste. Was sollte der Mann schon hier machen? Er wohnte schließlich in Dortmund und Handel trieb er auch, also...was machte man schon auf einem Markt?!

„Um Eure Frage zu beantworten: Abgesehen davon, dass ich gleich hier um die Ecke wohne...", sprach er das aus, was Melissa soeben gedacht hatte, „...habe ich es mir zur Aufgabe gemacht, schönen unbescholtenen Jungfern in misslichen Situationen zu helfen. Ihr wisst schon...Michael mit dem Schwert?" Kurz grinste er sie an, dann hatten sie das größte Gewühl hinter sich gelassen und Raban lockert seinen Griff.

„Da hinten, da wohne ich.", sagte er und deutet auf ein prächtiges Steinhaus mit drei Etagen, das im oberen Bereich aus hübschem Fachwerk bestand.

„Das ist...", Melissa riss überrascht die Augen auf, „das ist hübsch." Ein passenderer Vergleich fiel ihr so schnell nicht ein und sofort ging Raban darauf ein.

„Hübsch? Nun, so habe ich es noch gar nicht gesehen. Manche vor Euch nannten es...nun, stattlich, prächtig oder auch imposant. Aber hübsch...? Muss ich mir merken." Er versuchte krampfhaft, ernst auszusehen, aber seine Augen verrieten ihn.

„Es...tut mir leid, wenn ich nicht das passende Wort für Euer Heim fand. Sicherlich ist es alles das auch. Aber eben auch... hübsch!" Trotzig entzog sie sich seinem Griff.

„Und ganz sicherlich ist es von innen nicht weniger...hübsch!" Sie sah ihn herausfordernd an. Was hatte dieser Mann nur an sich, dass er sie ständig zu diesen Wortwechseln verleitete?

„Eure Gemahlin wird dafür gesorgt haben, dass es..hübsch ist!" Sie nahm Benni an der Hand, der das Gespräch aufmerksam verfolgt hatte und wandte sich zum Gehen. Sie war im Begriff, den größten Fehler ihres Lebens zu begehen, wenn sie sich jetzt nicht von ihm helfen ließ, aber die Tatsache, dass sie wegen Mordes gesucht wurde, würde auch ihn in arge Erklärungsnot bringen, wenn er ihr Unterschlupf gewährte.

„Ich bin nicht verheiratet, nicht mehr. Meine Gemahlin starb vor zwei Jahren." Da war etwas in seiner Stimme, das sie aufhorchen ließ. Er hatte ohne Gefühlsregung über seine tote Frau gesprochen, schlicht und sachlich, was in Melissa den Verdacht erregte, dass er nicht um sie trauerte. Oder nicht mehr? Bevor sie noch gründlicher darüber nachdenken konnte, ob dieser Mann tatsächlich so gefühlskalt war, wie er wirkte, hatte Raban sie wieder am Arm gepackt und zog sie unbarmherzig hinter sich her. Benni hüpfte aufgeregt um seine Schwester und seinen wiedergefundenen Freund herum.

„Dann kannst du uns ja jetzt heiraten, oder? Ich meine, dann hätten wir ein Zuhause, Melli, Leo und ich. Und dann müssten wir nicht wieder in der Kirche oder bei dieser alten Frau schlafen, die mit dem Bäcker mitgeht und lieb zu ihm ist, damit er ihr Pasteten abgibt! Oder auf dem schrecklichen Friedhof!" Aufgeregt sah er von Melissa zu Raban. Melissa war bis unter die Haarwurzeln errötet und wäre am liebsten im Boden versunken. *Bitte, Herr, wenn es dich gibt und wenn du mir einen letzten Gefallen tun willst, dann schick bitte bitte einen mächtigen Blitz zur Erde und lass ihn mich treffen und mich zu Staub zerfallen!*, betete Melissa im Stillen. Aber warum sollte der Herrgott ihr ausgerechnet jetzt zuhören und ihre Bitte erfüllen? Raban war stehengeblieben und musterte Melissa und Benni mit einem langen Blick. Dann stieß er einen gotteslästerlichen Fluch aus und Melissa hätte Benni nur zu gerne die Ohren zugehalten, aber Raban hatte seine Hand noch immer fest in ihren Oberarm gekrallt und zog sie mit sich. Benni bekam rote Ohren.

„Uiii, du kennst aber schlimme Wörter! Ein paar davon kenne ich auch, die darf ich aber nicht sagen!", stellte er fest und Melissa begann die Zeit zu vermissen, als Benni noch stumm gewesen war.

Umständlich machte sich Raban kurz darauf an der Haustür zu schaffen und bugsierte Melissa unsanft in die kühle Halle.

„Ich fürchte, Ihr habt mir eine Menge zu erklären, Aphrodite!" Dann ließ er sie stehen und ging auf eine große Tür zu, die er ungestüm aufriss, was auf seinen aufgewühlten Gemütszustand schließen ließ.

„Affra, ich bin zurück. Wir haben Gäste! Bring uns bitte eine Platte mit Käse und Wurst. Wein werden wir auch brauchen.", rief er und fügte leise hinzu: „Hoffentlich habe ich genug Vorrat im Keller. Es könnte ein langer Tag werden."

Seine Worte weckten unschöne Erinnerungen an den vergangenen Tag, als Gabriel *einen schönen Abend* mit ihr verbringen wollte und unwillkürlich begann sie zu zittern. Was, wenn dieser Höllenfürst sich genau das erhoffte, was auch Gabriel von ihr gewollt hatte?

„Und richte bitte ein Bad für unseren Gast." Er rümpfte übertrieben die Nase. Na bitte!

„Wenn mein Anblick und mein Geruch Eure Sinne beleidigen, dann ist es wohl besser, wenn ich gehe!" Entschlossen machte Melissa einen Schritt auf die Tür zu und sah eine Gelegenheit, von hier wegzukommen, ohne große Erklärungen abgeben zu müssen. Aber zu ihrem großen Entsetzen blieb Benni stocksteif stehen und legte seine kleine Hand in Rabans große Pranke.

„Aber ich will nicht gehen, Melli. Raban ist mein Freund und ich will nicht wieder, dass uns der doofe Pfarrer aus der Kirche jagt!"

„Halt sofort den Mund und komm her!", zischte Melissa, aber Benni blieb stur stehen, wo er war. Raban hob amüsiert die Augenbrauen.

„Es gab eine Zeit, da machtet Ihr Euch große Sorgen, weil Benjamin *nicht* sprach. Wie mir scheint, ist jetzt genau das Gegenteil der Fall!"

Melissa funkelte ihn an. Sie hasste diesen Mann, diesen

Ritter der Hölle, diesen...Abaddon! Warum nur hatte er das unsägliche Talent, sie immer wieder so sehr zu reizen, dass sie die Fassung verlor? Sie atmete mehrmals heftig ein und aus und Raban betrachtete fasziniert das Mienenspiel, das sie ihm bot. Ihre grünen Augen erinnerten ihn an eine Lieferung Smaragde, die er vor kurzem erhalten hatte. Sie schienen im Halbdunkel der Halle zu leuchten, und Raban fragte sich, ob das der Sonnenstrahl verursacht hatte, der durch ein kleines Fenster zur Straße hin auf ihr Gesicht fiel, oder ob Melissas Augen immer so blitzten, wenn sie wütend war. Dazu verzog sie trotzig den Mund, kämpfte mit sich, schluckte Worte hinunter, von denen sie nicht wollte, dass sie ihr entschlüpften. Aber am ehrlichsten sprachen wohl die dunklen Schatten unter ihren Augen, die aufgeplatzte Lippe und der ausgezehrte Ausdruck auf ihrem schönen Gesicht davon, was in den letzten Tagen wirklich mit ihr passiert war. Sie sah zerzaust und müde aus und dieses Gefühl, von dem er besser nicht wissen wollte, was es war, überkam ihn wieder. Wie erleichtert war er gewesen, als er ihren kastanienroten Haarschopf unter den vielen Menschen auf dem Markt entdeckte hatte! Wieder war er ziellos durch die Gassen gewandert, durch die erwachende Stadt, getrieben von dem Gefühl, sie finden zu müssen. Und dann stand sie da, einfach so, als hätte er nicht tagelang nach ihr gesucht und als wäre es völlig widersinnig, sie irgendwo anders zu suchen als auf dem Markt!

„Bitte, lasst uns einfach gehen. Eure Gastfreundschaft

hinsichtlich der Speisen will ich, wollen wir!, gerne annehmen, aber dann lasst und gehen. Bitte!" Sie sah ihn so flehentlich an, dass sich ihm das Herz zusammenzog. Warum nur wollte sie nicht bleiben? Sie sah nicht so aus, als wenn sie wüsste, wohin sie gehen sollte!

„Bitte. Ihr bekommt...Schwierigkeiten, wenn man uns bei Euch findet. Das kann ich nicht riskieren. Ich bin Euch etwas schuldig, ich will Euch nicht...in diese Sache mit hinein ziehen!" Der Anblick ihrer zierlichen Gestalt, die wie ein scheues Reh zur Flucht bereit schien, schmerzte ihn.

„Falls Ihr damit die Geschehnisse im Haus Eures Verlobten meint, dann seid Ihr hier besser aufgehoben als auf der Straße." Ihre Augen weiteten sich in fassungslosem Entsetzen.

„Ihr wisst davon?", flüsterte sie. Es hatte sich also schon herumgesprochen!

„Ja, ich war gestern dort, gerade als das Tohuwabohu losbrach. Und um darauf zurückzukommen. Ihr schuldet mir nichts, dennoch könnt Ihr etwas für mich tun."

Wenn Melissa noch irgendwelche Zweifel an seinen Absichten gehabt hatte, hatte er sie mit diesen Worten zerstört. Ganz egal, wie er es formulierte: Er erwartete eine Gegenleistung für seine Hilfe! Oh ja, sie wusste ganz genau, worauf er hinaus wollte! Diese abscheulichen Kerle waren doch alle gleich! Tränen traten ihr in die Augen, aber sie schluckte sie tapfer hinunter. Nun gut, der Eine war so gut wie der Andere.

Hiltrud hatte ihr schonungslos vorgehalten, dass die einzige Währung, die für eine Frau zählte, ihr Körper war. Je jünger und schöner, umso besser wurde bezahlt! Raban sah sie immer noch an. Seine Miene verriet nicht, was er dachte, aber ein düsteres Glitzern in seinen Augen ließ diese wie schwarzen Onyx aussehen. *Wie passend!*, dachte Melissa, galt dieser Stein doch gemeinhin als Unglücksstein.

Ein hübsches Mädchen, das Haar züchtig unter einer Haube versteckt, trat durch die offene Küchentür, ein Tablett mit köstlich duftendem Braten und Käse in der Hand. Sie knickste höflich.

„Wo soll ich servieren?" Dabei musterte sie Melissa neugierig.

„Äh, bring es einfach in meine Kammer, Affra." Melissa zuckte zusammen, was Raban mit Erstaunen zur Kenntnis nahm. Sie hatten doch auf dem Weg nach Dortmund viel enger zusammen gesessen. Warum schien sie auf einmal Angst davor zu haben, mit ihm in einem Raum zu sein? *Vielleicht weil sie Angst vor dir hat, du Trottel!*, meldete sich eine Stimme und fügte im Geiste hinzu: *Wer weiß, was ihr widerfahren ist, dass sie so reagiert?* Er wurde blass bei der Vorstellung, dass sie denken könnte, er wollte...er würde...Schnell räusperte er sich, weil auch Affra ihn ansah, als ob sie genau das dachte.

„Und bring bitte auch einen Becher Most für meinen Freund in meine Kammer. Wir haben uns eine Menge zu erzählen. Und Affra", er ließ Melissa nicht aus den Augen während er sprach, „richte bitte die Kammer am Ende des Ganges her, meine Gäste bleiben über Nacht."

„Aber Ra...Herr, das ist die Kammer..."

„Für meine Gäste! Und nun mach bitte, was ich dir aufgetragen habe. Und vergiss das Bad nicht!" Damit entließ er das Mädchen. Melissa entging der Blick nicht, den diese Affra ihr noch zuwarf und sie fühlte sich seltsam an Anna erinnert. *Bitte, Herr, nicht noch eine eifersüchtige Magd!,* dachte Melissa, bevor sie Raban und Benni, der sich staunend umsah, die Treppe hinauf folgte. Als Raban die Tür zu seiner Kammer aufstieß, blieb Melissa staunend stehen. Der Raum wurde, wie bei Gabriel auch, von einem breiten Bett beherrscht, wie sie zu ihrem Leidwesen feststellte, aber im Gegensatz zu Gabriels Schlafgemach war dieses hier auf das Komfortabelste ausgestattet. An der rechten Wand befand sich ein großer Kamin, davor standen zwei bequem aussehende Sessel um ein kleines Tischchen herum und durch ein großes Fenster fielen helle Sonnenstrahlen. Und, das erstaunte Melissa am meisten, das Fenster war mit diesen sündhaft teuren Glasfüllungen versehen! Ihr eigenes Haus in Köln hatte nur Ölhäute und Fensterläden gehabt, die nur unzureichend dem Wind und dem Regen standgehalten hatten. Und auch viele der Nachbarn hatten sich die teuren Glasfenster nicht leisten können! Auch Benni stand mit offenem Mund in der Tür.

„Du...du hast es aber schön hier!", brachte er sein kindliches Lob hervor. Raban zerzauste ihm liebevoll die Haare.

„Das freut mich, wenn es dir hier gefällt! Vielleicht kann ich deine Schwester ja überreden, dass ihr etwas länger als nur eine Nacht bleibt?" Er sah Melissa wieder mit diesem undurchdringlichen Blick an.

„Au ja, Melli, bitte." Er hopste mit Leo durch das Zimmer und warf sich schließlich auf das weiche Bett.

„Benjamin! Benimm dich!", ermahnte Melissa ihren Bruder streng.

„Oha, wenn sie Benjamin sagt, ist sie sauer!"; stellte er zerknirscht fest und ließ sich wieder vom Bett gleiten.

Raban grinste ihn an. „Ich fürchte, dann hast du ein Problem! Mit Erinnyen ist nicht zu spaßen!"

„Nö, mit Melli auch nicht, wenn sie Ben-ja-min sagt!" Er betonte das so komisch, dass Melissa sich auf die Lippe beißen musste, um ein Grinsen zu unterdrücken.

„Was sind denn diese...Eri...Erni..", fragt er unschuldig.

„Erinnyen", sagte Raban und sah dabei Melissa tief in die Augen, „sind Rachegöttinnen, oder auch Schutzgöttinnen der sittlichen Ordnung."

„Sagt Homer!", ergänzte Melissa, die dem schwarzen Blick standhielt. „Nach Hesiod dagegen sind sie sozusagen Schwestern der Aphrodite.", konterte sie.

„Ja richtig... Nur wurden sie mit dem Blut des Uranus gezeugt, das bei seiner Entmannung auf die Erde tropfte, während Aphrodite..."

„Schluss jetzt! Benni, du benimmst dich und Ihr, Abaddon, schweigt gefälligst, bevor diese unschuldige Kinderseele Schaden nimmt!" Melissa war rot geworden, ob vor Scham oder Ärger über seine unbedachten Worte, wusste sie selber nicht. Raban fand, dass ihr diese zarte Röte ausnehmend gut stand und beschloss, sie bei passender Gelegenheit wieder zum Erröten zu bringen. Benni hatte interessiert zugehört, aber als sich die Tür öffnete und Affra ein großes Tablett mit allerlei Köstlichkeiten herein balancierte, verließ ihn das Interesse am Gespräch der Erwachsenen und er stürzte sich mit einem Jubelschrei auf das duftende Brot und den Käse. Melissa hatte schon wieder einen Tadel auf der Lippe, besann sich aber, als Raban den Kopf schüttelte.

„Lasst ihn, er muss großen Hunger haben." Er trat dicht vor sie hin und musterte sie unverhohlen.

„Und Ihr auch!"

Melissa schluckte, denn auch ihr war bei dem Duft und dem Anblick des saftigen, in Scheiben geschnittenen Bratens das Wasser im Mund zusammen gelaufen.

„Oh, nein, so schlimm ist es gar nicht.", log sie, denn zuzugeben, dass der Hunger ihr arg zusetzte, hieße, zuzugeben, dass sie bei dem Versuch, hier in Dortmund Fuß zu fassen, ziemlich gescheitert war. Und das wollte sie auf keinen Fall ausgerechnet vor diesem eingebildeten Kerl tun.

„Ihr lügt!", sagte Raban, nahm sich ein dickes Stück Braten und legte es auf eine Scheibe des frischen Brotes. Just in diesem Augenblick begann Melissas Magen laut zu knurren, und Melissa schien es, als übertöne das Geräusch sogar Bennis lautes Schmatzen und Plappern.

„Ich fürchte, Euer Körper spricht da eine ganz andere Sprache!" Er reichte ihr das Brot und zögernd nahm

Melissa es an.

„Wenn das Raubtier in Eurem Bauch besänftigt ist, schlage ich vor, Ihr erzählt mir, was Euch widerfahren ist."

Melissa konnte sich nicht länger beherrschen und biss herzhaft in die mit Braten belegte Scheibe Brot. Himmel, war das gut! Amüsiert betrachtete Raban, wie sie versuchte, sich ihren Hunger nicht anmerken zu lassen und beinahe gelangweilt zu kauen, während sie immer wieder herzhaft zu den Speisen griff und eine solche Menge in so kurzer Zeit vertilgte, wie er es noch nie bei einer Frau gesehen hatte. Er ließ ihr Zeit, und erst nachdem auch der letzte Krümel vertilgt war und Melissas blasses Gesicht wieder etwas Farbe angenommen hatte, nahm er das Gespräch wieder auf. „Wollt Ihr mir nun erzählen, wie es Euch ergangen ist, Melissa?" Leider klopfte es in genau diesem Augenblick und Affra betrat den Raum.

„Das Bad wäre vorbereitet." Sie blickte Melissa wieder mit diesem nicht zu deutenden Ausdruck an.

„Wenn Ihr mir bitte folgen würdet." Nach einem kurzen Blick auf Benni, der inzwischen auf Rabans Bett gekrabbelt und dort mit dem Daumen im Mund eingeschlafen war, und Raban, der zustimmend nickte, folgte sie Affra. Sie war froh, das Gespräch mit Raban - und auch den Gedanken an das, was ihrer Meinung nach unweigerlich an diesem Abend noch passieren würde - aufschieben zu können. In der Küche angekommen, stand zu ihrem Erstaunen allerdings kein Holzzuber im Raum. In Köln hatte sie, wenn überhaupt, weil ihr Vater es für Zeitverschwendung und sogar schädlich hielt, zu baden, ein schnelles Bad in einem kleinen Holztrog in der Küche genommen. Dort musste nämlich nicht extra eingeheizt werden, da im Ofen immer ein Feuer brannte. Neugierig folgte sie Affra durch den Hof in eine kleine Holzhütte, die sich an die Innenwände der Umfriedung des Grundstückes schmiegte. Sofort schlug ihr eine feuchte Hitze entgegen und als sie sich näher umsah, sah sie einen großen Bottich mitten im Raum stehen. Er war mit herrlich nach Lavendel duftendem Wasser gefüllt und kleine Dampfwölkchen stiegen daraus hervor. Geschäftig eilte Affra hin und her, warf noch ein paar Lavendelblüten ins Wasser und nahm ein großes Leinentuch von einem Regal, das sie neben den Zuber legte. Dann bedeutete sie Melissa, ihren Surcot und das Untergewand auszuziehen. Melissa war soviel Aufmerksamkeit unangenehm, denn in Köln hatte man ihren Badewunsch nur kopfschüttelnd gebilligt und sich nicht weiter um sie gekümmert. Nach kurzem Zögern streifte sie ihre Gewänder ab und stieg in das herrlich warme Wasser.

„Ihr seid sehr schön, Jungfer. Das wird dem Herrn gefallen. Er legt sehr viel Wert auf Sauberkeit und gutes Aussehen bei den Frauen, mit denen er das Lager teilt." Affra hatte das so beiläufig gesagt, dass Melissa kurz dachte, sie hätte sich verhört. Aber Affra sprach schon weiter.

„Wisst Ihr, seit seine Gemahlin vor fast genau zwei Jahren zu Tode kam, kann er sich endlich die Frauen in sein Bett holen, die ihm gefallen." Sie begann, Melissas Rücken einzuseifen.

Wenn sie irgendetwas nicht hören wollte, dann Einzelheiten über das offenbar ausschweifende Leben ihres Gastgebers!

„Wie...ist seine Gemahlin denn gestorben?"; fragte Melissa, nur um etwas zu sagen und das ungute Gefühl zu vertreiben, das Affras Worte in ihr ausgelöst hatten.

„Oh, manche sagen, sie wurde ermordet." Affra ließ einen Schwall warmen Wassers über Melissas Rücken laufen. Dabei merkte sie deutlich, wie diese sich versteifte.

„Das ist ja schrecklich!" Was sollte sie auch sonst sagen? Melissa fühlte sich in Affras Anwesenheit mehr als unwohl. Was bezweckte das Mädchen mit ihrem scheinbar losen Geplapper? Denn dass jedes ihrer Worte mit Bedacht gewählt war, das hatte Melissa längst an dem unterschwelligen Tonfall erkannt, mit dem die junge Magd sprach.

„Ja, nicht wahr?! Und man hat sogar Raban, Verzeihung, ich meine natürlich den Herrn, in Verdacht gehabt." Sie begann, Melissas Haare einzuseifen.

„Aber natürlich hat man ihm nichts nachweisen können." Sanft massierte sie Melissas Kopfhaut, aber diese war weit davon entfernt, sich zu entspannen oder die sanften Berührungen genießen zu können. Als Melissa nichts weiter erwiderte, seufzte Affra vernehmlich.

„Wisst Ihr, der Herr hat sie nicht wirklich geliebt. Es war eine rein geschäftliche Verbindung." Sie goss erneut warmes Wasser über Melissas Haare und spülte die Seife heraus. Noch nie hatte Melissa das Ende eines Bades so herbeigesehnt, wie dieses Mal! Das anfängliche Gefühl von Unwohlsein war inzwischen einem weitaus unangenehmeren, fast bedrohlichen gewichen und trotz der Wärme des Wassers schauderte Melissa. Aber Affra hatte noch einen weiteren vergifteten Pfeil in ihrem Köcher.

„Aber seit dem Tod der Herrin kann Raban endlich zu seinen Gefühlen für mich stehen. Wir teilen schon lange das Bett miteinander. Oh, ich bin nicht eifersüchtig, wenn Ihr das glaubt. Raban ist ein Mann, ein *ganzer* Mann, wenn Ihr versteht, was ich meine. Er braucht eben auch die Abwechslung. Ich verstehe das und gönne ihm sein Vergnügen. Hauptsache, er kommt immer wieder zu mir zurück!" Diesmal traf Melissa ein Schwall eiskalten Wassers und sie hätte nicht sagen können, ob ihr Herz sich deswegen schmerzhaft zusammenzog oder weil es sie vielleicht doch interessierte, mit wem dieser finstere Ritter der Hölle das Bett teilte!

***

Raban ging in seinem Schlafgemach auf und ab. Er wusste nicht, woher seine Unruhe kam. Melissa, dieses widerborstige, ängstliche, wunderschöne Mädchen hatte eine Saite in ihm zum Klingen gebracht, die er nicht kannte. Was hatte sie an sich, dass er sie ständig berühren wollte, ihre weiche, blasse Haut, ihren vollendeten Körper, den er bereits einmal hatte betrachten dürfen. Damals, im Wald, war sie ihm wahrhaftig wie die Liebesgöttin Aphrodite erschienen! Gleichzeitig aber wollte er sie einfach nur halten, sie beschützen, die Sorgen aus ihrem Gesicht vertreiben und sie glücklich sehen. Noch nie hatte er etwas Vergleichbares für eine Frau empfunden! *Du bist kein Mann für die Liebe!,* sagte er sich. Er hatte bereits zwei Frauen unglücklich gemacht. Isabel war sogar seinetwegen vor Kummer über seine Zurückweisung gestorben und auch Affra hatte er nicht das geben können, was sie sich erträumte! Nein, er war kein Mann, der eine Frau glücklich machen konnte, und darum musste er die Finger von Melissa lassen! Sie hatte etwas Besseres verdient als ihn! Noch bevor er sich weiter in seine düsteren Gedanken verstricken konnte, klopfte es und Melissa trat ein. Sie sah…verändert aus, was, wie er feststellte, nicht nur an ihrem Äußeren lag. Offenbar hatte Affra ihr einen Kittel von sich selbst geborgt, der ihr, weil Affra doch über erheblich mehr Rundungen verfügte, lose um ihren schmalen Körper hing. Im Gegensatz zu diesem schlichten Gewand war der Rest von ihr ganz und gar nicht schlicht! Ihr noch feuchtes Haar, das im hereinfallenden Sonnenlicht wie tiefroter Burgunder leuchtete, umrahmte ihr schmales Gesicht und ihre grünen Augen blitzten ihn an, als ob sie tatsächlich gerade als eine der Erinnyen einer griechischen Sage entstiegen wäre. Da sie kein Wort sagte, drehte er sich um und nahm einen silbernen Pokal von dem kleinen Tischchen und goss ihr Wein ein, den er ihr reichte.

„Oh, vielen Dank, aber das ist nicht nötig. Ich bin lieber bei klarem Verstand, wenn Ihr...meine Gefälligkeit einfordert. Ich bringe nur eben Benni in die Kammer, die Ihr vorbereiten ließt." Sie ging zum Bett und wollte Benni vorsichtig aufheben, als Raban neben sie trat.

„Aber das ist doch gar nicht nötig. Ich..."

„Wollt Ihr es etwa in Gegenwart eines Kindes tun?", fragte sie ihn fassungslos. Irritiert hob er die Augenbrauen.

„Äh, von was redet Ihr, Melissa? Natürlich kann Benni hierbleiben, wenn wir..." Ihre schmale Hand traf ihn mit einer ungeahnten Härte.

„Ihr seid...Ihr seid..ein..." Mühsam beherrscht suchte sie nach dem passenden Wort.

„Abaddon, Ritter der Hölle?", versuchte er einen Scherz, ohne zu begreifen, was sie plötzlich so fuchsteufelswild gemacht hatte.

Sie atmete heftig ein und aus, versuchte, ihre Stimme und ihre Stimmung unter Kontrolle zu bekommen.

„Schlimmer! Ihr seid der Titylos der Gegenwart!", fauchte sie.

Er runzelte fragend die Stirn. Soweit er sich erinnerte, waren Tantalos, Sysiphus und eben Titylos die größten Bösewichte und Sünder der griechischen Mythologie. Nur - was hatte das mit ihm zu tun? Er konnte sich nicht erinnern, irgendetwas Anstößiges oder

Verletzendes gesagt oder getan zu haben.

„Bitte, Jungfer Melissa, klärt mich auf, was Euch so aufgebracht hat. Ich bin mir keiner Schuld bewusst! Ich weiß nur, dass dieser Titylos versuchte, die holde Gestalt der schönen Leto, nun sagen wir mal, mit Gewalt für sich einzunehmen..."

„Sie zu schänden!"

„Bitte? Ich wüsste nicht..."

„Ach nein? Was habt Ihr denn dann gemeint, als Ihr eine Gefälligkeit von mir erbeten habt? Und damit, dass es ein langer Abend würde? Und dann wollt Ihr noch nicht einmal, dass ich Benni..."

In plötzlichem Verstehen weiteten sich seine Augen. Mit einem Schritt war Raban bei ihr und packte ihr Handgelenk. Grob zog er sie zu dem gepolsterten Sessel und drückte sie unsanft hinein. Seine Kiefer mahlten und seine Augen waren nun wirklich schwarz, lodernd, und Melissa bekam zum ersten Mal wirklich Angst vor diesem Mann. War das der Mann, der seine Gemahlin ermordet hatte, um mit seiner Geliebten zusammen zu leben? Sie sah, wie er sich mühsam beherrschte und versuchte, seinen Ärger in den Griff zu bekommen. Nach einigen sprachlosen Augenblicken hatte er sich soweit gefasst, dass er ihr in die Augen sehen konnte.

„Verdammt, Melissa, Ihr könnt doch nicht wirklich glauben, dass ich...dass ich *das* von Euch verlange!!" Seine Stimme war dunkel und belegt, und er schien ehrlich entsetzt. Unsicherheit schlich sich in Melissas Gdanken.

„Melissa, um Himmels Willen, sagt etwas. Sagt, dass
Ihr das nicht von mir denkt!" Die flammende Röte, die
ihr Gesicht daraufhin überzog, war ihm Antwort
genug. Er griff sich seinen Pokal und trank in großen
Schlucken. Als er ihn wieder abstellte, bemerkte er,
dass Melissa in sich zusammen gesunken war und
Tränen in ihren wunderschönen Augen standen.
„Ihr wolltet nicht...also, Ihr wolltet mich nicht...Ich...ich
dachte wirklich...es tut mir leid.", schniefte sie. „Was
habt Ihr denn dann gemeint, als Ihr sagtet, ich könnte
Euch einen Gefallen tun?" Sie wischte sich ein paar
Tränen weg und versuchte erfolglos, weiteren Einhalt
zu gebieten.
Mit einem Knurren, das geradewegs aus seiner Brust
zu kommen schien, stand Raban auf, kniete sich vor sie
hin und nahm ihre kalte Hand in seine. Oh, er würde
lügen, wenn er jetzt sagte, dass er sie nicht wollte, sie
nicht begehrte, sie nicht liebend gern sofort auf sein
Bett gezerrt hätte und...Aber doch nicht so! Niemals
hatte er sich einer Frau aufgedrängt, und mit Melissa
war es ohnehin...anders! Er wollte sie, das wurde ihm
mit einem Mal klar, aber niemals würde er sich mit
Gewalt nehmen, was sie ihm nicht freiwillig zu geben
bereit war!
„Mel, bitte, ich würde Euch nie etwas zuleide tun. Das
müsst Ihr mir glauben! Ihr schuldet mir nichts, ich habe
das ganz anders gemeint als Ihr es verstanden habt! Ich
habe nach Euch gesucht," *weil ich Euch wiedersehen
wollte, Euch nicht vergessen konnte,* hätte er beinahe
gesagt, „weil Ihr mir mit einer einfachen Aussage aus

einem ziemlichen Schlamassel helfen könnt!" Wieder versteifte sie sich und Raban stand auf, brachte einige Schritte zwischen sich und diese betörende Frau. Sie sah so verzweifelt und hilflos, so verletzlich aus, dass er sie am liebsten in seine Arme gerissen und all ihre Zweifel mit heißen Küssen beseitigt hätte. Gegen dieses Bedürfnis half nur - Abstand! Als sie ihn fragend ansah, räusperte er sich, versuchte den Kloß, den ihre bloße Gegenwart in seinem Hals verursacht hatte, hinunter zu schlucken.

„Das ist eine lange Geschichte, Melissa. Ich werde sie Euch erzählen, aber vorher möchte ich gerne erfahren, was Euch widerfahren ist, dass Ihr so...reagiert. Warum seid Ihr nicht bei Eurem Verlobten? Was hat er getan, dass Ihr ihn..." Er wollte nicht aussprechen, was im Raum stand, weil er ihr die Tat nicht zutraute.

„Dass ich ihn umgebracht habe? Sagt es ruhig, denn es ist die Wahrheit. Aber auch das ist eine lange Geschichte." Sie hatte sich etwas beruhigt und nahm nun doch einen Schluck von dem schweren Wein.

„Dann schlage ich vor, Ihr erzählt mir Eure Geschichte, denn wenn es stimmt, dass Ihr wegen des Todes Eures Verlobten gesucht werdet, hat sich mein Anliegen an Euch zerschlagen. Ich...benötige eine Aussage von Euch, eine Aussage vor dem Freigrafen des Femegrichts zu Dortmund!" Er sah, wie sie zusammenzuckte und ihn entgeistert anstarrte.

„Warum...?", flüsterte sie.

„Weil ich das gleiche Problem habe wie Ihr: Man wirft mir vor, aus Habgier gemordet zuhaben. Und das gleich in drei Fällen, oh, nein,", verbesserte er sich voller Grimm, „genau genommen sogar in vier Fällen!" Sie sog scharf die Luft ein. Himmel! In was war sie da hinein geraten?

„Eure Gemahlin...?", wagte sie zu fragen.

Irritiert sah er sie an. Dann legte sich ein dunkler Schatten auf sein Gesicht und er presste die Lippen aufeinander. Sie sah Schmerz und Reue, Wut und Ratlosigkeit in seinen Augen aufblitzen, aber dann hatte er sich wieder vollkommen in der Gewalt.

„Was hat Isabel damit zu tun? Und woher wisst Ihr, dass..." Als ihm dämmerte, dass sie das nur von Affra gehört haben konnte, hob er die Hand und rieb sich müde über die Augen.

„Ich fürchte, die Nacht wird länger als ich dachte." Er lehnte sich in seinem bequemen Sessel zurück, füllte Wein nach und sagte dann: „Also gut, reden wir. Ihr beginnt!" Melissa wollte widersprechen. Was ging ihn ihr Leben an? Aber dann zuckte sie nur die Schultern und begann zu erzählen.

***

Er nahm einen großen Schluck von dem vorzüglichen Wein, den er sich seit geraumer Zeit - genau genommen, seit den großzügigen Erbanfällen! - leisten konnte. Insgeheim lachte er in sich hinein. Der Zufall hatte ihm in die Hände gespielt. Er würde seine Pläne nur geringfügig ändern müssen und schon war er sein Weib los. Und seinen Schwager! Diesen Bastardsohn vom alten van Gehrden! Leider hatte er es nicht geschafft, den Alten in seinen letzten Wochen ganz auf seine Seite zu ziehen. Beharrlich hatte sein Schwiegervater in einem seiner seltenen sentimentalen Augenblicke darauf bestanden, diese untergeschobene Missgeburt nicht vollends vom Erbe auszuschließen und stattdessen seinen Töchtern alles zu vermachen! Bedauerlicherweise hatte die tägliche Dosis Tollkirsche, die er dem Alten verabreicht hatte, nicht so gewirkt, wie er sich das vorgestellt hatte. Die getrockneten Beeren der schwarzen Tollkirsche hatte er irgendwann einmal nahe der Abtei Corvey in Höxter von einem alten Kräuterweib erstanden. Die alte Hexe hatte sie ihm zunächst nicht verkaufen wollen, aber er hatte schon damals über ganz besondere Talente verfügt, wenn es darum ging, seinen Willen durchzusetzen. Zu der Zeit hatte er gerade erst begonnen, um dieses verhuschte Weib zu werben, dass nun seine Gemahlin war und schon damals hatte er das Gefühl gehabt, diese kleinen Beeren könnten ihm einmal nützliche Dienste leisten. Und so hatte er begonnen, seinem Schwiegervater täglich eine geringe Dosis von den getrockneten, zerriebenen Beeren in den Wein zu mischen, den der Alte so liebte. Leider fehlte ihm die Erfahrung, wie das Pulver zu dosieren war, so dass der Hurensohn es noch geschafft hatte, im Fieberdelirium und unter Krämpfen sein Testament zu diktieren. Die absonderlichen Ideen des alten van Gehrden waren leider von einem Advocatus - trotz erheblicher Bedenken desselben bezüglich der Ausformulierung der Erbnachfolge! - beglaubigt und somit gültig geworden. Aber am Ende war es ohnehin einerlei, wer wem was vererbte. Er würde der einzige überlebende Nutznießer sein. Ohne Weib, ohne lästigen Schwager und endlich frei, das zu tun, was er immer schon wollte! Er stürzte den restlichen Wein hinunter. Und jetzt würde er diesem exquisiten Hurenhaus einen Besuch abstatten, denn ihm war zu Ohren gekommen, dass dort eine hübsche kleine Jungfrau eingetroffen war. Diese Tatsache würde ihn zwar einen schönen Batzen Gold kosten, aber das war es ihm wert. Ganz sicher würde er in ihren Augen das blanke, ungespielte Entsetzen sehen, wenn er sie nahm. Vorher würde er allerdings ihren unschuldigen Geist und Körper spüren lassen müssen, was ihm diese tiefe, einzigartige Befriedigung verschaffte. Und danach würde er sich endlich mit seinen letzten beiden Problemen beschäftigen. Seinem Weib und ihrem Bruder.

***

Raban lag auf dem Rücken, die Arme hinter dem Kopf verschränkt und fand keinen Schlaf. Er war sich sicher, dass Melissa ihm nicht die ganze Wahrheit erzählt, die

schlimmsten Dinge ausgelassen hatte, aber auch so
hatte ihre Schilderung ausgereicht, eine heiße Welle der
Wut durch seine Adern strömen zu lassen. Wenn dieser
gottverdammte Gabriel Scherf nicht schon tot wäre,
dann würde er ihn höchstselbst mit dem allergrößten
Vergnügen in die Hölle schicken! Hätte Melissa sich
doch bloß sofort an ihn gewandt! Aber ihren Einwand,
dass sie weder wusste, wo er wohnte noch wie er mit
vollem Namen hieß, hatte er nicht von der Hand
weisen können. Mit einer Prise bitteren Humors hatte
er konstatiert, dass sie ihn wahrscheinlich sogar
gefunden hätte, wenn sie nach dem schwarzen Ritter
der Hölle gefragt hätte! Und nun lag sie
zusammengerollt in seinem Bett, ihren Bruder fest an
sich gedrückt und schlief zum ersten Mal seit Tagen
satt und ohne die Angst, nachts überfallen zu werden,
tief und fest. Sie war kurz nachdem sie ihren Bericht
beendet hatte im Sessel eingeschlafen, noch während er
versuchte, ihr seine vertrackte Situation darzulegen
und er hatte sie vorsichtig aufgehoben und zu ihrem
Bruder aufs Bett gelegt. Ihr warmer Körper in seinen
Armen hatte ein Gefühl in ihm hervorgerufen, das weit
über das körperliche Verlangen nach ihr hinausging. Er
hatte sie einen Augenblick länger als nötig in seinen
Armen gehalten und als er sich endlich von ihr lösen
konnte, hatte er nicht widerstehen können, ihr
vorsichtig eine Strähne ihres flammenden Haares aus
dem Gesicht zu streichen und dabei ihre weiche Haut
zu berühren. Er musste sich zwingen, sich
abzuwenden, sie nicht mehr anzusehen, und so hatte

er beschlossen, die Nacht in dem Zimmer zu verbringen, das eigentlich für sie vorbereitet worden war. Er hatte nicht weiter darüber nachgedacht, aber es war einst *Isabels* Schlafgemach gewesen! Das trug nicht gerade dazu bei, dass er in einen erholsamen Schlaf sinken konnte, denn auch wenn er nicht an Geister glaubte, so meinte er doch, Isabels Anwesenheit zu spüren. Zu ihren Lebzeiten hatte er nie so intensiv über sie nachgedacht wie in dieser Nacht, in diesem Zimmer. Es war, als würde ihre unglückliche Seele noch in diesem Raum verweilen, rastlos, gequält durch seine Gleichgültigkeit, getrieben von dem Wunsch nach Beachtung. Und erst hier, in Isabels Schlafgemach, fast zwei Jahre nach ihrem Tod, traf ihn die Erkenntnis, dass manchmal auch Gleichgültigkeit und unerwiderte Liebe töten konnten, wie ein Faustschlag. Er hatte sie in den Tod getrieben. Seine Ablehnung, seine Zurückweisung waren genauso tödlich für sie gewesen, als hätte er ihr ein Messer in die Brust gestoßen! Und zum ersten Mal seit zwei Jahren trauerte er um Isabel, um das Kind, das sie verloren hatte und das nicht von ihm gewesen war. Er war damals unerbittlich gewesen in seinem verletzten Stolz, hatte sie für die Tat eines Mannes leiden lassen, für die sie nichts konnte. In dieser Nacht fragte er sich, ob es nicht vielleicht doch ein gutes Ende mit ihrer Ehe hätte nehmen können, wenn seine schwarze Seele es zugelassen hätte. Ja, er hatte Isabel nicht aus Liebe geheiratet, sondern wegen ihrer Mitgift und der Geschäftsbeziehungen, die sie mitbrachte, aber das war allgemein üblich und manch eine Ehe, die auf dieser Basis geschlossen wurde, verlief durchaus glücklich. Aber er hatte ihr keine Chance gegeben, sie leiden lassen für seinen verdammten Stolz! Er konnte nicht anders als Isabel jetzt und in dieser Nacht aufrichtig um Vergebung zu bitten, wohl wissend, dass sie ihm diese nicht mehr gewähren konnte. Er hatte seine Chance gehabt und kläglich versagt. Er war kein Mann, der eine Frau glücklich machen konnte!

Als der Morgen dämmerte, hatte er kein Auge zugetan. Bereits am vergangenen Abend hatte er sich vorgenommen, den Freigrafen unter einem Vorwand aufzusuchen und ihn beiläufig nach dem Stand der Dinge im Fall Scherf zu befragen. Wenn er Melissa helfen wollte, musste er wissen, was genau passiert war, oder besser gesagt, was man vermutete, was passiert sein könnte, denn Melissa hatte ihm ja bereits alles erzählt. Also stand er auf, wusch sich an der Waschschüssel und zog sich ein frisches Hemd über. Nach einem kurzen Blick in sein Schlafgemach, wo Melissa und Benni noch selig schlummerten, ging er in die Küche, wo seine alte Köchin Ursel bereits damit beschäftigt war, eine sämige Hafergrütze zuzubereiten.

„Ihr seid aber früh auf den Beinen, Herr! Wenn Ihr warten wollt, die Grütze ist gleich fertig. Mögt Ihr heute lieber Honig oder Grützwurst darin?"

„Mir reicht heute ein wenig Brot und Käse von gestern, Ursel. Ich muss gleich schon los. Und in die Grütze mach ruhig eine große Portion Honig, wir haben zwei sehr hungrige, vernaschte Gäste!" Er griff sich einen

Kanten Brot, während Ursel eine Scheibe Käse und etwas Braten auf einer Platte anrichtete und ihm hinschob.

„Ist recht, Herr van Gehrden. Der Kleine ist aber auch allerliebst und seine Schwester...eine Augenweide!" Sie musterte ihn aufmerksam, so als ob sie abschätzen wollte, was er bei diesen Worten dachte.

„Ja, Ursel, das stimmt. Sag, wo ist denn Affra heute? Ich habe sie noch gar nicht gesehen. Ich muss dringend mit ihr sprechen!"

„Oh, Affra fühlt sich nicht gut. Sie...kommt heute nicht." Ursel sah Raban mit einem so vorwurfsvollen Blick an, dass er sich sofort unwohl fühlte. Was wollte die Alte ihm damit zu verstehen geben?

Als er nichts erwiderte, zuckte die Köchin nur mit den Schultern und rührte weiter in der Grütze herum.

„Wisst Ihr, nachdem sie Euch so gute Dienste in Eurem Bett geleistet hat, hat sie sich wohl Hoffnungen gemacht, Ihr würdet ihr mehr als nur eine Stellung als Magd anbieten. Und nun kommt da diese...diese Frau an und ihr überlasst ihr gleich am ersten Abend Eure Kammer..."

Raban erhob sich, war mit einem einzigen Schritt bei Ursel und sah sie mit seinem schwarzen Blick an.

„Was immer zwischen deiner Tochter und mir war und was immer ihr euch auch davon versprochen habt: Affra und ich hatten eine klare Abmachung!"

Unbehaglich wand sich die Alte, wohl wissend, dass sie sich gegenüber ihrem Herrn zu viel herausgenommen hatte. Aber Affra war nun einmal ihre Tochter und tat ihr leid. Sie hatte sich in diesen stattlichen Mann hoffnungslos verguckt und kam nur schwer damit zurecht, dass er nicht mehr für sie empfand.

„Und noch eins, Ursel. Du und Affra werden die Jungfer so behandeln, wie es sich für einen Gast geziemt. Ich dulde nicht, wenn ihr es Jungfer Melissa gegenüber an Respekt fehlen lasst. Und ich dulde ebenfalls nicht, dass Affra sich ihr gegenüber Freiheiten herausnimmt, die weit über ihre Stellung in diesem Haushalt hinausgehen. Sag ihr das, wenn du sie siehst." Ungehalten sah er seine Köchin an, die unter seinen scharfen Worten zusammengezuckt war. Dann verließ er wütend die Küche.

Auf dem Weg zum Richthaus am östlichen Hellweg, wo sich das hohe Blutgericht befand, begann es zu regnen, zuerst nur ein paar Tropfen, dann aber schien der Himmel seine Schleusen zu öffnen und es ergossen sich wahre Sturzbäche in die zunehmend aufgeweichten Gassen. Grimmig konstatierte er, dass es zu seiner düsteren Stimmung passte, was Petrus da zur Erde sandte. Vollkommen durchnässt erreichte er schließlich das steinerne Richthaus, wo man ihm aber nur sagte, dass der Herr Richter zu so früher Stunde noch nicht in seinen Amtsräumen weilte. Also blieb ihm nichts anderes übrig, als auf den Richter zu warten. Ungeduldig beobachtete er das geschäftige Treiben und war so in Gedanken versunken, dass er zusammenzuckte, als ihn jemand ansprach.

„Der Büttel sagte mir bereits, dass Ihr auf mich wartet, Herr van Gehrden. Bitte folgt mir in meine Amtsstube, da sind wir ungestört. Habt Ihr Neuigkeiten in Eurer Sache?" Der ehrenwerte Remigius von Werder sah ebenfalls völlig durchnässt aus. Er bedeutete Raban, ihm zu folgen und ging voran in das erste Stockwerk, wo er seine Amtsräume hatte. Hier prasselte bereits ein warmes Feuer in einem großen Kamin. Er schüttelte seinen vor Nässe tropfenden Umhang aus und warf ihn zum Trocknen über einen Wandhaken direkt neben dem Feuer. Dann setzte er sich und bot auch Raban einen Platz an.

„Nun, was habt Ihr mir zu sagen?"

„Ich hatte Herrn von Arnstetten losgeschickt, meine alte Amme als Zeugin hierher zu bringen, da ich die Stadt ja nicht verlassen darf. Sie hätte bezeugen können, dass ich an dem Tag der Morde nicht am Tatort gewesen sein kann, weil ich bei ihr war." Raban überkam wieder dieses tiefe Gefühl der Trauer, als er an Hildes Tod dachte. Er rieb sich über die Augen, denn noch immer konnte er nicht glauben, dass Hilde, seine Hilde, nicht mehr lebte.

„Hätte bezeugen können? Was wollt Ihr damit sagen?" Interessiert sah der Richter ihn an.

„Es bedeutet, dass er die Hütte meiner alten Amme niedergebrannt und Hilde nur noch tot fand." Grübelnd zog der Freigraf die Augenbrauen zusammen.

„Das heißt also, dass wieder einmal jemand schneller war als Ihr? Dass jemand verhindern wollte, dass Ihr entlastet werdet?"

„Herr von Arnstetten glaubt, dass es womöglich auch

ein Streich dieser räuberischen Bande sein kann, die seit einiger Zeit in der Gegend ihr Unwesen treibt."

„Und was glaubt Ihr?"

„Dass das zwar eine Möglichkeit ist, aber keine sehr wahrscheinliche. Hilde war arm und was hätten diese Lumpen schon bei ihr gefunden?"

„Dann habt Ihr jetzt also keinen Zeugen mehr, der aussagt, dass Ihr nicht am Tatort gewesen sein könnt?" Raban wusste nicht, ob er dem Richter so weit trauen konnte, dass er ihm von Melissa erzählte durfte, daher zuckte er nur die Schultern.

„Es gäbe da noch jemanden, aber ich hoffe, Ihr versteht, wenn ich zunächst darüber schweige. Wenn meine - und Eure - Vermutung richtig ist, könnte sich diese Person in Gefahr befinden."

„Ich verstehe. Nun gut. Leider muss ich Euch sagen, dass der Termin zur Verhandlung über die Morde für die nächste Woche festgesetzt ist. Und für den darauffolgenden Tag die...peinliche Befragung. Bis dahin wäre es besser, wenn Ihr etwas zu Eurer Verteidigung vorzuweisen hättet!" Raban wurde blass, aber natürlich war es in so einem Fall üblich, eine richterliche Untersuchung anzuordnen und vor dem Hohen Gericht zu verhandeln. Und dann, wenn diese nicht das gewünschte Ergebnis, in der Regel ein Geständnis!, ergab, folgte die peinliche Befragung!

„Ich danke Euch für diese Auskunft. Ich werde mich bemühen, bis dahin meine Unschuld beweisen zu können, allerdings glaube ich, dass derjenige, der meinen Untergang wünscht, noch etliche Pfeile in seinem Köcher hat!" Er versuchte ein Grinsen, was allerdings kläglich misslang. Himmel! Eine Woche nur! Raban stand auf und der Richter erhob sich ebenfalls. An der Tür blieb Raban wie beiläufig stehen.

„Herr von Werder, eine Frage noch. Wisst Ihr, was da gestern im Hause des Herrn Scherf los war? Ich kam zufällig dort vorbei, sah den Menschenauflauf und hörte die Magd von Mord reden?" Sein Herz klopfte unruhig aus Angst, was der Richter ihm wohl eröffnen würde.

„Oh, Ihr meint Gabriel Scherf? Eine etwas verworrene Geschichte. Die Magd behauptet steif und fest, eine rothaarige Metze hätte vorgegeben, mit Herrn Scherf, nun ja, also ihm ihre Dienste angeboten zu haben und als ihr Herr davon Gebrauch machen wollte, hätte sie das Geld genommen und ihn niedergestochen, ohne die vereinbarte Leistung erbracht zu haben. Allerdings hat sie auch zugegeben, bei dem eigentlichen Vorfall gar nicht in dem Zimmer gewesen zu sein, sondern erst hinzugekommen zu sein, als ihr Herr schon in seinem Blute auf dem Boden lag. Wir werden also abwarten müssen, bis Herr Scherf soweit genesen ist, dass er eigene Angaben zu dem Geschehen machen kann!"

„Eigene Angaben? Aber dann...ist er gar nicht tot?" Raban konnte seine Aufregung kaum verbergen. Melissa hatte diesen Hurensohn gar nicht getötet, man konnte sie also auch nicht als Mörderin belangen!

„Nein, er hat zwar eine tiefe Fleischwunde, aber bei dem gefundenen Messer handelt es sich doch mehr um eine Schmuckwaffe mit einer ziemlich kurzen Klinge.

Es hat ihn nur oberflächlich verletzt, allerdings hat er viel Blut verloren, weil unglücklicherweise wohl eine Ader getroffen wurde. Warum interessiert Euch das denn so?" Misstrauisch sah der Richter ihn an, aber Raban gelang es, ein unbeteiligtes Gesicht zu machen. „Ach nur, weil ich gestern zufällig vor dem Haus vorbeikam und den Tumult mitbekam. Und dann hat meine Köchin heute die haarsträubendsten Versionen davon erzählt, die sie wohl auf dem Markt aufgeschnappt hat!" Raban hoffte, dass ihm diese kleine Lüge verziehen und der ehrwürdige Richter sie ihm abkaufen würde. Aber Remigius von Werder war in Gedanken bereits bei einer ganz anderen Sache, die sein Interesse erregt hatte. Es war mehr eine Ahnung, ein Gefühl, das ihn umtrieb, aber sein Instinkt sagte ihm, dass er richtig lag mit seiner Vermutung, nur würde er sie beweisen müssen.

***

„Melli! Melli, wach auf. Leo und ich haben Hunger!" Zunächst nur widerwillig, dann abrupt, weil den Worten auch das Wegziehen der wärmenden Decke folgte, tauchte Melissa aus ihren Träumen auf. Vor ihrem Bett stand Benni und wedelte heftig mit dem Holzlöwen herum.
„Benni, was...wo..." Dann fiel ihr der vergangene

190

Abend wieder ein und auch, wo sie war. Sie gähnte herzhaft und reckte sich wie eine Katze. Sie glaubte, noch nie so gut geschlafen zu haben, wie in diesem weichen Bett! Und wie gerne hätte sie diesen Luxus noch eine Weile ausgekostet, aber Benni plapperte unentwegt und sprang wie ein junges Pferd im Raum herum.

„Melli, meinst du, ich kann heute Luzifer besuchen? Ob ich Raban mal frage, wo Luzifer wohnt? Meinst du, er erkennt mich noch? Aber erst habe ich Hunger? Du auch?..." Melissa zog sich die noch warme Decke über den Kopf und stöhnte. So froh sie auch war, dass Benni fast wieder der alte Lausbub war, so sehr lernte sie auch seine „stumme Seite" zu schätzen. Unter der Decke hörte sie nur gedämpft, was Benni brabbelte, aber als er nach einiger Zeit einen Freudenschrei ausstieß, lugte sie doch unter der Decke hervor, neugierig, was diesen Ausbruch hervorgerufen haben mochte. Sie hatte vermutet, dass diese Affra vielleicht mit dem Morgenbrei hereingekommen wäre, aber in der Tür stand, inzwischen mit Benni auf dem Arm, Raban. *Er sieht gar nicht mehr aus wie ein Ritter der Hölle.* Abaddon hatte sich in einen Mann aus Fleisch und Blut verwandelt, einen sehr gutaussehenden Mann!, der lachend einem kleinen Jungen durch die blonden Haare wuschelte und ihn dann vorsichtig wieder auf den Boden stellte, während er geduldig alle Fragen beantwortete, die aus Benni heraussprudelten.

„Natürlich können wir mein Pferd besuchen. Aber es heißt gar nicht Luzifer, ich wollte nur deine Schwester ärgern. Mein Pferd heißt nur „Pferd". Es hat gar keinen Namen!" Dabei schielte er grinsend zu Melissa herüber, die nur den zerzausten Kopf aus der Decke lugen ließ. Immerhin hatte sie nur ihr Untergewand an, und dieser unverschämte Mann musterte sie so intensiv, dass sie glaubte, er könne durch die pelzverbrämte Decke sehen, die sie sich über den Körper gezogen hatte.

„Ach was, der Ritter der Hölle hat gar kein Pferd mit dem Namen Luzifer? Wollt Ihr etwa das furchteinflößende Bild, das ich von Euch habe, zerstören? Heißt der Gaul in Wirklichkeit womöglich Apollon?"

„Also, wenn ich es recht überlege, dann wäre der Name des Gottes des Lichts, der sittlichen Reinheit und Gemäßigtheit wahrlich ein passenderer und würde der wahren Seele seines Herrn eher gerecht! Was hältst du davon, Benni? Wollen wir das Pferd so nennen?"

„Au ja! Aber Luzifer war auch nicht schlecht!" Benni hatte seine Hand in die seines großen Freundes geschoben und sah diesen ernst an. Raban beugte sich zu ihm herunter und lächelte ihn an.

„Benni, geh doch in die Küche zu Ursel! Ich glaube, sie hat heute morgen schon süße Kringel gebacken und wenn du sie lieb bittest, gibt sie dir bestimmt welche ab!"

Benni drehte sich mit seinem Holzfreund um sich selbst und hüpfte zur Tür. Dann hielt er noch einmal an und sah Raban fragend an.

„Meinst du, sie hat auch was für Leo? Der hat nämlich

auch Hunger! Fressen Löwen auch süße Kringel?" Er runzelte die Augenbrauen und schien ernsthaft zu überlegen.

„Nein, ich glaube, Löwen fressen eher Fleisch. Ich habe in Venedig mal einen gesehen, den hatten fahrende Gaukler in einem Käfig dabei. Und der fraß Fleisch!"

„Uiihh, du hast schon mal einen richtigen, echten Löwen gesehen? Wie groß war der denn? So groß?" Benni machte runde Augen und hielt die Hand hoch über seinen Kopf ausgestreckt. Raban lachte laut auf und Melissa musste einmal mehr zugeben, dass dieser Mann sehr anziehend war, wenn er lachte. Und wenn er in düsterer Stimmung war. Und wenn er sie mit irgendetwas aufzog...Dann drängte sich ein Gedanke in ihre Überlegungen, etwas, das sie verdrängt hatte, das sie aber seit gestern schon beschäftigte. Leo!

„Ich erzähle dir nachher alles, was ich über Löwen weiß, aber erst muss ich mit deiner Schwester reden, kleiner Mann. Und nun geh und sag Ursel, was Löwen und kleine Jungs am liebsten essen, damit sie euch beiden eine große Portion davon geben kann!" Gehorsam trabte Benni aus der Tür und ließ auf dem Flur noch ein schauerliches Brüllen hören.

„Ich muss mit Euch reden!"

„Ich muss mit Euch reden!", sagten Melissa und Raban wie aus einem Mund.

„Wollt Ihr Euch erst etwas anziehen, oder reicht Euch die Decke?" Anzüglich grinste Raban sie an und Melissa wurde rot, als ihr bewusst wurde, dass sie ja noch im Bett lag.

„Wenn Ihr mir dem Kittel reicht, den Affra mir gestern gegeben hat und Euch dann umdreht, würde ich mich lieber vorher anziehen!"

Raban nahm das einfache, aus grauer Wolle gewebte Gewand und betrachtete es kopfschüttelnd, dann legte er es wieder über den Sessel.

„Melissa, das ist nicht...angemessen. Ihr seht fürchterlich darin aus. Wie..."

„Vielen Dank für das nette Kompliment!", giftete sie.

„Aber auch wenn es Euch an mir nicht gefällt: Es ist genau passend und angemessen! Die Zeiten, in denen ich Gewänder aus feinem Tuch oder Seide trug, sind vorbei. Wir waren vor dem Überfall schon nicht reich, aber jetzt...habe ich gar nichts mehr! Aber lassen wir das. Ich muss mit Euch reden. Es geht um eben jenen Überfall, der Benni und mir alles...", Melissa versuchte, die aufsteigenden Tränen zu unterdrücken, was ihr aber nicht gelang, „...nahm. Meinen Vater, meine Mitgift, meine Zukunft." Fast schien es so, als hätte all der Kummer, als hätten all die ungeweinten Tränen nur darauf gewartet, aus ihr herausbrechen zu können, denn sie wurde von einem heftigen Weinkrampf geschüttelt und war nicht in der Lage, weiter zu sprechen. Mit ein paar Schritten war Raban bei ihr, setzte sich auf die Bettkante und nahm sie in den Arm.

„Wein ruhig, Mädchen. Du warst lange genug tapfer!"

Er drückte das schluchzende Bündel an seine Brust. Sie war so beherrscht gewesen bis hierhin. Hatte alles verdrängt und hinunter geschluckt, so dass diese Tränen mehr als überfällig waren! Eine ganze Zeit lang sagte niemand ein Wort, Melissa weinte an Rabans Brust, während er ihr beruhigend über den Rücken strich. Dann schien sie sich endlich beruhigt zu haben, denn sie schniefte noch einmal und wischte sich die Tränen aus dem Gesicht. Er sah sie an und wieder fühlte er dieses heiße Begehren, dieses wilde Pochen seines Herzens. Eine paar letzte Tränen glitzerten in ihren schönen Augen und als sie ihn ansah, konnte er nicht anders, als mit dem Finger langsam den Spuren zu folgen, die die Tränenflut auf ihren Wangen hinterlassen hatte. Er strich zärtlich mit dem Daumen darüber und wischte sie behutsam fort. Dann wanderten seine Finger wie von selbst ihren schlanken Hals hinab, ihr Schlüsselbein entlang und wieder nach oben. Zu seinem Ärger versteifte sich das Mädchen wieder, atmete heftig, bewegte sich aber nicht. Dennoch hatte er das Gefühl, dass sie es nicht genoss, sondern vielmehr aus Angst stillhielt. Himmel! Abstand! Abstand wäre jetzt genau das Richtige! Aber sein Körper schien ihm nicht zu gehorchen, denn er beugte sich zu Melissa herunter, bis seine Lippen ganz nah vor ihren waren und er den Lavendelduft riechen konnte, der sie seit gestern umgab. Sie sah ihn mit einem ängstlichen Blick an, wich aber nicht zurück, sondern schloss die Augen, wie um das Unvermeidliche ausblenden zu können. Was machte er hier nur? Was hatte sie an sich, dass er so gänzlich die Kontrolle verlor? Er atmete einmal heftig ein und aus, dann setzte er sich mit einem Ruck auf und ließ sie los. „Was wolltet Ihr mit mir besprechen?" Seine Stimme klang heiser und belegt.

Melissa öffnete wieder die Augen und sah ihn mit einem Blick an, der ihm durch Mark und Bein ging. Er konnte Angst darin lesen, aber auch einen stillen Dank, und noch etwas anderes, das er lieber nicht weiter ergründen wollte. Er war kein Mann für die Liebe! Er würde keine Frau mehr an sich binden, schon gar nicht Melissa! Sie hatte es verdient, einen Mann zu bekommen, der... Ja, was eigentlich? Der sie mehr liebte als er? War das Liebe, das er für sie empfand? Oder einfach nur körperliches Begehren, das ihn nicht losließ, seit er sie an dem Tag im Wald nackt gesehen hatte? Insgeheim kannte er die Antwort auf all diese Fragen, aber sein sturer Geist war noch nicht bereit, sich die Wahrheit über seine Gefühle einzugestehen.

Auch Melissa räusperte sich.

„Ich...also, vielleicht bedeutet es gar nichts, aber...also Benni hat doch dieses Spielzeug, Leo...und das hat er bei dem Überfall verloren. Und nun hat er Leo im Keller gefunden...bei Gabriel Scherf."

Raban zog erstaunt die Augenbrauen hoch. Im Geiste kombinierte er, was Melissa damit andeuten wollte.

„Seid Ihr Euch sicher? Ich meine, es ist nur ein Holzlöwe, davon gibt es bestimmt viele auf den Märkten und..."

„*Diesen* Leo gibt es nur einmal! Ganz sicher! Seht Euch seine Mähne an. Und dann gibt es da noch diese tiefe Kerbe an seinem Bauch. Nein, das ist der Löwe, den Benni bei dem Überfall verloren hat."

„Aber wie soll der denn in Scherfs Keller kommen?"

„Das weiß ich auch nicht, aber Benni hat ihn dort gefunden. Er ist dort herumgeschlichen, obwohl man uns ausdrücklich verboten hatte, den Keller zu betreten!"

Bevor sie sich noch weiter Gedanken drüber machen konnten, klopfte es und Ursel trat, mit Benni im Schlepptau, ein. In der Hand hatte sie ein Tablett mit frisch gebackenem Brot, dick bestrichen mit Butter und Honig, dazu Hafergrütze mit Birnenmus und zwei Becher Wein. Ihr Blick ging von Melissa, die immer noch ziemlich aufgelöst aussah, zu Raban, der mit aufreizender Lässigkeit an einem Bettpfosten lehnte. Dann schüttelte sie missbilligend den Kopf und stellte das Tablett auf den kleinen Tisch. Bevor sie sich wieder zum Gehen wandte, hielt Raban sie zurück.

„Ursel, sei so gut und bitte Meister Utz, den Schneider, heute hier vorbeizuschauen. Jungfer Melissa braucht etwas Angemessenes zum Anziehen." Ursels Blick wanderte zu dem grauen, schlichten Kleid, das über einem der Sessel hing und rümpfte zornig die Nase.

„Wie Ihr meint, Herr! Aber an Affra hat es Euch immer gefallen. Oder wenigstens nicht gestört, wenn Ihr..."

„Ursel, du vergisst dich. Geh jetzt zum Schneider und dann erledige dein Tagewerk." Mit zusammengepressten Lippen und einem wütenden Blick aus seinen schwarzen Augen sah er die Köchin an. Die zuckte nur die Schultern und verließ hoch erhobenen Hauptes das Gemach.

Es stimmt also, dass Raban und Affra..., dachte Melissa und wunderte sich, dass sich dabei ihr Herz schmerzlich zusammenzog. Dabei ging es sie gar nichts an, mit wem dieser Ritter der Hölle das Bett teilte. Er war schließlich ein Mann, ein ungebundener noch dazu, und hatte alles Recht der Welt, sich zu nehmen, was ihm offensichtlich so freimütig angeboten wurde! Er musste ihren Blick bemerkt haben, denn er sah sie durchdringend an.

„Melissa, das mit Affra…"

„Ist Eure Sache und geht mich bei Gott nichts an! Und nun komm mal her, Benni. Du musst uns nochmal erzählen, wie du Leo wiedergefunden hast!"

***

Die Nacht im Hurenhaus hatte ihn tief befriedigt. Die kleine Jungfrau hatte gelitten, gefleht und geweint, aber das hatte ihr nichts genützt! Er hatte sie wieder und wieder genommen, sie geschlagen und gewürgt, hatte das ehrliche Entsetzten und die Angst in ihren Augen gesehen, das er so sehr brauchte, um diese völlige Befriedigung zu finden. Sie würde ein paar Tage nicht arbeiten können, aber gegen eine entsprechende Entschädigung war der Hurenwirt bereit gewesen, darüber hinweg zu sehen. Und jetzt, nach dieser erhebenden Nacht, war er bereit, den nächsten Schritt zu machen! Beata musste sterben, und es musste so aussehen, als hätte sein Schwager sie auf dem Gewissen. Er hatte lange gegrübelt, wie er an das Vermögen dieses Bastards herankommen konnte, ohne zu viel Aufsehen zu erregen, aber die Lösung war ebenso einfach wie tödlich sicher. Wenn Raban für den Mord an seiner Stiefschwester zum Tode verurteilt würde, dann würde sein Vermögen in Ermangelung eines Erben an die Stadt fallen. Es sei denn, es gäbe ein Testament! Und da hatte er gestern eine interessante Bekanntschaft gemacht! Das Hurenhaus, das er gerne aufsuchte, weil dort - im Gegensatz zu den besseren Häusern! - seine Neigung kein Problem darstellte, wurde auch von den weniger Betuchten gerne besucht. Und da war ihm gestern ein Schreiber aufgefallen, der damit prahlte, alles kopieren zu können, was man ihm vorlegte. Und das hatte ihn auf diese geniale Idee gebracht, Raban könnte doch ein Testament hinterlassen, in dem er ihn, Rafael, seinen einzigen lebenden Verwandten, zu seinem Erbe bestimmte. Natürlich würde es Gerede geben, denn es war hinlänglich bekannt, dass sie beide keine Freunde waren. Aber wenn Raban offiziell wegen Mordes an seiner Schwester zum Tode verurteilt würde, würde man Rafael schlecht verdächtigen können, etwas mit der Sache zu tun zu haben. Und so würde er zwei Fliegen mit einer Klappe schlagen. Sein verhasstes Weib und gleichzeitig seinen Schwager los werden! Er schloss die Tür zu seinem Wohnhaus auf und trat in die Kühle seiner nüchternen Halle. Wie gut würden hier Wandteppiche aussehen! Und goldene Kandelaber! Ach was, wenn er erst einmal das Erbe dieses Hurensohnes angetreten hatte, würde er in dessen prächtiges Steinhaus ziehen. Dort gab es all diesen Luxus nämlich schon! Aufgeräumter Stimmung begab sich Rafael in sein Kontor und wühlte in seinen Unterlagen. Leider bestand sein Schriftwechsel hauptsächlich aus unbezahlten Forderungen seiner Geschäftspartner, denn das Geld rann ihm durch die Finger, so wie es hereinkam. Allein das Goldstück, das er dem Hurenwirt heute morgen zusätzlich als Schweigegeld gegeben hatte, riss ein großes Loch in seine Kasse, denn längst schon war von dem Erbe seiner Frau und seiner Schwägerinnen nicht mehr viel übrig. Nachdem er die unbezahlten Wechsel achtlos auf den Boden geworfen hatte, fand er endlich, wonach er gesucht hatte. Triumphierend hielt er ein paar Briefe in der Hand, die sein Schwager während seiner Ausbildung in London an seine Schwestern hier in Dortmund geschickt hatte. Das musste reichen, um daraus ein unanfechtbares Testament zusammenzuschreiben! Er schob die Briefe unter sein Wams und wollte gerade wieder das Haus verlassen, um den Schreiber aufzusuchen, als Beata die Treppe hinunter kam.

„Oh, Rafael. Wollt Ihr nochmal ausgehen? Ihr seid doch gerade erst wiedergekommen?" Beata hielt die Augen gesenkt und ihre Stimme war kaum mehr als ein Flüstern. Normalerweise hätte Rafael sein Weib zurecht gewiesen und ihr gesagt, dass es sie überhaupt nichts anging, wann er wohin ginge, aber er beherrschte sich.

„Beata, gut, dass du kommst. Ich plane ein Abendessen

mit Gästen. Kümmere dich bitte darum, dass etwas Ordentliches auf den Tisch kommt!"

„Oh, das...das ist eine schöne Idee, Rafael. Wir hatten schon so lange keine Gäste mehr." Sie errötete leicht, weil sie sehr oft wegen der blauen Flecke und Schwellungen durch seine Prügel gar nicht in der Lage waren, Gäste zu empfangen. Rafael legte sehr viel Wert darauf, dass sie nach außen hin den Schein einer glücklichen Ehe wahrten.

„Äh, ja. Ich plane nur eine kleine Gesellschaft, vielleicht drei oder vier Geschäftspartner mit Gemahlinnen. Und Beata...", er hatte sich bereits zum Gehen gewandt, blieb aber noch einmal stehen, als ob ihm gerade noch etwas einfiele, „...lade doch auch deinen Bruder ein." Er hätte sie nicht mehr überraschen können, wenn er von ihr verlangt hätte, den Gott-sei-bei-uns einzuladen. Verblüfft zog sie die Augenbrauen in die Höhe.

„Aber, Ihr und mein Bruder...also..." Sie verstummte, weil sie Angst hatte, seinen Zorn herauszufordern, wenn sie ihn auf das schlechte Verhältnis zu seinem Schwager aufmerksam machte.

„Ich weiß, Beata, ich weiß. Wir sind nicht gerade Freunde und hatten in der Vergangenheit auch des öfteren Meinungsverschiedenheiten, aber ich finde, wir sollten das Kriegsbeil langsam begraben. Er ist dein Bruder und...sonst hast du ja niemanden mehr!"

„Aber du hast doch...ich meine, glaubst du denn nicht mehr, dass Raban...", sie biss sich auf die Lippe, denn sie fürchtete, schon zu viel gesagt zu haben.

„Du meinst, weil ich deinen Bruder in der Amtsstube

dieses Schöffen so angegangen bin? Nun, ich glaube, wir waren alle etwas...angespannt. Die Nachricht von Bridas Tod hat uns alle über Gebühr mitgenommen. Ich möchte mich bei ihm in aller Form entschuldigen, und darum wirst du ihn persönlich einladen. Mach dich gleich auf den Weg. Ich denke, du kannst bis übermorgen alles vorbereitet haben?" Das war weniger eine Frage als vielmehr ein Befehl.

„Und die anderen...Gäste?", wagte Beata schüchtern zu fragen.

„Um die kümmere ich mich selbst, Weib. Du hast nur Raban zu informieren. Und Beata...", er baute sich vor seiner Gemahlin auf, so dass sie wieder Schläge fürchtete. Es gab zwar keinen Grund, aber den brauchte er für gewöhnlich auch nicht! Stattdessen strich er ihr mit dem Finger über die Wange, „...mach deine Sache gut. Überzeuge deinen Bruder, dass er kommt, hast du verstanden?!" Das klang eher wie eine Drohung und war wohl auch eine.

„Ja, mein Gemahl. Ich mache mich sofort auf den Weg." Sie griff nach ihrem Umhang, der neben der Tür an einem Haken hing und huschte an Rafael vorbei, um sofort ihren Bruder aufzusuchen. Es war für den weiteren Tagesverlauf nicht ratsam, Rafael durch allzu langes Trödeln zu verstimmen.

Zufrieden folgte er seiner Gemahlin auf die Straße und machte sich dann in entgegengesetzte Richtung auf den Weg zu dem Schreiberling. Eine fröhliche Melodie summend begab er sich in das schäbige Viertel im Norden der Stadt, in dem der Mann, wohnte, der das

Testament fälschen sollte. Gutgelaunt schritt er aus, obwohl er viel Zeit hatte, denn er würde im Anschluss niemanden aufsuchen und zu diesem Abendessen einladen. Sein Plan war ein anderer! Ganz kurz kam ihm eine Parallele zum letzten Abendmahl aus der Bibel in den Sinn. Am Ende würde es so ausgehen wie in der Heiligen Schrift. Jemand würde sterben! Die gute Laune verging ihm gründlich als er durch die Riemengasse auf die Breite Gasse kam und den immer stärker werdenden Gestank der hier angesiedelten Gerbereien wahrnahm. Hier, im Norden der Freien Reichsstadt Dortmund, waren zahlreiche Lohgerbereien ansässig, um den immer größer werdenden Bedarf an Leder dieser Stadt zu decken. Überall hingen fertig gegerbte Lederhäute zum Trocknen in den Wehrgängen der Stadtmauer und es stank zum Himmel! Aber, bei Gott, dieser Bastard van Gehrden würde für jeden Atemzug, der ihm hier die gute Laune vergällte, bezahlen! Noch ein paar Biegungen und Rafael hielt vor einer windschiefen Hütte. Außen hing ein Schild mit einer Feder und einem Tintenfass, das auf die Profession des Bewohners hinwies. Erleichtert klopfte er an und wurde prompt eingelassen. Sehr gut, dieser Kerl hatte ihn also schon erwartet!

***

„Er ist gar nicht tot?" Melissa schüttelte ungläubig den
Kopf. „Aber..."

„Er hat viel Blut verloren, aber Ihr habt ihn nicht
getötet!" Raban saß in dem gepolsterten Sessel vor dem
Kamin in seinem Schlafgemach und beobachtete
Melissa, der alle Farbe aus dem Gesicht gewichen war.
Sie hatte inzwischen den grauen Kittel wieder
übergestreift, weil das Kleid, das Meister Utz für sie
anfertigte, erst in ein paar Tagen fertig sein würde. Sie
hatte sich heftig dagegen gewehrt, sich ein neues
Gewand schneidern zu lassen, aber Raban hatte ihr gar
nicht zugehört, hatte wunderschönes, waldgrünes Tuch
ausgesucht, das das Grün ihrer Augen unterstrich. Er
hatte noch cremefarbene Seide für das Untergewand
gewählt und sich nicht daran gestört, dass Melissa
heftig protestierte. Sie wollte kein neues Kleid, weil sie
von ihm keine Geschenke annehmen wollte und dieses
kostbare Gewand hätte sie nie mit eigenem Geld
bezahlen können, auch wenn sie hundert Jahre als
Magd gearbeitet hätte! Und sie ärgerte sich, dass er sie,
wenn er ihr das Gewand schon aufzwang, nicht
wenigstens danach fragte, was ihr gefiel. Er hatte lässig
die Stoffe betrachtet, sie befühlt, dem Redefluss des
geschäftstüchtigen Schneiders mit einer kleinen Geste
Einhalt geboten und dann seine Entscheidung
getroffen. Dass sie wahrscheinlich genau dieselben

Stoffe gewählt hätte, spielte dabei keine Rolle! Er war es einfach gewohnt, seinen Willen durchzusetzen, das wurde ihr einmal mehr klar. Und das war auch eine der Eigenschaften, die sie so an ihm bewunderte. Er war so selbstsicher, so entschieden, bei allem, was er tat und dabei wirkte er gar nicht überheblich sondern einfach nur...bestimmt. Sie seufzte. Dieser Mann war voller Widersprüche. Er war dunkel und finster wie der Ritter der Hölle, wenn er wütend war. Wenn er allerdings lachte oder sich mit Benni beschäftigte, war er der attraktivste Mann, dem sie je begegnet war, und er kaufte Frauenkleider so selbstverständlich wie andere Männer Sättel oder Zaumzeug!

„Melissa?" Seine sanfte Stimme riss sie aus ihren Überlegungen.

„Ich...natürlich bin ich froh, dass er überlebt hat, aber was ist, wenn er wieder zu Bewusstsein kommt? Welche Version der Geschehnisse wird er dann erzählen?" Ängstlich sah sie ihn an. Immerhin gab es für das Geschehen keine Zeugen und er war ein angesehener Kaufmann in dieser Stadt und sie nur eine mittellose Jungfer! Wem würde das Gericht glauben?

„Wenn das stimmt, was Benni erzählt hat, dann sollten wir schleunigst dafür sorgen, dass er noch ein paar ganz andere Dinge aufzuklären hat!"

Benni hatte ihnen erzählt, dass er bei dem Überfall aus Angst, der Mann, der ihn und Melissa geschlagen hatte, könnte auch Leo wehtun, diesen in einem unbeobachteten Augenblick zwischen die Stoffballen auf dem Wagen gesteckt hatte. Als er dann

verbotenerweise auf der Suche nach dem Zuhause der Löwen in Gabriels Keller geschlichen war, hatte er zunächst nur das Übliche gefunden. Weinfässer, getrocknetes Obst, geräucherte Wurst und andere Vorräte, leere, gestapelte Holzkisten und anderes Gerümpel, aber leider nicht das Zuhause der Löwen! Darum war er mutig weiter in die Gewölbe geschlichen und hatte in einem Raum mehrere kostbar aussehende silberne Kisten, Tuchballen und, am Boden zwischen zwei Tuchballen, eben auch Leo gefunden. Natürlich konnte das alles auch ein Zufall sein, Gabriel konnte die Tuchballen genauso gut an den Verkaufsständen im Erdgeschoss des Rathauses, das den großen Tuchmarkt beherbergte, gekauft haben, ohne zu wissen, woher sie stammten, aber es war eine Spur. Und die kostbaren Silbertruhen, die Benni beschrieben hatte, hätten auch aus dem Überfall stammen können. Jedenfalls war es merkwürdig, dass Gabriel so viel Wert darauf legte, dass niemand den Keller betrat und die Waren so tief in den Gewölben lagerten, wo sie durch die Feuchtigkeit viel schneller verdarben. Kein geschäftstüchtiger Kaufmann würde Tuchballen so aufbewahren, vielmehr wurde bei der Lagerung in den Kontoren darauf geachtet, dass diese ausreichend belüftet waren. „Und darum", Raban stand auf und fasste Melissa vorsichtig am Arm, „werden wir beide jetzt den Freigrafen Remigius von Werder aufsuchen, der für Verbrechen wie Mord zuständig ist, und..."
„Mord? Aber Gabriel...", Melissa runzelte irritiert die Stirn.

„Wenn dieser Scherf etwas mit den Überfällen zu tun hat, dann muss er sich auch für die Morde an deinem Vater und den anderen Kaufleuten verantworten. Aber so könnt Ihr auf keinen Fall mitkommen." Er musterte sie und schien einen Augenblick zu überlegen. Dann öffnete er die Tür und rief nach Ursel.

„Ihr wünscht?", fragte sie, als sie vor der Tür angelangt war. Noch immer bedachte sie Melissa mit feindseligen Blicken, hielt aber Gott sei Dank ihre Zunge im Zaum. Auch so fühlte Melissa sich schon unwohl genug.

„Die Jungfer braucht ein anständiges Kleid. Wir müssen den Richter aufsuchen, da kann sie auf keinen Fall so gehen. Such ihr was Passendes aus der Truhe meiner verstorbenen Frau heraus!" Diesmal hielten Ursel und Melissa gleichzeitig empört die Luft an.

„Herr, aber das..."

„Niemals!" Ungehalten baute Melissa sich vor Raban auf, entschlossen, diesen Kampf zu gewinnen.

„Ich gehe so wie ich bin, oder gar nicht!" Wütend funkelte sie Raban an. Der kniff die Augen zusammen und kam sah so dem Bild, das Melissa sich von dem Ritter der Hölle machte, wieder sehr nah. Eine gefühlte Ewigkeit maßen sich beide mit Blicken, dann zuckte Raban schließlich mit den Schultern.

„Also gut, wie Ihr wollt. Vielleicht ist es sogar besser, wenn Ihr wie eine gefallene Jungfer ausseht. Dann klingt Eure Geschichte glaubwürdiger." Er grinste sie herausfordernd an und Melissa schnappte empört nach Luft. Warum nur gelang es diesem Mann immer wieder, aus einem gefühlten Sieg eine Niederlage zu machen?! Wortlos rauschte sie mit hoch erhobenem Kopf an ihm vorbei.

„Es hat sich erledigt, Ursel. Die Jungfer ist...etwas halsstarrig!" Melissa hörte ihn leise lachen, aber immerhin folgte er ihr. Draußen angekommen stellte sie zu ihrem Verdruss fest, dass es wieder in Strömen regnete. Da sie keinen Umhang besaß, war sie schon nach kurzer Zeit völlig durchnässt und als sie endlich das Richthaus erreicht hatten, klebte das graue Wollkleid äußerst unvorteilhaft an ihrem Körper. Sie schüttelte sich kurz wie eine kleine Katze und sah dann Raban fragend an.

„Vielleicht würdet Ihr die Güte haben und vorgehen? Ihr kennt Euch hier ja wohl hinreichend aus!" Er hatte ihr gestern noch erzählt, was man ihm anzulasten versuchte und wie sie ihm durch ihre Aussage helfen konnte, so dass sie nicht vollkommen unvorbereitet war, als sie schließlich in der Amtsstube des Remigius von Werder standen.

Nach einem etwas irritierten Blick auf Melissa bot dieser ihnen einen Platz und etwas von dem warmen Gewürzwein an, der immer in einer Karaffe auf seinem Eichentisch stand.

„Herr van Gehrden, was kann ich für Euch und diese Jungfer tun?"

„Herr von Werder, das ist Melissa Berchtold. Ihr Vater ist bei dem letzten Überfall dieser Räuberbande ums Leben gekommen. Sie ist die Zeugin, von der ich neulich sprach. Sie kann bezeugen, dass ich an dem fraglichen Tag nicht am Kloster gewesen sein kann."

„So, kann sie das?" Neugierig beugte sich der Richter vor und musterte sie interessiert. Der durchdringende Blick des Freigrafen verursachte ihr einiges Unbehagen, aber sie hielt ihm stand.

„Herr van Gehrden berichtete mir, was man ihm vorwirft. Aber ich kann wirklich vor Gott und auf die Heilige Schrift schwören, dass er an dem besagten Bartholomäustag bei mir und Hilde war." Sie sah ihr Gegenüber aufrichtig an.

„Und warum seid ihr Euch so sicher, dass es genau an diesem Tag war, und nicht etwas eher oder später?"

Weil ich diesen Tag nie vergessen werde, dachte sie. Es war der Tag gewesen, als Raban sie abgeholt hatte. Und an dem er sie...nackt gesehen hatte! Laut aber sagte sie: „Es wäre der Geburtstag meines Vaters gewesen!" Aus den Augenwinkeln sah sie, wie Raban kurz die Stirn runzelte und auch der Richter zog kurz die Augenbrauen zusammen.

„Dann werde ich das so ins Protokoll aufnehmen, Jungfer. Damit hat Herr van Gehrden ein Alibi. Was es wert ist, vermag ich noch nicht zu sagen, aber immerhin ist es ein Anfang!" Er wollte schon aufstehen, aber Raban räusperte sich kurz und der Richter blieb sitzen.

„Da ist noch etwas, Herr von Werder. Es geht um die Raubüberfälle, deren Täter wir noch nicht kennen. Wir, oder besser Jungfer Melissa und ihr kleiner Bruder, haben etwas entdeckt, was vielleicht damit in Zusammenhang steht und zu den Tätern führen könnte." Raban nickte Melissa aufmunternd zu.

„Also mein Bruder hat im Keller des Herrn Scherf etwas gefunden, was er bei dem Überfall auf unseren Handelszug verloren hat, und daher könnte es sein, dass..."

„Im Keller desselben Gabriel Scherf, der im Augenblick ohne Bewusstsein in seinem Bett liegt, weil ihn ein willfähriges Weib niedergestochen hat?" Remigius von Werder beugte sich, gespannt auf die Erklärung, die sicherlich folgen würde, vor. Die Geschichte begann, interessant zu werden. Bei Melissas nächsten Worten allerdings riss er erstaunt die Augen auf.

„Ich fürchte, Herr Richter, das willfähige Weib, also diejenige, nach der Ihr sucht, weil sie Herrn Scherf niedergestochen haben soll, bin ich!"

***

Als Raban und Melissa die Amtsstube geraume Zeit später verließen, hatten sie die Zusage des Richters, unverzüglich die Durchsuchung des Scherfschen Hauses anzuordnen. Melissa hatte ihre Aussage hinsichtlich des Geschehens gemacht, und wie selbstverständlich hatte Raban ihre Hand genommen und ihr so die nötige Kraft gegeben, dem Richter zu schildern, wie Gabriel sie behandelt hatte. Nur die bebenden Nasenflügel des Amtmanns ließen erkennen, wie er über die Sache dachte, und zum Abschied hatte er Melissa aufmunternd die Hand geschüttelt. Er hatte ihr versichert, dass er zwar die Aussage Gabriels abwarten musste, aber da dieser schon einmal in der Vergangenheit wegen einer versuchten Vergewaltigung angezeigt worden war, man ihm aber nichts hatte nachweisen können, wäre ihr Schilderung durchaus glaubhaft.

Und so erreichten die beiden zwar durchnässt aber durchaus zufrieden Rabans Zuhause, wo ihnen Affra die Tür öffnete. Melissas Erleichterung über das Gespräch mit dem Richter verflog mit einem Mal und wich einem unbestimmten Gefühl aus Unbehagen und Traurigkeit. Affra war ein hübsches Mädchen und ganz offensichtlich in Raban verliebt. Und er teilte das Bett mit ihr! Bevor sie sich und ihre Gedanken zur Ordnung rufen konnte, deutete Affra in die Halle.

„Herr, Eure Schwester wartet auf Euch." Sie maß Melissa mit einem abschätzigen Blick und diese ärgerte sich plötzlich, dass sie nicht doch ein anderes Gewand trug. Raban eilte auf Beata zu und nahm ihre Hände.

„Beata, was führt dich zu mir? Geht es dir gut?" Er bedachte sie mit einem aufmerksamen Blick und Beata schlug verlegen die Augen nieder.

„Ja, danke Raban, es geht mir gut. Rafael schickt mich. Ich soll dir seine Grüße ausrichten und dich einladen, übermorgen Abend mit uns zu speisen." Ihre Stimme war so leise, dass Melissa sie kaum verstand.

„Bist du dir sicher, dass du deinen Gemahl auch richtig verstanden hast? Er lädt mich ein?" Ungläubig sah Raban Beata an. Die hob schüchtern den Kopf und nickte. „Ich glaube, es tut ihm leid, dass er dich verdächtigt hat, Brida und dieses Mädchen..." Ihre Stimme brach und sie schluchzte. Er ließ ihr Zeit, sich wieder fangen, dann sah er sie fragend an.

„Glaubst du das wirklich? Dass er sich bei mir entschuldigen will?"

Kurz nickte sie, dann schüttelte sie leicht den Kopf. „Nein, ich glaube das nicht. Aber ich bitte dich, schlag seine Einladung nicht aus und komm übermorgen zu uns." *Sonst muss ich es ausbaden,* sagten ihre Augen. Er sah sie einen Moment an und sein Blick verriet, was er von der Ehe seiner Schwester hielt. Dann räusperte er sich.

„Beata, darf ich dir Melissa Berchtold vorstellen?" Raban trat einen Schritt beiseite und gab den Blick auf Melissa frei. Kurz lächelt Beata sie an.

„Es freut mich sehr, Euch kennenzulernen, Jungfer Melissa." Mehr sagte sie nicht. Und wenn sie sich fragte, in welcher Beziehung Raban zu Melissa stand, dann verkniff sie sich die Frage.

„Ich freue mich auch, Frau..."

„Oh, bitte, nennt mich Beata. Und vielleicht würdet Ihr Raban gerne übermorgen begleiten?" Sie sah nichts Schlimmes darin, Melissa ebenfalls einzuladen. Rafael würde keinen Grund haben, sie dafür zu züchtigen, immerhin kamen ja auch die anderen Gäste in Begleitung. Dass Rafael keinen Grund brauchte, um sie zu schlagen, verdrängte sie geflissentlich.

„Du...ihr kommt also?" Bittend sah sie Raban an.

„Ja."

„Nein."

„Keine Sorge, Beata. Sie *wird* mitkommen! Das ist eine wunderbare Gelegenheit, das neue Gewand auszuführen, das Meister Utz für sie schneidert." Melissa wollte aufbegehren, aber ein Blick in Rabans schwarze Augen ließ sie den Protest hinunter schlucken. Sie würde mit ihm reden müssen. Aber nicht jetzt, nicht vor seiner Schwester und vor allem nicht vor Affra, die immer noch schweigend da stand und der Unterhaltung lauschte.

„Gut, dann gehe ich jetzt. Ich habe noch eine Menge vorzubereiten." Sie nickte Melissa kurz zu, dann ließ sie sich von Raban zur Tür führen.

„Bis übermorgen also." Raban schloss die Tür hinter ihr und wandte sich an Affra.

„Deine Mutter sagte, du fühltest dich nicht wohl. Geht es dir wieder besser?" Der scharfe Ton seiner Stimme ließ vermuten, dass er weder eine Antwort erwartete, noch, dass er Affras Verhalten einfach so auf sich beruhen lassen würde. Aber zunächst packte er ziemlich unsanft Melissas Arm und zog sie hinter sich her, die Treppe hinauf. In seinem Schlafgemach angekommen, wirbelte er sie herum.

„Himmel, Melissa! Warum müsst Ihr mir immer widersprechen? Warum verhaltet Ihr Euch nicht so, wie es sich für eine ehrbare Jungfer geziemt?!" Wütend funkelte er sie an, aber Melissa ließ sich durch seinen Tonfall nicht einschüchtern.

„Vielleicht, weil ich keine bin! Jedenfalls nicht mehr!" Sie wurde rot, weil sie plötzlich erkannte, wie er ihre

Worte auch auffassen konnte.

„Also, ehrbar schon noch, aber...Die Jungfer, als die ich in Köln aufbrach, ist an dem Tag des Überfalls gestorben. Tot, wie mein Vater und all die Anderen! Ich habe nichts mehr! Natürlich könnt ihr Euch nicht vorstellen, wie das ist. Seht Euch doch um! Ihr habt Glasfenster im ganzen Haus,sogar ein eigenes Badehaus...Ihr beschämt mich, indem Ihr mir mir ein Kleid aufdrängt, das ich nicht bezahlen kann, Ihr wollt mich mit zu dem Abendessen nehmen, das Euer Schwager ausrichtet, gerade so als ob ich noch die wäre, die ich vielleicht einmal war! Warum nehmt Ihr an meiner statt nicht Affra mit, wenn Euch nach Gesellschaft ist. Sie steht Euch doch viel näher..."

Mit einem einzigen Schritt war Raban bei ihr, packte ihre wütend geballten Fäuste und beugte seinen Kopf so tief zu ihr herunter, dass sie seinen würzigen Geruch nach Seife, Zedernholz und Schweiß wahrnehmen konnte. Einen Wimpernschlag lang sah er sie an, dann flüsterte er mit heiserer Stimme: „Wenn du nicht willst, dass ich dich jetzt küsse, dann sag nein." Sie schluckte schwer, und als sie nichts darauf sagte, ließ er seine Lippen langsam an ihrem Hals herunterwandern. Von der weichen, empfindlichen Haut unterhalb ihres linken Ohres hinterließen sie eine brennende Spur bis hin zu ihrem Schlüsselbein. Unfähig, einen klaren Gedanken zu fassen oder sich auch nur einen Zoll weit zu bewegen, ließ Melissa es geschehen. Seine weichen Lippen fanden schließlich ihren Mund und Melissas Knie wurden weich. Längst hielt er ihre Hände nicht mehr fest, sondern strich langsam über ihren Rücken, hinauf, bis zu ihrem Haaransatz. Mit leichtem Druck zog er sie noch enger in seine Arme und Melissa gab sich ganz diesem unbekannten Gefühl hin, dass seine Berührungen und Küsse auslösten. Sie schloss die Augen, erwiderte seine Küsse und war enttäuscht, als er sich schließlich von ihr löste.

„Wenn wir jetzt nicht aufhören, kann ich für nichts garantieren, süße Melissa." Seine Stimme bebte vor Verlangen und Melissa war fast versucht, ihn zu bitten, nicht aufzuhören, aber dann gewann ihr Verstand wieder die Oberhand. Was zum Teufel tat sie hier? Sie stand mit einem wildfremden Mann in dessen Schlafgemach und ließ sich von ihm küssen! Doch obwohl die Situation sehr der in Gabriels Kammer ähnelte, fühlte es sich ganz anders an. Ihr Körper prickelte und ihr Herz klopfte heftig in ihrer Brust, viel schlimmer aber war, dass ihr Körper eindeutig signalisierte, dass er gar nicht wollte, dass Raban sein sündiges Tun einstellte! Ein Blick in ihre Augen verriet ihm, was sie gerade dachte und er konnte nicht widerstehen, sie erneut leidenschaftlich zu küssen, ihre Süße zu schmecken und sich in ihren grünen Augen zu verlieren, die vor unterdrücktem Verlangen dunkel schimmerten. Sie war hinreißend in ihrer Unschuld, ihrer verleugneten Neugier auf mehr und Raban hatte das Gefühl, noch nie eine Frau so intensiv geküsst zu haben! *Abstand!*, ging es ihm durch den Kopf, *Abstand!* Dieses Mädchen brachte ihn um den Verstand, und wenn er nicht gleich damit aufhörte, sie zu küssen, würde er etwas tun, was er hinterher bereuen würde. Sie war viel zu kostbar, zu unschuldig und verletzlich für das, was er gemeinhin seinen Küssen folgen ließ. Schwer atmend löste er sich von ihr und trat einen Schritt zurück.

„Melissa, es tut mir leid. Ich...hätte das nicht tun dürfen." Er fuhr sich verlegen durch sein dichtes, schwarzes Haar und sah sie schuldbewusst an. Melissa hörte seine Stimme wie durch einen Nebel, gedämpft von den Empfindungen, die er gerade in ihr ausgelöst hatte und die sie nicht einordnen konnte. Dann, ganz plötzlich, wurde ihr bewusst, was dieses Gefühl bedeutete, und sie machte einen Schritt auf ihn zu.

„Ihr müsst Euch nicht entschuldigen. Ich weiß, dass es sich nicht ziemt, wenn...", sie legte ihre kleinen Hände auf seine feste Brust und ließ sie langsam über seinen Oberkörper wandern, „...wir dergleichen in Eurem Schlafgemach tun, aber..." Seiner Brust entrang sich ein tiefes Grollen, als ihre Finger den Weg auf seine nackte Haut unter dem Hemd fanden.

„Wie ich bereits gerade festgestellt habe, habe ich nichts zu verlieren." Sie hob ihren Kopf und bot ihm ihre Lippen dar. Den kurzen Kampf mit der Vernunft und seinen Vorsätzen verlor er innerhalb von einem Wimpernschlag. Er wollte sie, wollte sie so sehr, wie er noch nie eine Frau gewollt hatte! Seine Lippen schmeckten ihre, seine Hände glitten wie von selbst über die wundervollen Rundungen ihres Körpers und fanden wie magisch angezogen ihre festen kleinen Brüste. Sie stöhnte auf, als er sie zärtlich streichelte und

aufreizend langsam über ihre aufgerichteten
Brustwarzen strich. Sie drängte sich ihm entgegen und
vergrub ihre Hände in seinem Haar, während seine
Berührungen heiße Schauer durch ihren Körper
trieben. Plötzlich flog die Tür auf.
„Melli, tut er dir weh?" Mit einem komisch
anmutendem. kampfbereiten Ausdruck auf seinem
Gesicht, stand Benni in der Tür und hielt drohend Leo
in die Höhe.
Für Melissa und Raben fühlte es sich an, als hätte
jemand einen Eimer eiskalten Wassers über sie
geschüttet und augenblicklich ließen sie voneinander
ab. Melissa brauchte einen kurzen Moment, um sich
wieder zu fangen, aber schließlich räusperte sie sich
und strich sich verlegen über das aufgelöste Haar. Erst
jetzt fiel ihr auf, dass sie Benni schon seit dem
Frühstück nicht mehr gesehen hatte. Sie ging auf ihn zu
und beugte sich zu ihm hinunter. Was musste der
Kleine wohl bei dem Anblick gedacht haben, den sie
und Raban ihm geboten hatten? Er hatte schon einmal
mitansehen müssen, wie Gabriel sie bedrängte und
schlug, also musste er auch diesmal glauben, jemand
wolle ihr wehtun. Den Unterschied zwischen beiden
Situationen zu erkennen, dafür fehlte seinem
kindlichen Gemüt ganz sicher die Erfahrung! Sie zauste
ihm liebevoll die blonden Locken.
„Nein, mein Schatz, Raban hat mir nicht weh getan."
Ganz im Gegenteil!, fügte sie im Stillen an, aber das war
nichts, was sie vor ihrem kleinen Bruder weiter
ausführen wollte! Raban hatte ihnen den Rücken

zugekehrt und Melissa konnte aus den Augenwinkeln erkennen, dass er heftig atmend versuchte, seine Fassung wieder zu erlangen. Fast musste sie lachen, denn sie hätte nie geglaubt, dass einem Mann wie ihm eine Situation wie diese unangenehm sein könnte!

„Wo warst du denn die ganze Zeit, mein Großer?", fragte sie, um Benni abzulenken.

„Bei Ursel in der Küche! Die kann ganz tolle Geschichten erzählen. Von diesem Dings da, das sich immer so dreht, wenn einer drinsitzt. Wusstest du, dass man da eingesperrt wird, wenn man etwas Böses getan hat? Und dass sie einen dann so lange drehen, bis man...", offensichtlich suchte er nach einem angemessenen Ausdruck, fand aber keinen, „...kotzen muss?"

„Benjamin!" Melissa sah ihren Bruder streng an.

„Erstens sind das Schauergeschichten, die nicht für deine Ohren bestimmt sind, und zweitens...", sie drehte sich ungehalten zu Raban um, denn der ließ ein unterdrücktes Lachen vernehmen, „...heißt das speien müssen oder sich übergeben!"

Raban hatte sich wieder so weit in der Gewalt, dass er Benni zuzwinkerte. „Sie hat wieder Benjamin gesagt!"

„Hab ich auch gehört! Dann hab ich wieder was angestellt!" Sein schuldbewusstes Gesichtchen nahm einen zerknirschten Ausdruck an.

„Was hältst du davon, wenn wir vor der Erinnye fliehen und mein Pferd besuchen?"

„Au ja! Meinst du, es erkennt mich wieder? Darf ich mal darauf reiten?" Benni hüpfte aufgeregt durch den

Raum und wieherte wie ein Pferd. Raban fing ihn lachend ein, nahm seine Hand und als sie an Melissa vorbeigingen, raunte er ihr zu: „Von dem Augenblick an, als ich Euch aus dem Bach steigen sah, wusste ich, dass wahrhaftig eine Aphrodite in Euch steckt!"

***

„Uiihhh, schau mal, Raban!" Benni zog am Ärmel seines großen Freundes und blieb vor einem Stand auf dem Alten Markt stehen. Sie waren auf dem Rückweg von dem Mietstall, indem Raban sein Pferd untergebracht hatte. Das hieß nun offiziell Apollon, weil Benni es mit dem Wasser aus der Tränke so getauft hatte. Sie hatten eine geraume Zeit in dem Stall und mit dem Pferd verbracht, Raban hatte Apollon aufgezäumt und gesattelt und sie waren ein Stück innerhalb der Stadtmauern in einem weniger belebten Gebiet geritten, weil er ja die Stadt nicht verlassen durfte. Immerhin hatte er so Zeit, sich mit Apollon und Benni zu befassen, denn zumindest sein Pferd hatte des Öfteren darunter zu leiden, dass er vor lauter Arbeit nicht dazu kam, es ausreichend zu bewegen. Aber seine Geschäfte lagen ja zurzeit ziemlich brach, da er keine ausgedehnten Reisen auf die Märkte und Messen unternehmen konnte, um neue Handelsware zu ordern, wie sonst in dieser Zeit.

„Jetzt guck doch mal!" Ungeduldig zerrte Benni Raban am Ärmel und deutete auf einen Stand mit allerlei kleinen Tonfiguren, vornehmlich edle Ritter auf prächtigen Schlachtrössern, aber es lagen auch Bälle aus Leder, einfache Windräder und Puppen, aus Holz geschnitzt und mit hübschen bunten Kleidern angetan, auf dem Verkaufstisch des Händlers. Als Raban näher trat, sah er, was Bennis Aufmerksamkeit so fesselte. Fasziniert betrachtete er die hübsch geschnitzte Holzfigur eines Tieres mit großen Ohren, nach oben gebogenen, langen Stoßzähnen und einem langen, bis auf den Boden reichenden Rüssel.

„Was ist das?", flüsterte er ehrfürchtig, traute sich aber nicht, das Tier anzufassen.

„Das ist ein Elefant. Kennst du die Geschichte von Hannibal? Das war ein großer Feldherr und er hat bei einem seiner Kriegszüge schon vor ganz langer Zeit diese Tiere mit über die Alpen nach Italien genommen, weil sie groß und stark sind. Er hatte gehofft, dass seine Gegner sich so vor ihnen fürchten, dass sie freiwillig kapitulieren." Diese Geschichte war natürlich stark vereinfacht, aber Benni war ja auch erst fünf Jahre.

„Ein Elo..Efo..." Benni machte kugelrunde Augen und staunte.

„Was wollt Ihr für den Elefanten haben?", fragte Raban den Händler, der offensichtlich ein gutes Geschäft witterte, denn er nahm sofort die Holzfigur aus der Auslage und drückte sie Benni in die Hand.

„Schau dir den Elfo..äh, das Tier ruhig einmal aus der Nähe an. Eine sehr schöne Arbeit. So naturgetreu!"

Raban musste grinsen, denn offenbar wusste der Händler selber nicht, um was für ein Tier es sich bei dem Elefanten handelte, und daher konnte er mit großer Sicherheit auch nicht beurteilen, ob die Schnitzerei tatsächlich naturgetreu war! Und man konnte ihm auch gar keinen Vorwurf machen, denn sehr bekannt waren diese Tiere in den Ländern nördlich der Alpen nun wirklich nicht!

„Nur zehn Pfennige! Das ist Euch Euer Sohn doch bestimmt wert, oder?" Listig schaute der untersetzte Händler aus rotgeränderten Augen zwischen Raban und Benni hin und her. Dann begann das Feilschen, denn natürlich war der Preis von zehn Pfennigen völlig übertrieben. Zum Schluss hatte Raban den Händler auf vier Pfennige heruntergehandelt, was allerdings immer noch ein stolzer Preis, aber nichts im Vergleich zu Bennis leuchtenden Augen und dem glücklichen Gesichtsausdruck war.

„Ein Efolant!, hauchte Benni hingerissen und drückte seinen neuen Freund fest an seine Brust.

„E-le-fant!", verbesserte Raban und musste sich nun damit abfinden, dass der Junge beständig „E-le-fant, E-le-fant!" vor sich hinsagte. Lächelnd betrachtete Raban den Jungen und ein weiteres Mal fragte er sich, warum er dieses fremde Kind so lieb gewonnen hatte, während er Isabels Kind von Anfang an keine Chance gegeben hatte. Hatte es nur nicht lange genug gelebt, um ihm dieses Gefühl abzuringen? Aber auch diesmal bekam er keine zufriedenstellende Antwort auf diese beschämende Frage.

Plötzlich wurde sein Blick auf einen Stand gelenkt, den er noch nie zuvor hier in Dortmund auf dem Alten Markt gesehen hatte. Es war nur ein sehr kleiner Verkaufstisch, der zwischen dem eines Seifenhändlers und dem eines Kerzenziehers eingeklemmt war. Während seine beiden Nachbarn sich in der Lautstärke, mit der sie ihre Waren anpriesen, schier überboten und schließlich schon ganz heiser waren, saß der Mann hinter dem einfachen Holzbrett, das über zwei Fässer gelegt als Tisch diente, auf einem wackeligen Hocker und – las! Er hatte ein reich verziertes Brevier aufgeblättert und zog mit seinem rechten Zeigefinger ehrfürchtig die Zeilen nach, während er dabei leise murmelte. Aber das war es nicht, was Rabans Aufmerksamkeit auf sich gezogen hatte, sondern ein schlicht eingebundenes, etwas mehr als handgroßes Buch mit der verschnörkelten Aufschrift *„Theogonia"* *von Hesiod.* Benni blieb brav stehen, als er merkte, dass Raban wie gebannt auf die Auslage starrte, aber als er bemerkte, dass es sich bei der Ware um Bücher handelte, wandte er sich wieder seinem neuen Holzfreund zu.

Raban nahm das Buch vorsichtig in die Hand und begann, darin zu blättern. Es war in der Tat eine vollständige Ausgabe von Hesiods umfassendem Werk, das die Erschaffung der Welt und der griechischen Götter zum Inhalt hatte!

„Seid Ihr an Hesiods Werken interessiert, mein Herr?" Die angenehm sonore Stimme des Händlers riss Raban aus der Betrachtung des Buches.

„Was wollt Ihr für dieses Buch haben?" Raban war eine Idee gekommen. Er würde dieses Buch für Melissa erstehen und ihr bei passender Gelegenheit schenken. Sicher hatte sie all ihre Bücher in Köln zurücklassen müssen, falls sie überhaupt eigene besessen hatte, und selbst wenn sie eines oder zwei mitgebracht hätte, wären sie bei dem Überfall ohnehin verloren gewesen. Der Preis, den der Händler ihm nannte, verschlug Raban fast die Sprache, aber Bücher waren ein seltenes Gut und purer Luxus. Sie handelten eine ganze Weile und Raban verstand langsam, wie man mit so wenig Verkaufsfläche und einem so überschaubarem Angebot überleben konnte. Der Verkauf eines einzigen Buches reichte aus, um den Mann einige Wochen durchzubringen. Schließlich akzeptierte Raban mit einem Knurren den Preis, den der Händler als letztes aufgerufen hatte, und legte die geforderte Summe auf den Tisch, während der Mann das Buch vorsichtig in sauberes Wachstuch einschlug. Trotz des horrenden Preises, den er am Ende immer noch für das Werk des Hesiod ausgegeben hatte, freute er sich auf Melissas Gesicht, wenn er es ihr geben würde.

Zuhause angekommen machte Benni sich gleich auf die Suche nach seiner Schwester, um ihr seinen neuen Freund vorzustellen. Raban folgte ihm die Treppe hinauf, aber sein Schlafgemach war leer und auch in den anderen Räumen im Obergeschoss war sie nicht zu finden. Schließlich entdeckten sie Melissa in der Küche, wo sie an dem großen Eichentisch saß und Gemüse putzte.

„Was macht Ihr hier? Und wo sind Ursel und Affra?"
Seine Stimme klang ungehalten.

„Sie wollten noch auf den Markt, Butter und
Grützwurst kaufen, und dann wollten sie noch nach
neuen Wachskerzen..."

„Und das kann nicht eine alleine machen? Warum
lassen sie Euch hier das Gemüse putzen, wie eine..."

„Raban, wann begreift Ihr endlich, dass ich lernen
muss, mit meiner Hände Arbeit für Benni und mich zu
sorgen? Ich finde es nur richtig, wenn ich mich bei
Euch für Eure Gastfreundschaft revanchiere, indem ich
mich ein wenig nützlich mache!" Sie hob die Hand, als
Raban etwas darauf erwidern wollte.

„Ich werde keine weiteren Geschenke von Euch
annehmen, Raban. Leider muss ich im Moment noch
Eure Gastfreundschaft in Anspruch nehmen, weil ich
nicht weiß, wo ich sonst hinkönnte. Aber ich habe
schon mit Ursel gesprochen, sie wird mir ein paar
Namen von Leuten nennen, die eine Magd brauchen
und wird sich dort auch für mich einsetzen." Sie legte
einige sauber geschabte Karotten in eine große Schüssel
und nahm sich eine Sellerieknolle.

„ Das Kleid, das Ihr für mich anfertigen lasst, werde ich
bei dem Abendessen tragen, wenn Ihr darauf besteht,
dass ich Euch begleite. Aber dann werdet Ihr es in eine
Truhe packen und für jemand anderen aufbewahren
müssen! In mein neues Leben passt es jedenfalls nicht
hinein." Raban war viel zu überrascht über ihre Worte,
um sofort darauf zu reagieren. Melissa hatte mit solch
einer Ruhe und Bestimmtheit gesprochen, dass er ihr

jedes Wort glaubte. Aber was hatte er denn erwartet? Dass sie sich auf ein ähnliches Arrangement einlassen würde wie Affra seinerzeit? Dass sie in sein Bett kommen würde, ohne die Sicherheit, die ihr eine Ehe bot? Nein, das konnte er nicht von ihr verlangen. Dann wäre er nicht besser als dieser elende Hundsfott Scherf! Und in diesem Augenblick wurde ihm klar, dass er sie nicht gehen lassen konnte. Er wollte sie auf keinen Fall verlieren! Da war dieses Gefühl, das weit über das körperliche Begehren hinausging, und von ihm verlangte, sie zu beschützen und die Wunden in ihrer Seele zu heilen. Das ihn zwang, ständig an sie zu denken und das er noch nie vorher für eine Andere empfunden hatte.

Benni hatte seiner Schwester inzwischen den Holzelefanten gezeigt und obwohl sie nicht gewillt war, noch irgendetwas anzunehmen, was über die Mahlzeiten und das reine Obdach hinausging, brachte sie es doch nicht übers Herz, Benni zu sagen, dass er das Geschenk von Raban nicht behalten durfte.

„Das ist ein E-le-fant!", sagte er stolz und stellte die Figur vor sie auf den Tisch. „Glaubst du, Leo und er werden Freunde? Dann können wir zu dritt auf dich aufpassen, Melli!" Der Ernst, mit dem er sie ansah, brachte sie zum Lachen.

„Ganz bestimmt werden sie Freunde! Und ich kann euch Drei wirklich gut zu meinem Schutz gebrauchen." Sie strich ihm zärtlich eine Locke aus dem Gesicht. Dabei sah sie, wie Raban sie anstarrte und ganz offensichtlich düsterer Stimmung war. Seine Augen hatten wieder dieses schwarze Funkeln, das sie immer bei ihm wahrnahm, wenn etwas nicht so verlief, wie er wollte. Sie zuckte die Schultern und widmete sich wieder der Sellerieknolle. Was ging es sie an, wenn der Ritter der Hölle wieder ein teuflisches Süppchen kochte? Sie hätte sich wegen ihres Verhaltens in seinem Schlafgemach in Grund und Boden schämen müssen, aber es hatte sie nur daran erinnert, dass sie der betörenden Ausstrahlung, die Raban auf sie hatte, nicht auf Dauer würde widerstehen können. Natürlich hatte ihre Jungfernschaft nicht mehr den gleichen Stellenwert wie in ihrem früheren Leben. Keiner erwartete von einer Magd, dass sie lange unberührt blieb, wenn sie ihre Stellung bei einem Arbeitgeber antrat, der sie in seinem Bett haben wollte. So war es schließlich auch mit Affra und Raban gewesen. Und war es vielleicht noch, aber das ging sie nichts an. Sie träumte von einem zufriedenen Leben als Ehefrau und Mutter, und genau das würde Raban ihr nicht anbieten. Er hatte bereits bei seiner ersten Eheschließung nur aus wirtschaftlichem Interesse geheiratet. Für einen erfolgreichen Kaufmann war die Mitgift einer Frau der Grund, sie zu ehelichen, nichts anderes!

„Melissa." Die sanfte Stimme Rabans riss sie aus ihren Gedanken. Sein Gesichtsausdruck hatte sich plötzlich verändert und er sah fast ratlos aus.

„Ich...muss mit Euch reden." Fast bittend sah er sie an. Als sie keine Anstalten machte, das Gemüse zur Seite zu legen, trat er hinter sie und nahm ihr vorsichtig das Messer aus der Hand.

„Bitte, jetzt sofort. Ich weiß nicht, ob ich noch lange den Mut habe..." Er zog sie vom Stuhl hoch und schob sie zur Tür.

„Aber das Gemüse...das Essen...", protestierte sie, aber er hielt sie mit unerbittlichem Griff fest und schob sie zur Treppe. Just in diesem Augenblick kamen Ursel und Affra zur Tür herein und sofort lag eine unangenehme Spannung im Raum. Raban ließ Melissa los und wandte sich an Ursel.

„Oh, wie schön, dass ihr auch noch mal wiederkommt. Ich habe auch gleich eine Aufgabe für dich, Ursel. Kümmere dich um Benjamin, und wenn er müde wird, bring ihn zu Bett. Jungfer Melissa und ich möchten die Nacht ungestört sein, hast du verstanden?" Als Ursel nur verwundet die Brauen hochzog und Affra ein beleidigtes Gesicht machte, wandte er sich an sie.

„Und du kannst gehen, Affra. Ich brauche dich erst morgen wieder!" Diese Worte waren mit so viel Kälte und Endgültigkeit ausgesprochen, dass es selbst Melissa fröstelte. Aus den Augenwinkeln sah sie, wie Affra erbleichte und vergeblich versuchte, ihre Tränen zurückzuhalten. Erst jetzt ging Melissa auf, wie seine Worte auf Ursel und Affra wirken musste, wirken sollten! Er hatte wenig Spielraum gelassen, was in seinem Schlafgemach passieren würde, und Melissa fühlte wieder dieses Prickeln, das ihren ganzen Körper überzog. Er sprach kein Wort mehr, bis sie in seinem Zimmer angekommen waren. Nun war Melissa doch etwas mulmig zumute, aber es war eher Neugier als Angst. Unsicher wartete sie ab, was nun geschehen würde, aber Raban goss zunächst etwas Wein in zwei Becher und reichte ihr einen davon. Dabei sah sie, dass seine Hände zitterten. Er würde doch wohl nicht nervös sein?! Immerhin sollte wenigstens er wissen, was er zu tun hatte!

„Melissa, ich..." Tatsächlich stockte er, so, als wüsste er nicht, was er sagen sollte. Melissa musste lächeln, als sie ihn so dastehen sah. Niemals vorher war er weniger ein Ritter der Hölle gewesen als in diesem Augenblick!

„Melissa,", begann er erneut und räusperte sich, als ob er sich nicht sicher wäre, wie er sein Anliegen formulieren sollte, „...ich möchte..."

Sie stand auf und blieb so nah vor ihm stehen, dass sie die Wärme spüren konnte, die sein Körper ausstrahlte. Dann legte sie ihm einen Finger auf die Lippen.

„Meine Antwort auf Eure Frage ist „Ja". Ihr müsst Euch keine Gedanken machen, ich habe es mir gründlich überlegt." Sie begann wieder, ihre Hände über seine Brust gleiten zu lassen, um dort fortzufahren, wo sie vor ein paar Stunden aufgehört hatten. Er runzelte offenbar verwirrt die Stirn.

„Äh, woher wisst Ihr, was ich Euch fragen wollte?"

„Ich habe vielleicht keine Erfahrung auf diesem Gebiet, aber so weltfremd bin ich auch nicht!" Sie lachte leise und traf damit Raban direkt ins Herz.

„Ihr braucht Euch keine Sorgen zu machen, ich verlange nichts von Euch! Ich weiß, dass für Euch nur eine Frau mit ansehnlicher Mitgift als Gemahlin in Frage kommt. Schließlich hat Eure erste Ehefrau auch ein beträchtliches Vermögen mit in die Ehe gebracht.

Und übrigens glaube ich auch nicht, dass Ihr an ihrem Tod schuld seid!"

„Wer hat das behauptet?" Er hielt ihre Hand fest, bevor sie ihm noch völlig den Verstand rauben würde.

„Affra. Also sie hat nicht direkt behauptet, Ihr wäret schuld am Tod Eurer Frau, aber, dass man Euch verdächtigte. Und es stört mich auch nicht, dass Ihr das Bett mit ihr teilt. Ich meine, ich habe kein Recht, selbst wenn..." Sie in die Arme zu ziehen und ihre Rede mit einem leidenschaftlichen Kuss zu unterbrechen war eins. Himmel! Sie war bereit, in sein Bett zu kommen, ohne dass sie irgendwelche Ansprüche stellte! Was ihm sonst wie eine reizvolle Einladung vorgekommen wäre, fühlte sich hier gänzlich falsch an! Er wollte sie, ja, sogar mehr als er jemals eine Frau begehrt hatte, aber er wollte sie nicht nur diese eine Nacht. Er wollte alle Nächte mit ihr teilen, wollte ihre Liebe, ihre Seele, ihren Körper! Aber zuerst musste er dieses unsägliche Missverständnis aufklären, dass Affra offenbar in ihrer Eifersucht heraufbeschworen hatte.

„Melissa, bitte, ich muss dir erst etwas erklären. Das mit Affra...das ist lange schon vorbei! Es stimmt, ich habe mit ihr geschlafen nach dem Tod meiner Frau, aber...wir hatten ein Arrangement...eine Abmachung!" Seine Stimme klang belegt und in seinen Augen loderte heißes Begehren, aber auch...Angst! Ohne ergründen zu können, worauf sich dieser Anflug von Furcht in seinen Augen gründete, fragte sie: „Eine Abmachung? Aber was..." Er wand sich verlegen.

„Eine Abmachung eben. Wir teilten das Bett, und nur

das Bett!, wann immer wir Lust aufeinander hatten. Kein Zwang, keine Verpflichtung. Ich habe ihr nichts versprochen!"

„Und warum habe ich dann das Gefühl, dass Affra eifersüchtig ist? Ich meine..."

Er fuhr sich durch die Haare. Das Gespräch nahm eine unvorhergesehen Wendung, was ihm ganz und gar nicht gefiel.

„Sie hat sich in mich verliebt. Das war gegen die Abmachung. Also habe ich es beendet!" Himmel, er redete sich um Kopf und Kragen.

„Weil sie nur eine Magd ist?"

„Nein, Himmelherrgott nochmal! Dreh mir doch nicht das Wort im Mund herum. Weil ich ihre Gefühle nicht erwidern konnte! Ich habe auch meine erste Frau nicht geliebt! Ich habe nicht geglaubt, dass ich lieben könnte, bis..." Warum machte sie es ihm so schwer? Sie musste doch längst wissen, was er ihr sagen wollte. Stattdessen sah sie ihn nur an.

„Melissa, bitte, heirate mich!"

Sie hätte nicht verblüffter sein können, wenn er sie gebeten hätte, das rote Meer für ihn zu teilen!

„Aber du musst das nicht tun! Wir können auch ganz ohne Verpflichtung für dich das Bett teilen! Was kann mir besseres passieren, als das erste Mal mit einem Mann wie dir zu schlafen? Ich weiß, dass du mir nicht wehtun wirst. Und wer weiß, wie der nächste Mann ist, den ich treffe? Ich will wenigstens einmal erfahren, wie es sein kann!" Sie stellte sich auf die Zehenspitzen und knabberte an seinem Ohrläppchen, so wie er es bei ihr getan hatte. Er sog scharf die Luft ein, weil alles in ihm ihn drängte, sie zum Bett zu tragen und ihr den Genuss zu bereiten, den sie verdiente! Aber gleichzeitig stiegen Bilder vor seinem Auge auf, Bilder, die sie gerade heraufbeschworen hatte. Wie ein anderer Mann sie berührte und das mit ihr tat, was er sich bisher noch versagte. Ein Grollen entrang sich seiner Brust und Eifersucht auf jeden Kerl, der sie anfassen würde, ergriff von ihm Besitz.

„Mel, bitte, werde meine Frau! Ich habe verstanden, dass du bereit wärst, dich mir hinzugeben ohne Verpflichtungen, aber ich will das so nicht. Nicht mit dir! Ich will dich, heute, morgen, jeden Tag meines restlichen Lebens! Ich...liebe dich! Ich weiß nicht, ob ich ein guter Ehemann sein kann, schließlich habe ich schon einmal kläglich versagt. Aber ich verspreche dir, alles zu tun, damit du glücklich wirst. Du und Benni!"

Er war selbst überrascht, mit welcher Heftigkeit er gesprochen hatte, aber es war die Wahrheit. Er wollte sie und Benni glücklich machen. Das wollte er mit jeder Faser seines Herzens!

Melissa hatte ihn die ganze Zeit schweigend beobachtet, ihr Herz schlug ihr bis in den Hals. Als sie ihm in die Augen sah, konnte sie nur Aufrichtigkeit darin lesen, und Liebe, und...wieder diese Angst, die ihr vorher schon aufgefallen war. Er fürchtete also, sie könnte seinen Antrag ablehnen! Lächelnd begann sie, sein Hemd aufzuschnüren, ihre Finger über die angespannten Muskeln gleiten zu lassen und kleine feuchte Küsse auf seine Brust zu hauchen. Als er stöhnend ihre Hände festhielt und sie ansah, konnte sie nicht anders als sich auf die Zehenspitzen zu stellen und ihn zu küssen. Er nahm ihr Angebot an, knabberte an ihren Lippen und schmeckte ihre unvergleichliche Süße. Lange standen sie so und küssten sich, erforschten sich, lernten voneinander, was dem anderen gefiel. Schließlich löste Raban sich von ihr.

„Du hast mir noch nicht geantwortet, Mel."

„Ich habe dir meine Antwort doch bereits gegeben, Abaddon." Lächelnd zog sie sich den unscheinbaren, grauen Wollkittel über den Kopf und ließ ihn achtlos fallen. Mit einem Schritt war er bei ihr und hob sie auf, um sie auf das weiche Bett zu legen. Er zog sich das Hemd aus und legte sich neben sie. Das störende Untergewand hatte keine Chance gegen seine kundigen Hände und als sie endlich vor ihm lag, so wie er sie aus dem Bach hatte steigen sehen, konnte er sich nur mit Mühe zurückhalten, sie nicht sofort zu nehmen. Stattdessen bedeckte er ihren schlanken Körper mit Küssen, kostete den unvergleichlichen Geschmack ihrer Brüste, während sie sich unter ihm wand und ließ seine Hände mit aufreizender Langsamkeit ihre intimsten Stellen erkunden. Er hielt sich zurück, bis er sicher sein konnte, dass sie bereit für ihn war, dann drang er vorsichtig in sie ein. Er gab ihr einem kurzen Moment, den Schmerz zu überwinden, den sie empfunden haben musste, dann lächelte sie ihn an und er wusste, dass niemals wieder eine Frau ihn so berühren würde wie Melissa.

***

Noch bevor Melissa die Augen öffnete, wusste sie, dass sie alleine war. Sie räkelte sich zufrieden und genoss die Wärme des Bettes. Der Gedanke an die vergangene Nacht trieb ihr die Schamesröte ins Gesicht, aber gleichzeitig wusste sie, dass es keine Sünde gewesen sein konnte. Es hatte sich vollkommen natürlich angefühlt und vielleicht war es die erste richtige Entscheidung in ihrem Leben gewesen. Und das wäre auch nicht anders gewesen, wenn sie mit Raban verheiratet gewesen wäre. Sie hatte eine Seite dieses großen schwarzen Ritters der Hölle kennengelernt, die sie ihm nie zugetraut hätte. Seine Zärtlichkeit und Sanftheit hatten sie überrascht und wie er sich immer wieder zurückgehalten hatte, nur um ihr diesen Genuss zu bescheren, den sie nie für möglich hätte. Und vollkommen einerlei, ob er sich noch an seinen Antrag erinnerte oder ihn gar nur gemacht hatte, um sie zu überzeugen, sie bereute ihre Entscheidung, sich ihm hingegeben zu haben, nicht.
Sie hörte, wie die Tür geöffnet wurde, aber sie hatte noch keine Lust, in die Wirklichkeit zurückzukehren. Viel lieber wollte sie noch ein wenig diesem Gefühl nachspüren, dass sie seit der vergangenen Nacht beschäftigte und nur einen Schluss zuließ: sie hatte sich in diesen düsteren, selbstsicheren, zärtlichen Abaddon verliebt!

Sie stieß einen kleinen Schrei aus, als ihr die Decke weggezogen wurde, aber als sie in Rabans grinsendes Gesicht sah, fühlte sie sofort wieder dieses Kribbeln, das sich in jede Faser ihres Körpers schlich.

„Also, wenn ich gewusst hätte, dass ich mir ein derart verschlafenes, träges Weib ins Haus hole, dann hätte ich vielleicht doch nur dein Angebot, ohne jegliche Verpflichtung meinerseits in mein Bett zu kommen, annehmen sollen." Er setze sich auf die Bettkante und küsste sie, dann sagte er ernst: „Mel, das mit unserer Hochzeit, da gibt es noch etwas...Also ich weiß noch nicht, ob sie stattfinden kann."

Einen kleinen Augenblick zog sich ihr Herz zusammen. Aber sie stand zu ihrem Wort. Sie war freiwillig in sein Bett gekommen und sie bereute es nicht. Wenn er es sich also doch anders überlegt haben sollte...

Er stand auf und deutete auf das mit vielen kleinen Köstlichkeiten überhäufte Tablett.

„Du solltest heute gut frühstücken, es wird ein anstrengender Tag werden. Meister Utz hat sich angekündigt und ein Büttel des Freigrafen war auch schon hier und hat uns ins Richthaus einbestellt." Er sah sie auffordernd an.

„Willst du nicht aufstehen?"

„Doch, aber...mein Kleid liegt...da drüben am Boden." Sie deutete auf die Stelle, wo sie es gestern achtlos hatte fallen lassen.

Amüsiert betrachtete er, wie sie verzweifelt versuchte, das Betttuch fest vor ihren Körper gepresst, mit dem Fuß nach dem Kleidungsstück zu angeln. Aufreizend langsam durchquerte er den Raum und hob den unscheinbaren Kittel auf.

„Falls du dieses...Ding hier meinst, das kannst du nicht länger tragen!" Achtlos schleuderte er es in eine Ecke und kam wieder auf sie zu.

„Wenn es nach mir ginge, dann bräuchtest du überhaupt nichts zu tragen, Aphrodite." Er kniete sich vor das Bett und ließ seine Hände unter die Decke gleiten. Als sie ihr Ziel fanden, stöhnte Melissa erschrocken auf. Himmel, was tat er da? Sein Kuss war verlangend und sie konnte nicht anders, als ihn mit der gleichen Heftigkeit zu erwidern. Dann ließ er abrupt von ihr ab. Schwer atmend stand er auf und grinste sie an.

„Ich weiß nicht, wie du das anstellst, aber ich kann gar nicht genug von dir bekommen. Nur leider muss das, was wir beide gerade im Sinn haben, noch etwas warten." Er drehte sich wieder um und griff nach einem schlichten, aber aus edlem Tuch gefertigten, dunkelblauen Surcot, der über einem der Sessel hing und den Melissa noch gar nicht gesehen hatte. Dann deutete er auf eine farblich passende Cotte aus hellblauer Seide, die er ebenfalls nahm und ihr hinhielt.

„Du solltest dir etwas überziehen, Aphrodite. Vielleicht wäre Benni etwas irritiert, wenn er dich so in meinem Bett anträfe. Und auch Herr von Werder könnte unter Umständen etwas aus der Fassung geraten, wenn du mit nichts am Körper als dem Schaum, aus dem du geboren wurdest, vor ihm stehst."

Benni! Wie hatte sie ihn bloß die ganze Zeit über

vergessen können?! Ihr schlechtes Gewissen verdrängte das Gefühl, das Raban mit seinen Berührungen erneut in ihr geweckt hatte, vollends.

„Um Himmels Willen! Ich hatte Benni ganz vergessen!", rief sie schuldbewusst, während sie nach dem Unterkleid griff, das Raban ihr gerade so weit vor die Nase hielt, dass sie es nicht erreichen konnte, ohne das Bett zu verlassen. Immer, wenn sie gerade glaubte einen Zipfel erreichen zu können, zog er die Cotte ein Stück weiter weg. Dabei hielt sie die Decke immer noch mit einer Hand fest vor den Körper gepresst, was ihr Vorhaben doch sehr erschwerte.

„Lass das, Abaddon. Ich muss nach meinem Bruder sehen und das kann ich schlecht so, wie ich bin!"
Wütend startete sie einen erneuten Versuch, aber wieder zog dieser Höllenfürst den Stoff weg, als sie danach greifen wollte. Dann aber gab er ihr mit einem unverschämten Lachen die Cotte, blieb aber weiterhin so stehen, dass er sie beobachten konnte. Lässig stand er da und ließ sie nicht aus den Augen.

„Was stehst du da und starrst mich so an?! Dreh dich gefälligst um, damit ich mich anziehen kann!" Verlegen und ungehalten blinzelte sie ihn an. Sein lautes Lachen brachte sie kurz aus der Fassung.

„Also, Mel, es gibt nichts, das du vor mir verstecken müsstest! Du bist vollkommen, das konnte ich heute Nacht mehr als einmal feststellen. Und es gibt auch nichts, das ich nicht schon gesehen hätte! Zum ersten Mal damals im Wald und dann vergangene Nacht..."
Aber er drehte sich dann doch gehorsam um, so dass

236

Melissa schnell in Cotte und Surcot schlüpfen konnte.
„Woher hast du denn so schnell die Gewänder? Ich
meine, heute Nacht hattest du ja kaum Zeit, zu nähen!"
Sie sah ihn herausfordernd an, während sie die
Verschnürungen schloss.

„Nein, denn das, was ich heute Nacht getan habe, kann
ich viel besser als nähen! Ich meine sogar, ich habe es
zu einer ziemlichen Perfektion gebracht in dem, was
ich dir heute Nacht..." Er grinste sie anzüglich an, aber
seine Ausführungen hinsichtlich seiner Künste wurden
von einem lauten Poltern unterbrochen, dem gleich
darauf das Öffnen der Tür folgte.

„Melli!" Mit einem glücklichen Aufschrei stürzte Benni
sich in ihre Arme. Melissa herzte und küsste ihn, und
er ließ sich das eine Zeit lang gefallen, aber dann wand
er sich aus ihrer Umarmung und sah Raban an.

„Was wolltest du mich denn fragen, Raban? Ursel hat
gesagt, wenn ich gefrühstückt habe, soll ich sofort zu
euch kommen, weil es was Wichtiges zu besprechen
gibt!" Neugierig schaute er zwischen Raban und
Melissa hin und her, aber zumindest seine Schwester
machte auch einen ratlosen Eindruck.

„Ja, also, Benjamin...", begann Raban feierlich.

„Ich hab nichts gemacht! Frag Ursel!" Entrüstet
stemmte Benni die Hände in die Hüften.

Melissa und Raban brachen beide in lautes Lachen aus,
weil der Kleine so zerknirscht aussah.

„Nein, Benni, diesmal hast du nichts gemacht, aber
ich!" Er sah zu Melissa und als sie errötete, wusste er,
dass sie sehr wohl die versteckte Anspielung auf die

vergangene Nacht verstanden hatte.

„Uiih, was hast du denn gemacht? Was Schlimmes?"

„Nun, wie man es nimmt. Aber ich glaube, sooo schlimm war es nicht!" Er sah Benni ernst an, aber in seinen Mundwinkeln zuckte es verdächtig.

„Nun, Benni...Bejamin!...Ich habe deine Schwester sehr lieb gewonnen und würde sie gerne zur Frau nehmen, aber...", er machte eine bedeutungsvolle Pause und sah Melissa an, die wieder diesen schmerzhaften Stich im Herzen verspürte, „...das kann ich nicht!"

Während Melissa ganz ungewollt die Tränen in die Augen schossen, weil sie ihre Befürchtungen bestätigt sah und es nun doch mehr schmerzte, als sie gedacht hatte, zog Benni nachdenklich die Unterlippe zwischen die Zähne.

„Das verstehe ich nicht! Wenn du sie doch lieb hast...also ich würde sie heiraten, auch wenn sie manchmal eine Eri...Erni...du weißt schon was ist! Sonst ist sie aber ganz in Ordnung!"

„Das hast du wohl recht, aber ich kann sie nicht heiraten, bevor ich dich nicht gefragt habe, ob du damit einverstanden bist! Bist du?"

Benni zögerte eine winzigen Moment, dann fragte er: „Können wir dann hier bei dir bleiben? Ich meine für immer?"

Raban kniete sich vor den Jungen und sah ihn ernst an.

„Ja, Benni für immer. Du, Leo, der Elefant und...Melissa! Und deine Nichten und Neffen!"

Selbst in diesem feierlichen Augenblick machte dieser Schuft noch Witze! Melissa war noch viel zu aufgewühlt von den Stimmungswechseln, die er ihr beschert hatte, seit er heute in seinem Schlafgemach aufgetaucht war.

„Was sind Nichten und Neffen?"

„Mellis und meine Kinder werden deine Nichten und Neffen sein. Und es könnte sein, dass es ziemlich voll hier in dem Haus wird, aber für dich reserviere ich immer das schönste Zimmer!"

„Gut, dann darfst du sie heiraten! Aber diese Nichten und…äh die anderen spielen nicht mit Leo und dem E-le-fan-ten!" Nachdem Benni das für sich geklärt hatte, war das Thema nicht mehr interessant und er schielte auf das Tablett mit den süßen Kringeln. Aber Raban zog erst noch ein sorgfältig in Wachstuch gewickeltes Päckchen aus seinem Wams und hielt es Benni hin.

„Würdest du das bitte deiner Schwester geben? Ich glaube, von mir nimmt sie diese Morgengabe nicht an. Sie hat mal gesagt, dass sie von mir nichts geschenkt haben will." Neugierig nahm Benni das Päckchen in die Hand und betrachtete es.

„Das hast du gestern auf dem Markt gekauft, nicht wahr? Was ist denn eine Morgengabe?"

Nun wurde Raban verlegen, denn er wollte Benni lieber nicht erklären, was es mit diesem Geschenk auf sich hatte, das der Gemahl seiner frisch Angetrauten am Morgen nach der Hochzeitsnacht überreichte. Aber Benni hatte bereits eine Erklärung gefunden.

„Ach so, Morgengabe, weil es ja am Morgen ist!"

Das ließen sowohl Melissa als auch Raban erleichtert so gelten.

Neugierig betrachtete Melissa das Päckchenn, und als sie das Wachstuch vorsichtig entfernt hatte, konnte sie zunächst nichts sagen. Heiße Tränen schossen ihr in die Augen und sie musste mehrfach schlucken.

„Gefällt es dir nicht?", fragte Raban etwas enttäuscht, aber Melissa schüttelte sofort heftig den Kopf.

„Du hättest nichts Passenderes wählen können, Abaddon! Ich...habe noch nie so etwas Kostbares besessen!" Ehrfürchtig schlug sie eine beliebige Seite auf und betrachtete die verschnörkelten Buchstaben. Raban betrachtete sie lange und war sich sicherer denn je, dass er Melissa liebte. Sie war...außergewöhnlich! Zu allen vollkommenen körperlichen Attributen, die sie für ihn besaß, kam eine Schönheit hinzu, die aus ihrem Inneren heraus strahlte. Wie sie so dastand und vorsichtig in dem Buch blätterte, als wäre es zerbrechlich! Diese zarte Röte der Freude, die sein Geschenk auf ihre Wangen gezaubert hatte, machten sie einfach unwiderstehlich. Er kannte keine andere Frau, die so erfreut über ein Buch gewesen wäre! Kleider und Geschmeide, das waren die Gaben, die die meisten Frauen zu schätzen wussten. Aber eben nicht Melissa!

Nach einer Weile, in der nur Bennis zufriedenes Schmatzen zu hören war, weil er sich inzwischen einen Kringel vom Tablett stibitzt hatte, räusperte Raban sich. Er hätte noch stundenlang so stehen und Melissa betrachten können, aber der Richter hatte sie einbestellt und in ihrer momentanen Situation war es sicherlich nicht ratsam, ihn durch eine Verspätung zu verärgern.

„Mel, es wird Zeit. Wir müssen ins Richthaus." Fast tat es ihm leid, sie aus ihren Gedanken reißen zu müssen, aber die Zeit drängte. Seufzend tauchte Melissa aus der Welt der Götter wieder in die Wirklichkeit auf und legte das Buch beiseite.

***

„Ah, da seid Ihr ja!" Remigius von Werder winkte seinen beiden Besuchern zu und bat sie herein. Melissa und Raban verbeugten sich leicht und nahmen dann auf zwei Stühlen Platz, die vor dem Eichentisch des Richter standen. Melissa konnte sich keinen Reim darauf machen, warum der Richter sie so schnell wieder herbeordert hatte, und sie fühlte, dass auch Raban mulmig zumute war. Am ehesten konnte sie sich vorstellen, dass Gabriel aus seiner Bewusstlosigkeit aufgewacht war und sie beschuldigt hatte, sie hätte ihn umbringen wollen. Rabans Überlegungen gingen dagegen eher in die Richtung, dass der Termin etwas mit den Morden zu tun haben könnte, die ihm zur Last gelegt wurden.

Daher waren beide einigermaßen erstaunt, als der Richter einen feierlichen Gesichtsausdruck aufsetzte und sagte: „Jungfer Melissa, im Namen der Freien Reichsstadt Dortmund darf ich Euch danken und eine hohe Belohnung in Aussicht stellen, die auf die

Ergreifung dieser marodierenden Räuberbande ausgesetzt worden ist."

Sprachlos sahen Melissa und Raban sich an.

Als beide auch nach einer Weile nichts darauf sagten, fühlte der Richter sich bemüßigt, es ihnen zu erklären.

„Also, wie ich sehe, seid Ihr überrascht. Und wenn ich ehrlich bin, seid Ihr da nicht die Einzigen...Auch ich hätte nicht damit gerechnet, so schnell einen Erfolg in dieser Sache vorweisen zu können! Als meine Büttel gestern das Haus des Herrn Scherf aufsuchten, fanden sie, wie von Euch beschrieben, im Keller dieses geheime Warenlager. Wir haben unverzüglich einen Advocatus hinzugezogen, der die Grundlagen der Buchführung beherrscht und darüber hinaus dem Rat der Stadt und dem Hohen Gericht verpflichtet ist, und der hat festgestellt, dass keines der dort gefundenen Güter in den Rechnungsbüchern des Herrn Scherf auftaucht. Natürlich wird es noch eine genauere Prüfung der Bücher geben, die ein erfahrener Buchhalter vornehmen wird, aber er wird zu keinem anderen Ergebnis kommen, denn...", er machte eine Pause, nahm einen Schluck Wein und bedeutete auch Raban und Melissa, sich zu bedienen, „...wie der Zufall es wollte, fiel dem Advocatus bei seiner Recherche ein Wechsel in die Hände, ausgestellt auf eines der Opfer des letzten Überfalls. Es wird diesem Scherf schwerfallen zu erklären, wie er an diesen Wechsel gekommen ist! Und ich bin sicher, dass er bei der peinlichen Befragung auch die Namen und den Aufenthaltsort seiner Komplizen nennen wird. Dieser

Scherf ist ein...schwacher Mensch!" Im letzten Augenblick besann sich der Richter und schluckte den Begriff, den er eigentlich im Hinblick auf diesen Verbrecher im Sinn hatte, hinunter.

Atemlos hatten Raban und Melissa den Ausführungen des Richters gelauscht. Raban hatte offensichtlich eher als Melissa begriffen, was diese Eröffnung noch bedeutete, denn seine Augen verdunkelten sich wie immer, wenn er zornig oder ungehalten war.

„Das heißt, wenn er der Informant dieser Räuberbande war, die nämlich immer sehr genau wusste, wann ein Zug ein lohnenswertes Ziel darstellte und welchen Weg dieser nehmen würde, dann hat er genau gewusst, dass Melissa bei dem Überfall zugegen sein würde. Und er konnte sich sicherlich ausmalen, was diese Hurensöhne mit ihr anstellen würden, wenn sie ihnen in die Hände fallen würde!" Fassungslos starrte er die leichenblasse Melissa an.

„Und als sie schließlich ganz unerwartet doch vor seiner Tür stand, da hat er ihr, anstatt ihr zu helfen, angeboten..." Er hatte sich so in Rage geredet, dass er aufgesprungen war. Melissa legte ihm beruhigend die Hand auf den Arm.

„Lass es gut sein, Raban. Es ist vorbei. Er wird seine Strafe bekommen." Raban schnaubte noch ein-, zweimal durch, hatte sich dann aber wieder unter Kontrolle.

„Besteht die Möglichkeit, dass ich diesen Scherf noch einmal besuchen kann, bevor Ihr ihn in den Turm werfen lasst?", presste er zwischen zusammengebissenen Zähnen hervor.

„Ich fürchte, Ihr müsst Euch auf mich und den Henker verlassen, der die peinliche Befragung durchführt!", antwortete der Freigraf und sein Tonfall ließ vermuten, dass er ähnlich wie Raban dachte und ebenfalls keine Gnade walten lassen würde.

„Dann vertraue ich auf Eure...Methoden!" Raban stand auf und auch Melissa erhob sich.

„Ich freue mich, dass ich Euch behilflich sein konnte, Herr von Werder." Melissa hatte sich wieder etwas gefangen, wenn sie auch immer noch ungewöhnlich blass war. Sie stand ebenfalls auf und wandte sich zur Tür.

„Da gibt es noch etwas, das Euch vielleicht interessieren wird." Die Stimme des Richters ließ beide innehalten.

„Es geht um die Zeugin, die aussagte, sie hätte Euch bei der Tat beobachtet." Er sah, wie Raban zusammenzuckte. „Sie hat nach eingehender Befragung durch den Henker Hans schließlich gestanden, dass sie von einem zur Zeit leider noch Unbekannten mit dem Versprechen auf die Zahlung einer erheblichen Summe Geldes dazu veranlasst wurde, Euch der Taten zu bezichtigen." Gleichermaßen überrascht wie verwirrt sah Raban sein Gegenüber an. „Wieso kann man eine Nonne mit Geld bestechen? Gilt nicht das Gelübde der Armut?"

„Ihr habt ganz recht, aber in diesem Fall wollte die Frau das Geld nicht für sich, jedenfalls nicht direkt. Nach ihrer Aussage ist der Posten der Äbtissin vakant und obwohl diese von allen Ordensfrauen gewählt wird, hatte sie sich erhofft, das Geld würde einige Unentschlossene dazu bewegen, für sie zu stimmen." Er nahm noch einen Schluck Wein.

„Nun schaut nicht so entsetzt drein. Auch Geistliche sind nur Menschen und nicht immer können sie einer Versuchung widerstehen."

„Dann..."

„...ist ein weiteres belastendes Indiz hinfällig! Es sieht gar nicht mehr so schlecht für Euch aus, Herr van Gehrden. Ich fürchte nur, wenn Euer Widersacher erfährt, wie es um seine Bemühungen, Euch die Morde anzulasten, steht, wird er sich etwas Neues ausdenken. Ihr seid noch nicht gänzlich entlastet und wer weiß, was er noch in petto hat!"

„Dann werde ich mich vorsehen müssen, aber habt Dank für die Warnung. Ich werde mich übrigens morgen in das feindliche Lager begeben um Frieden zu schließen." *Oder auch nicht,* fügte Raban in Gedanken hinzu. Als der Richter ihn fragend ansah, ergänzte er: „Meine Schwester hat mir im Namen ihres Gatten eine Einladung zu einem Abendessen am morgigen Tag überbracht. Angeblich will sich mein Schwager mit mir versöhnen, aber selbst Beata glaubt nicht, dass das der eigentliche Grund ist."

„Dann seid auf der Hut. Solange Ihr nicht wisst, wer Euch Böses will, könnt Ihr gar nicht wachsam genug sein!"

„Da habt Ihr wohl recht, Herr von Werder. Ich werde etwas eher dort auftauchen, um mich dort einmal

unverbindlich umzusehen und meiner Schwester und ihm meine zukünftige Gemahlin vorzustellen."
Liebevoll drückte Raban Melissas Hand.
Seltsamerweise schien der Richter nicht überrascht zu sein, denn er lächelte die beiden wissend an.
„So, hab ich es mir doch gedacht. Ihr seid ein schönes Paar, wenn ich das so sagen darf. Meinen Glückwunsch!" Er begleitete die Beiden zur Tür und raunte Raban im Vorbeigehen ins Ohr: „Ihr habt eine zweite Chance verdient, Raban. Nutzt sie!" Damit verabschiedete er seine Gäste und wandte sich wieder seinem Tagesgeschäft zu.

***

Er hatte alles vorbereitet. Zufrieden lehnte Rafael sich in seinem Sessel zurück und strich vorsichtig über die scharfe Klinge des blitzenden Dolches, den er in den Händen hielt. Dieses hübsche Schmuckstück würde heute Abend mehrere Schicksale besiegeln! Er hatte in den Griff die Initialen RvG eingravieren lassen und zusammen mit seiner Aussage und der eines unbeteiligten Zeugen, den er sich von der Straße holen würde, könnte niemand mehr an der Schuld dieses Bastards zweifeln! Und dann war er frei. Frei und reich! Er goss sich noch etwas Wein nach und spielte kurz mit dem Gedanken, die Erregung, die ihn bei der

Vorstellung an seine blutüberströmte Gemahlin überkam, im Hurenhaus zu befriedigen. Aber dann kam ihm ein wesentlich besserer Gedanke. Er würde diesmal seine Gelüste an seiner Gemahlin befriedigen, das war billiger und nach heute Abend würde sich ohnehin niemand um ihre Verletzungen scheren, wenn er aufpasste, wo er ihr diese zufügte! Und immerhin konnte er ihr noch ein letztes Mal die Freuden der körperlichen Vereinigung bescheren, die sie wahrscheinlich gar nicht als solche empfinden würde, aber sei es drum. Im Geiste ging er noch einmal seinen Plan durch und bis auf die Gefahr, dass er im entscheidenden Moment niemanden auf der Straße antreffen würde, den er als Zeugen mit ins Haus nehmen konnte, war alles bestens vorbereitet. Im Notfall musste es auch ohne diesen Zeugen gehen. Die Köchin hatte alles vorbereitet und er hatte ihr für den restlichen Abend frei gegeben. Weiteres Personal konnte er sich nicht leisten, was aber zumindest in diesem Fall ganz hilfreich war. Kurz vor der vereinbarten Zeit würde er die Eingangstür aufschließen und nur anlehnen, damit Raban ins Haus kommen konnte. Zu diesem Zeitpunkt würde Beata bereits in ihrem eigenen Blut liegen und der Mord auf Entdeckung warten. Er musste darauf vertrauen, dass sein Glück ihn nicht verließ, aber er glaubte fest daran, dass sein Plan gelingen würde. Immerhin hatte dieses sprichwörtliche Glück ihm auch diese unglaublichen Zufälle beschert, die Raban als einzig Verdächtigen in allen Mordfällen erscheinen ließen! Er spürte, wie sich bei der Vorstellung an den Blick seiner Gemalin, wenn sie erkannte, dass er ihr den Dolch ins Herz stoßen würde, sein Glied aufrichtete. Dieses Entsetzen und diese echte, unverfälschte Angst, die darin stehen würden, erregten ihn aufs Äußerste. Er steckte den Dolch in seinen Gürtel und ging nach oben, wo sich seine Gemahlin wahrscheinlich mit der Auswahl ihrer Garderobe beschäftigte. Als er das Schlafzimmer betrat und kurz Angst in ihren Augen aufflackern sah, wusste er, dass er die richtige Entscheidung getroffen hatte!

***

„Jerg, komm herein!" Freudig schlug Raban seinem Freund auf die Schulter.
„Wo hast du dich denn die ganze Zeit herumgetrieben? Ich habe zweimal bei dir in der Amtsstube vorgesprochen, erhielt aber die Auskunft, du hättest auswärtig zu tun."
„Ja, das stimmt. Ich musste wegen einer Zeugenaussage nach Hörde. Einer der Antoniusbrüder hatte Klage gegen einen Dortmunder Bürger erhoben. Du weißt ja, dass es mit den Beziehungen zwischen Hörde und Dortmund nicht mehr zum Besten steht, seit Graf Konrad mit dem Einverständnis unseres geschätzten Grafen Adolf von der Mark vor zwei Jahren das Stadtrecht an Hörde verliehen hat!" Jerg sah

müde aus und Raban bat ihn herein.

„Ja, ich weiß. Mein Weinberg in Hörde wirft wenig Gewinn, aber umso mehr bürokratischen Ärger mit den Stadtoberen ab. Denen ist es ein Dorn im Auge, dass ein Dortmunder dort Reben besitzt, wo doch gerade erst Graf Konrad der Antoniusbruderschaft den benachbarten Weinberg geschenkt hat! Sicherlich sähe er es gerne, wenn die Brüder über alle Reben verfügen könnten und legt mir daher bei jeder sich bietenden Gelegenheit Steine in den Weg."

Raban führte Jerg in sein Kontor. Dessen besorgte Miene entging ihm nicht, also fragte er: „Ist etwas passiert, Jerg?"

„Nein,", winkte dieser ab, „ich dachte nur gerade, dass wir immer noch auf der Suche nach demjenigen sind, der dir Böses will. Könnte es sein, dass Graf Konrad oder diese Antoniusbrüder hinter der Sache stecken?" Er ließ sich auf einem Stuhl nieder und rieb sich müde über die Augen.

„Also Jerg, das glaubst du doch selbst nicht! Diesen ganzen Aufwand, nur um mich von dem Weinberg zu vertreiben? Und wie sollten die denn von den Morden wissen oder an die Informationen kommen, die der Täter offensichtlich über mich hat?" Er goss Wein in zwei Becher und schob einen zu Jerg hinüber. „Nein, das halte ich für ausgeschlossen. Aber ich habe trotzdem Neuigkeiten, die meinen Fall betreffen."

Rasch erzählte er seinem Freund, was sich seit ihrem letzten Treffen ereignet hatte und auch, dass er am Abend noch zu einem gemeinsamen Mahl mit seinem

Schwager zusammentreffen würde. Aufmerksam lauschte Jerg seinen Ausführungen, unterbrach ihn nur hin und wieder einmal, wenn er eine Frage hatte, und schwieg am Ende längere Zeit.

„Das sind gute Neuigkeiten, mein Freund! Dann hast du also den Kopf aus der Schlinge gezogen und dabei sogar noch eine Braut gefunden!" Wieder trat dieser eigentümliche Blick in seine Augen und wieder fragte Raban sich, was er zu bedeuten hatte. Litt sein Freund wirklich so sehr darunter, dass er immer noch keine passende Frau gefunden hatte? Raban fiel auf, dass er ihn noch nie mit einer Frau zusammen gesehen hatte, was angesichts des blendenden Aussehens seines Freundes mehr als ungewöhnlich war!

„Kann es sein, dass der alte Romantiker eifersüchtig auf mein Glück ist?" Freundschaftlich grinste er Jerg an.

Der zuckte nur mit den Schultern.

„Nein, ich erinnere mich nur gerade daran, dass du mir einmal in einer weinseligen Stunde eröffnet hast, du wärst womöglich nie in der Lage, eine Frau wirklich zu lieben. Bei Isabel und Affra hast du es jedenfalls nicht gekonnt!"

„Ja, das stimmt. Aber wenn du Melissa erst kennenlernst, wirst du verstehen, warum ich diese Frau von ganzem Herzen liebe! Sie ist so...einzigartig!"

Die Tür flog auf und Benni stürmte in das Kontor.

„Raban, was fressen E-le-fan-ten?"

Gleich hinter ihm platzte Melissa herein, die vergeblich versucht hatte, Benni abzufangen.

„Benjamin! Du kannst nicht einfach...!" Beide blieben wie angewurzelt stehen.

„Oh, ich wusste nicht, dass du Besuch hast. Entschuldige bitte, dass Benni einfach so..."

„Schon gut, Melissa. Kommt beide herein, ich möchte euch jemanden vorstellen." Er deutete auf Jerg.

„Das ist mein Freund, Jerg von Arnstetten, und das", er stand auf und nahm Melissa bei der Hand, um sie näher heranzuziehen, „ist Melissa Berchtold, die zukünftige Frau van Gehrden!"

Jerg erhob sich etwas steif und verbeugte sich vor Melissa.

„Ich freue mich, Euch kennenzulernen, Jungfer Melissa. Ich darf Euch doch so nennen?" Ohne ihre Antwort abzuwarten, wandte er sich Benni zu.

„Und wer bist du?" Raban entging nicht der angespannte Gesichtsausdruck seines Freundes.

„Ich bin Benni, also eigentlich Benjamin, aber das sagen sie nur, wenn ich was ausgefressen habe!" Er deutete mit dem Kinn auf Melissa und Raban.

„Er ist mein Bruder, Herr von Arnstetten. Und ganz offensichtlich weiß er nicht, dass man anklopft, bevor man ein Zimmer betritt!" Sie nickte Jerg zu und zupfte Benni am Ärmel, um ihn zum Gehen zu bewegen.

„Es tut mir leid, Raban, aber ich muss mich noch umziehen! Herr von Arnstetten!" Sie beugte leicht den Kopf und bugsierte Benni zur Tür. Der riss sich los und baute sich vor Raban auf.

„Was fressen denn E-le-fan-ten nun? Ich muss Ursel doch sagen, was sie einkaufen soll!"

Raban zauste ihm liebevoll die Haare.

„Elefanten fressen Gras, soweit ich weiß. Vielleicht auch Äpfel und Brot, das wäre auf dem Markt besser zu bekommen." Er grinste Benni an.

„Bäh, Gras! Ich glaube, Fanti mag kein Gras! Ich sag Ursel, sie soll Äpfel mitbringen!"

„Benjamin!" Melissa wurde ungehalten, aber Raban zwinkerte Benni zu.

„Ich glaube, du gehst jetzt besser, bevor die Erinnye böse wird!"

Er schob Benni zu Melissa und streichelte ihm nochmal über den Kopf. Jerg hatte die Szene mit versteinerter Miene verfolgt, aber als Raban sich zu ihm umdrehte, setzte er einen verbindlichen Gesichtsausdruck auf.

„Wie es scheint, hast du wirklich dein Glück gefunden, alter Freund. Melissa ist hinreißend! Und wie es scheint, bekommst du gleich eine Familie dazu!"

Jerg ging nun ebenfalls zur Tür.

„Ich bin rechtschaffen müde, Raban. Entschuldige mich jetzt bitte. Ich bin direkt von Hörde aus zu dir gekommen, Ich war noch nicht einmal zuhause."

„Natürlich, Jerg. Ich bin ein schlechter Gastgeber. Ich habe dir noch nicht einmal eine Stärkung angeboten."

„Lass gut sein, ich bin wirklich müde." In der Tür drehte er sich noch einmal um.

„Entschuldige, wenn ich heute etwas...reserviert erscheine. Melissa ist wirklich eine bezaubernde Frau und ich würde mich freuen, euch bald einmal als Gäste in meinem Haus begrüßen zu dürfen!" Beide klopften sich freundschaftlich auf die Schulter und dann war Jerg auch schon zur Tür hinaus.

***

„Du siehst hinreißend aus, Aphrodite!" Raban betrachtete Melissa mit diesem glühenden Blick, den sie so an ihm liebte. Sie hatte den neuen, waldgrünen Surcot angezogen, unter dem die cremeweiße Cotte aus feinster Seide hervorlugte. Auf dem Ausschnitt und an dem Ärmeln fanden sich wundervolle Stickereien aus kostbaren Gold- und Silberfäden und Melissa fragte sich, wie Meister Utz dieses Kunstwerk in so kurzer Zeit hatte schneidern können.

Raban nahm sie in den Arm und knabberte an ihrem Ohrläppchen, ließ seine Lippen ihren Hals hinunter wandern bis zu ihren Schultern. Dann den ganzen langen, empfindlichen Weg zurück bis zu ihrem Mund, den er leidenschaftlich küsste. Er streichelte sanft über ihren Rücken, hinauf bis zu ihrem Haaransatz und sie seufzte vor Verlangen. Sie vergrub ihre Hände in seinem dichten Haar und wünschte sich, er würde nie aufhören, sie so zu liebkosen.

Schwer atmend löste er sich schließlich von ihr.

„Wenn wir jetzt nicht aufhören, kommen wir zu spät zur Einladung!" Nicht gewillt, sie schon frei zu geben, küsste er sie noch einmal, trat dann aber zurück.

„Merk dir, wo wir aufgehört haben, süße Aphrodite, damit wir nachher genau da weitermachen!"

Melissa kicherte. „Wir könnten doch auch noch einmal ganz von vorne beginnen!"

„Du bist wahrhaft unersättlich, Mel!" Er lachte und zog sie zur Tür. In der Halle angekommen, reichte er ihr den neuen Umhang, den Meister Utz ebenfalls noch mitgebracht hatte und legte ihn ihr um.

„Wie kann Meister Utz eigentlich so etwas Aufwändiges in so kurzer Zeit anfertigen?", fragte sie im Hinausgehen.

„Oh, ich fürchte, die Antwort ist ganz einfach. Das Gewand, das du gestern getragen hast und auch der Umhang waren Kleidungsstücke, die er schon fertiggestellt hatte, die aber der Auftraggeber dann doch nicht abgeholt hat. Ich habe sie ihm lediglich abgekauft. Aber das Gewand, das du heute trägst, hat mich eine Stange Geld extra gekostet, damit es pünktlich fertig wird." Er wollte sie ärgern, aber sie ging nicht darauf ein.

„Danke.", sagte sie stattdessen schlicht und einmal mehr rührte ihn ihre bescheidene Art.

„Affra hat mir übrigens mitgeteilt, dass sie sich in einem anderen Haushalt eine Stellung suchen wird, aber darüber dürftest du nicht allzu traurig sein, habe ich recht?"

„Nun, es ist sicherlich nicht gerade angenehm, ständig die ehemalige Geliebte des eigenen Ehegatten vor Augen und im eigenen Haushalt zu haben, aber sei gewiss, ich hätte euch schon im Auge behalten!" Sie versuchte, ernst zu bleiben, aber als Raban sie eindringlich ansah, musste sie lachen.

„Oha, Alekto, die furchteinflößende, moralische Vergehen rächende Göttin hat ein Auge auf mich!"

„Ja, und hüte dich auch vor Megaira. Die Eifersüchtige ist auch eine der Erinnyen. Sie sind also quasi beide mit mir verwandt!" Sie zog scherzhaft an seinem Ohr und so verging der Weg bis zum Hause der Waldners mit scherzhaften Tändeleien wie im Flug.

Als sie schließlich vor dem schlichten Haus standen, in dem Beata und ihr Gemahl wohnten, und das Rabans Meinung nach nicht der Stellung entsprach, die Beata aufgrund ihres Vermögens zustand, atmeten beide noch einmal durch. Was führte Rafael im Schilde? Dass er wirklich Frieden schließen wollte, glaubte Raban nicht. Selbst Beata hatte deutlich zu verstehen gegeben, dass sie Rafaels Beteuerung, sich entschuldigen zu wollen, nicht glaubte! Und das war eine selten eigenständige Meinung, die Beata da kundtat. Leider hatte die Ehe mit diesem Mann sie sehr verändert. Während sie ihn am Anfang anhimmelte und offensichtlich sehr in ihn verliebt war, war sie im Laufe der Beziehung immer stiller und zurückhaltender geworden. Es schien so, als würde die Last dieser Ehe ihr jeden Tag etwas mehr Lebensmut rauben.

„Wir sind zu früh!", sagte Melissa als der Nachtwächter gerade die siebte Stunde ausrief, und zog sich unbehaglich den Umhang enger um ihren Körper.

„Ich weiß, süße Melissa, aber genau das ist meine Absicht. Ich möchte dich in Ruhe als meine zukünftige

Gemahlin vorstellen, und auch für dich ist es wahrscheinlich angenehmer, wenn wir die Ersten sind und nicht erst hinzukommen, wenn schon alle anderen da sind."

„Bereit?", fragte er und küsste sie auf die Nasenspitze.

„Bereit!"

Aufmunternd nahm er ihre Hand in seine und betätigte den schweren Türklopfer. Als geraume Zeit nichts geschah, schlug er den schweren Eisenring in Form eines Katzenkopfes erneut auf das harte Holz, diesmal nachdrücklicher. Als auch daraufhin niemand die Tür öffnete, sagte Melissa unbehaglich: „Lass uns noch eine kleine Weile umhergehen und dann wiederkommen, Raban. Wir sind viel zu früh!"

„Nein, Mel, hier stimmt etwas nicht!" Er sah sich schon nach einer Möglichkeit um, auf anderem Wege in das Haus zu gelangen.

„Wenn man ein Abendmahl mit Gästen plant, dann ist man zuhause! Soviel zu früh sind wir nun auch wieder nicht! Beata wird sich ankleiden und herausputzen und auch wenn mein Schwager noch nicht da sein sollte, weil er noch irgendwo geschäftlich zu tun hat, dann muss doch wenigstens die Köchin oder anderes Personal da sein!" Er zog sie hinter sich her um das Gebäude herum und blieb vor einer morschen Holztür stehen. Sie war nicht verschlossen, wie Raban nach einem kurzen Blick auf den Riegel feststellte, aber offenbar war sie längere Zeit nicht geöffnet worden, so dass sie sich vollkommen verzogen hatte. Kurz hielt er inne und sah sich um, aber als niemand zu sehen war, warf er sich mit der Schulter dagegen. So marode die Tür allerdings auch aussah, sie ächzte nur in den Scharnieren, öffnete sich aber nicht. Er versuchte es noch ein-, zweimal, dann hatte das Holz seinem wütenden Ansturm nichts mehr entgegenzusetzen und brach aus der Wandhalterung.

„Raban, was tust du da? Wenn uns jemand beobachtet!", flüsterte Melissa beklommen, aber Raban stand schon in einem kleinen, ungepflegten Hinterhof und sah sich suchend um. Dann ging er zielstrebig auf eine solide aussehende Tür zu, die offenbar den Hintereingang darstellte und rüttelte daran. Auch diese Tür war verschlossen, aber Raban tastete vorsichtig mit seinen Fingern die unebenen Mauervorsprünge und Nischen ab, die die unverputzte Rückseite des Hauses zierten.

„Was machst du da? Die Tür ist verschlossen, lass uns von hier verschwinden, bevor uns noch jemand sieht!", wisperte sie ängstlich. Da er aber keine Anstalten machte, sich von seinem Vorhaben abbringen zu lassen, seufzte sie und versuchte, ihr ungutes Gefühl zu unterdrücken. Dann zog Raban plötzlich mit einem triumphierenden Knurren einen Schlüssel aus einem kleinen Hohlraum, der sorgsam mit Moos ausgestopft war, so dass er dem flüchtigen Betrachter gar nicht aufgefallen wäre.

„Raban!"

„Beata hat mir einmal erzählt, dass ihr Gemahl Wert darauf legt, hier immer einen Schlüssel vorzufinden, für den nicht seltenen Fall, dass er nach einer durchzechten Nacht im Hu...äh, also, wenn er mal ungesehen in sein Haus gelangen will.", erklärte er, während er den Schlüssel in das Schloss steckte und die Tür öffnete. Als auch hier kein Laut zu vernehmen war, gingen sie langsam durch den dunklen Flur und landeten in der Küche, wo vorbereitete Platten auf einem nicht ganz sauberen Gesindetisch standen, aber von der Köchin jede Spur fehlte.

„Siehst du, was ich meine? So sieht es doch in keinem Haus aus, wenn man Gäste erwartet!"

Ein unterdrücktes Keuchen und ein Schrei drangen plötzlich durch die Stille, dann war es wieder still. Sie lauschten angestrengt und glaubten fast schon, sie hätten sich die Geräusche nur eingebildet, aber dann erklang ein lautes Poltern, so als ob jemand gestürzt wäre und dabei etwas umgerissen hätte.

„Du bleibst hier, Mel! Rühr dich nicht vom Fleck!"

Raban durchquerte die kleine Halle, die sich an die Küche anschloss und nahm immer zwei Stufen auf einmal auf der Treppe, die ins Obergeschoss führte. Melissa hatte keine Lust, hier unten in der verlassenen Küche zu warten und darüber hinaus hatte sie auch Angst so alleine in diesem merkwürdigen Haus, also folgte sie Raban leise. Oben auf dem Treppenabsatz angekommen sah sie, wie Raban eine Tür aufriss, in den Raum hinein spähte, nur um sich dann einer anderen Tür zuzuwenden. Als er diese öffnete, verharrte er einen Wimpernschlag, dann stürzte er sich mit einem wutverzerrten Schrei hinein.

Der Fausthieb, der den überraschten Rafael traf, war

mit einer solchen Härte und Präzision ausgeführt, dass
dieser wie ein gefällter Baum zu Boden sank. Kurz
schwanden ihm die Sinne, bevor er kopfschüttelnd und
mit rasendem Gebrüll wieder auf die Füße kam.
Was machte dieser gottverdammte Hurensohn hier in
seinem Haus, in seinem Schlafgemach?
In blinder Wut stürzte er sich auf Raban und eine wilde
Schlägerei entbrannte, in deren Verlauf beide eine
ganze Reihe von Schlägen einstecken mussten. Entsetzt
beobachtete Melissa, wie Raban den um einen guten
Kopf kleineren Rafael erneut mit einem mächtigen
Hieb zu Boden schickte und erst jetzt sah sie die
zusammengekrümmte, blutüberströmte Gestalt am
Boden liegen. Himmel, das musste Beata sein! Bevor sie
sich weitere Gedanken machen konnte, sah sie, wie
Rafael mühsam schwankend wieder auf die Beine kam.
In seiner Hand hatte er plötzlich ein blitzendes Messer.
„Ich bring dich um, du Bastard! In deinem Blut sollst
du verrecken, so wie deine Schwester, diese
nichtsnutzige Metze!" Damit holte er aus und
schleuderte den todbringenden Dolch in Richtung
Raban. Offenbar hatte er erkannt, dass er im Kampf
Mann gegen Mann gegen seinen muskulösen und
durchtrainierten Schwager auf Dauer keine Chance
haben würde.
Als sich der Dolch mit erschreckender Präzision in
Rabans Fleisch bohrte, starrte er ungläubig auf den sich
rasch ausbreitenden Blutfleck, der sich rund um die
Klinge bildete, bevor er stöhnend zusammenbrach.
Melissa schrie entsetzt auf und schlug sich die Hand

vor den Mund. Rafael hielt in seiner Bewegung inne und drehte sich zu ihr um. Für einen Wimpernschlag lang las sie Erstaunen in seinen Augen aufblitzen. Dann hatte er sich von seiner Überraschung erholt und als er auf sie zukam, ließ sein Blick keinen Zweifel darüber aufkommen, dass er keine Zeugin am Leben lassen würde. Kurz konnte Melissa hinter Rafael Raban auf dem Boden liegen sehen, dann verschwand der Anblick hinter ihrem Angreifer. Sie sah Rafaels massige Gestalt auf sich zukommen und wunderte sich noch, wie er diesen fürchterlichen Schrei, in dem alle Pein und alle Wut dieser Welt zu liegen schien, ausstoßen konnte, wo doch seine Lippen fest zusammengepresst waren. Unvermittelt stolperte er gegen sie, riss sie mit sich und begrub sie schließlich unter sich, so dass sie hart mit dem Kopf auf dem Boden aufschlug. Und dann umgab sie nur noch eine undurchdringliche, herrlich tröstliche, rabenschwarze Dunkelheit!

***

Remigius von Werder unterschrieb noch schnell ein paar Papiere und legte sie dann in eine abgegriffene Lederhülle. Es war ein Todesurteil dabei, das bedauerlicherweise nicht mehr vollstreckt werden musste, weil der Delinquent bereits tot war. Allerdings waren seine Taten so abscheulich gewesen, dass der Rat zusammen mit dem Hohen Blutgericht beschlossen hatte, ihn posthum noch zum Tode durch das Rädern zu verurteilen. Zuvor würde man den nackten Körper des Mannes auf einer Kuhhaut durch die Stadt zum Richtplatz vor dem Westentor schleifen, wo er dann auf ein Rad geflochten und öffentlich zur Schau gestellt werden sollte, bis die Raben oder der natürliche Verwesungsprozess nur noch die blanken Knochen übrig gelassen hatten. Im Grunde war Remigius ein eher nüchterner Mensch, das öffentliche Richten diente der Bestrafung begangener Verbrechen und war als solches unabdingbar, und die oftmals grausamen Arten, jemanden vom Leben zum Tode zu bringen, dienten nur der Abschreckung des Pöbels. Aber in diesem besonderen Fall bedauerte der Richter es doch sehr, dass der Delinquent bereits den Weg in das hoffentlich verzehrende, ewige Höllenfeuer angetreten hatte, ohne durch die irdischen Qualen gehen zu müssen, die seinen Taten eigentlich verdient hätten. Er seufzte in Gedanken an das soeben unterzeichnete Urteil und rief den Büttel herein, der vor seiner Tür Wache stand. Die Vollstreckung des Urteils war bereits für den folgenden Tag anberaumt, da der Tod des Mannes schon einige Tage zurücklag und der Verwesungsprozess bereits eingesetzt hatte. Wollte man also verhindern, dass der Körper zerfiel, bevor man ihn aufs Rad geflochten hatte, war schnelles Handeln angesagt. Remigius gab dem Büttel genaue Anweisungen, wie mit dem Toten zu verfahren war, der am morgigen Tage unter dem Gejohle einer sensationslüsternen Menge seinen letzten Weg antreten würde. Ganz sicher würden die Dortmunder Bürger sich dieses Schauspiel nicht entgehen lassen, denn während seiner gesamten Zeit als Freigraf hatte er noch nie einen Toten hinrichten lassen, was darauf schließen ließ, dass es sich bei dessen Taten um besonders grausame, verabscheuungswürdige Vergehen handeln musste.

Als er den Büttel schließlich mit einem zufriedenen Kopfnicken entlassen hatte, nahm er seinen Umhang vom Haken und machte sich auf den Weg zu einem Krankenbesuch. Genau genommen hatte er zwei Krankenbesuche zu machen, aber der erste lag ihm doch mehr am Herzen, denn er galt einem Mann, dem man übel mitgespielt hatte und mit dem ihn wahrscheinlich mehr verband, als man gemeinhin vermuten würde.

***

„Kommt doch bitte herein, Herr von Werder, und entschuldigt, dass ich mich nicht erhebe, um Euch zu begrüßen!" Raban war zwar noch blass um die Nase, hatte aber offensichtlich seinen Humor schon fast wiedererlangt. Er deute auf seinen Verband, der die klaffende Wunde etwas oberhalb seiner linken Achsel bedeckte und versuchte ein Grinsen.

„Wer hätte gedacht, dass ein einfacher Kaufmann mit derart harten Muskeln ausgestattet ist, dass sie sogar Messer ablenken?!"

Mit einem ziemlich undamenhaften Schnauben stand Melissa auf und begrüßte den Richter ebenfalls.

„Lasst Euch nicht in die Irre führen, Herr von Werder! Von *ablenken* kann keine Rede sein! Der Dolch steckte tief in seiner Schulter! Der Medicus meinte, Raban hätte großes Glück gehabt, dass keine wichtigen Blutgefäße verletzt wurden und auch der Muskel nicht dauerhaft geschädigt sein wird." Sie nahm zwei Becher von dem Tablett, das Ursel heraufgebracht hatte und reichte einen davon dem Richter. Dann ging sie ums Bett herum und drückte Raban den anderen in die rechte Hand, während der linke Arm wie gelähmt auf der Bettdecke lag.

„Es ist nämlich so, ehrenwerter Herr Richter, dass der tapfere Kriegsgott Ares hier im Augenblick nur seinen rechten Arm bewegen kann!" Der Gedanke daran, was er allerdings alles mit dem rechten Arm zu bewerkstelligen wusste, trieb ihr eine schamhafte Röte ins Gesicht, so dass sie sich schnell umdrehte, damit niemand sah, was sie gerade dachte. Aber Raban hatte sie durchschaut und wandte sich mit einem hinterlistigen Lächeln an den Freigrafen.

„Oh, da hat meine zukünftige Gemahlin ganz recht. Die Beweglichkeit des linken Armes lässt zur Zeit etwas zu wünschen übrig, aber ich kann das in allen Belangen gut mit dem rechten Arm ausgleichen! Natürlich nur, wenn meine zukünftige Gemahlin mir dabei etwas entgegen kommt!"

„Abaddon!", zischte Melissa und der Richter sah etwas irritiert von einem zum anderen. Dann räusperte er sich.

„Und wie geht es Euch, Jungfer Melissa? Ihr habt einen ganz schönen Schlag auf den Hinterkopf abbekommen, als dieser Hur...Herr Waldner auf Euch fiel! Der Medicus sagte, Ihr wärt einige Zeit ohne Bewusstsein gewesen und hättet eine ordentliche Beule davon getragen."

„Oh, danke, Herr von Werder, es geht mir schon wieder ganz gut. Aber in der Tat hatte ich einige Tage lang unter ziemlich starken Kopfschmerzen und Übelkeit zu leiden. Und darunter, dass ich Euch leider keine hilfreichen Angaben zu den Geschehnissen an diesem Abend machen konnte."

„Macht Euch darüber keine Gedanken, Melissa. Frau Waldner konnte noch eine recht aufschlussreiche Aussage machen, bevor auch sie erst einmal durch einen Schlaftrunk ruhig gestellt wurde. Der Medicus war der Ansicht, das sei in der Verfassung, in der Frau Waldner war, das Beste für ihre Genesung. Und dabei meinte er weniger die körperlichen Verletzungen, die sie davongetragen hat!"

Einmal mehr ließ Raban ein wütendes Knurren vernehmen, das erkennen ließ, wie sehr ihn die Aussage seiner Schwester mitgenommen hatte. Man hatte Beata zwar schwer-, aber nicht lebensgefährlich verletzt aufgefunden. Ein Nachbar der Waldners hatte zufällig beobachtet, wie Raban und Melissa sich Zutritt zu dem Haus verschafft hatten und daraufhin die Stadtwache alarmiert. In dem Glauben, ein diebisches Pärchen bei einem Einbruch zu überraschen, waren daraufhin zwei Büttel in das Haus gestürmt und hatten Raban, Rafael und die beiden Frauen schwer verletzt vorgefunden. Während Raban und Beata jeweils mehr oder weniger tiefe Stichwunden erlitten hatten, war Melissa bis auf die Prellung am Hinterkopf unverletzt. Rafael dagegen hatte einen Dolch im Rücken stecken, der seine Lunge getroffen hatte, so dass jede Hilfe zu spät kam und er noch vor Ort verstorben war. Sehr zu Melissas Verwunderung hatte sie später von dem Richter erfahren, dass nicht etwa Raban, sondern Beata das Messer geworfen hatte. Offenbar hatte sie mit letzter Kraft und einer fast unmenschlichen Anstrengung zunächst den Dolch aus Rabans Schulter gezogen und ihn dann mit der ganzen Verzweiflung und aufgestauten Wut, die sie schon viele Jahre in sich trug, auf ihren Gemahl geworfen. Den eintreffenden Wachen konnte sie dann noch schildern, wie es dazu gekommen war, dass es einen Toten und drei verletzte Personen zu beklagen gab, bevor auch sie das Bewusstsein verloren hatte. Erst einige Zeit später, als der Medicus ihre Wunden versorgt und ihr mit einer gehörigen Portion Mohnsaft die schlimmsten Schmerzen genommen hatte, war sie in der Lage gewesen, das Martyrium zu schildern, das sie in ihrer Ehe erlitten hatte. Von Anfang an hatte Rafael seine perversen Gelüste an ihr befriedigt, allerdings war er immer darauf bedacht gewesen, dass ihre Verletzungen nicht für andere sichtbar waren. Recht schnell hatte sie dann aber das Gefühl, dass ihm die ehelichen Züchtigungen, nicht mehr ausreichten, weil sie dazu übergegangen war, sich aus purem Selbstschutz nicht mehr gegen seine Gewalttätigkeiten zu wehren. Oft war er daraufhin nächtelang nicht nach Hause gekommen und Beata hatte nicht viel Phantasie gebraucht, um sich vorzustellen, wo und mit wem er diese Nächte verbrachte. Aber so sehr sie auch mit den Huren fühlte, so froh war sie auch, dass ihr seine Quälereien immer mehr erspart blieben. An dem Abend allerdings, der für sie alle so schrecklich endete, hatte Rafael sie zunächst geschlagen, sie dann an den Bettpfosten gefesselt und ihr in aller Ausführlichkeit erzählt, wie er Gerlind und Brida getötet und Mairie geschändet hatte, bevor er auch sie umbrachte. Und als seine Schilderungen endlich diesen Ausdruck echten Entsetzens und purer Todesangst in ihren Augen hervorgerufen hatten, da hatte er sie losgebunden und war mit schier unermesslicher Grausamkeit über sie hergefallen und hatte sie mehrfach vergewaltigt, bis er dann letztlich zu dem Dolch gegriffen und wie wahnsinnig auf sie eingestochen hatte.

„Ich habe gerade das Todesurteil unterzeichnet.", unterbrach der Richter die Stille, in der alle nochmal die Ereignisse dieser Nacht durchlebt hatten.

„Das Todesurteil? Aber ich dachte...", irritiert runzelte Melissa die Stirn.

„Auch ich muss gestehen, dass es in meiner Amtszeit das erste Mal ist, dass wir jemandem zum Tode verurteilen, der bereits tot ist. Aber so widersinnig das auch klingen mag, so soll doch mit diesem Urteil den Hinterbliebenen der Opfer und auch dem allgemeinen Interesse nachträglich noch Gerechtigkeit widerfahren, die ansonsten vergeblich auf Sühne hoffen müssten. Wisst Ihr, es gibt Verbrechen, da will sich die Obrigkeit nicht allein darauf verlassen, dass das Fegefeuer heiß und lange genug brennt!" Er wandte sich an Raban. „Es ist wohl überflüssig zu erwähnen, dass Ihr vollständig rehabilitiert seid und sowohl von Stund an wieder über Euer Vermögen verfügen, als auch die Stadt wieder verlassen dürft! Ein wenig hadere ich mit Herrn Waldners vorzeitigem Tod, weil ich doch gern aus ihm herausgekitzelt hätte, warum er Euch unbedingt an den Galgen bringen wollte, denn außer von sich abzulenken, sehe ich kein wirkliches Motiv. Und wenn das auch ein sehr starkes Motiv ist, bleiben doch einige Fragen unbeantwortet. Aber manchmal muss auch ein Blutrichter einsehen, dass einige Bösewichte ihre Geheimnisse und Motive mit ins Grab nehmen!"

„Ich für meinen Teil bin jedenfalls froh, dass mein Schwager für das bezahlt hat, was er meiner Schwester und vermutlich auch vielen anderen Frauen angetan hat. Da kann er das Geheimnis um sein Motiv gerne mit ins Fegefeuer nehmen und daran ersticken!" Raban wollte mit den Schultern zucken, merkte aber im gleichen Augenblick, dass das keine gute Idee war.

„Aber im Augenblick liegt mir sowieso mehr daran, meine Vermählung mit dieser holden Jungfer voranzutreiben, zu der ich Euch hiermit schon einmal herzlich einlade, Herr von Werder!"

„Nehmt Euch mit Einladungen, die Ihr nur aus Höflichkeit aussprecht, in Acht, Raban! Ich nehme sie nämlich an!"

„Haltet Ihr mich für einen Mann, der so etwas tut? Ich bin nicht gerade dafür bekannt, dass ich in diesen Dingen Wert auf die Konventionen lege!"

In stillem Verständnis sahen der Freigraf und Raban sich an, und beide wussten, dass das der Auftakt einer ganz besonderen Freundschaft sein würde!

***

„Raban, bist du sicher, dass du schon aufstehen kannst?" Besorgt sah Melissa, wie er sich vorsichtig das Wams überzog und sie bat, ihm in den Umhang zu helfen.

„Süße, besorgte Aphrodite! Ich kann nicht den Rest meines Lebens im Bett verbringen, auch wenn ich zugeben muss, dass der Gedanke an deine weiche Haut und deinen Mund auf meinem Körper..." Mit Mühe und unter Schmerzen gelang es ihm, dem Kissen auszuweichen, das Melissa nach ihm warf.

„Ein Wort noch und du stehst alleine vor dem Altar, Abaddon!"

„Du würdest mich tatsächlich der Schmach aussetzen,

mich sitzen zu lassen?" Erstaunlich geschickt für seine Verletzung zog er sie mit seinem rechten Arm zu sich heran und küsste sie leidenschaftlich. Er wurde nie müde, den Duft ihrer Haare zu riechen, die verführerische Süße ihrer Lippen zu schmecken und ihre weiche Haut zu liebkosen. Aber leider musste er letzteres auf die kommende Nacht verschieben, denn der Richter hatte ihm einen Büttel mit der Bitte geschickt, ihn möglichst unverzüglich aufzusuchen. Und danach wollte er noch bei Beata vorbeischauen, die zumindest körperlich auf dem Wege der Besserung war. Raban machte sich immer noch schwere Vorwürfe, weil er so lange nichts von ihrem Martyrium bemerkt hatte. Dass sie mit der Zeit eine wahre Meisterin des Verstellens geworden war, wollte er nicht als Entschuldigung für sich gelten lassen. Er hatte sie von klein auf an gekannt, immerhin waren sie zusammen aufgewachsen, und er hätte an vielen Kleinigkeiten erkennen müssen, wie sehr sie litt.

„Nun, würdest du wirklich freiwillig auf das verzichten?", fragte er atemlos, als er sich widerwillig von ihr löste.

„Ich habe ein wenig bei Hesiod nachgelesen. Und da stand doch wahrhaftig, dass Aphrodite ein Männer verschlingendes Weib war, dass außer ihrem Gemahl vornehmlich junge Männer..."

„Schweig still, Sirene!" Er küsste sie erneut.

„Was, meinst du, kann der Richter von dir wollen?", fragte sie atemlos, als Raban sie endlich freigab.

„Ich denke, es hat mit Beata zu tun. Seit Rafaels Tod bin

ich ihr einziger Verwandter und damit ihr Vormund. Sie hat darum gebeten, ins Kloster eintreten zu können, aber da der Bastard, den sie geheiratet hat, fast ihr gesamtes Vermögen durchgebracht hat, muss ich mich offiziell damit einverstanden erklären und ihr die Summe zur Verfügung stellen, die ihre Aufnahme in den Konvent voraussetzt. Und dazu müssen noch Urkunden unterschrieben werden, damit alles auch rechtlich verbindlich wird."

„Und dafür ist der Freigraf des Hohen Blutgerichts zuständig?" Melissa hatte erhebliche Zweifel, dass das der Grund sein könnte, warum der Richter Raban so unverzüglich sehen wollte.

„Ich denke, er fühlt sich uns ein wenig verpflichtet, aber vielleicht gibt es auch einen ganz anderen Grund, warum er mich sehen will." Er ging zur Tür und strich ihr noch einmal sanft mit dem Finger über die Wange. „Aber was es auch sein mag, dass ihn veranlasst, diese Dringlichkeit anzuberaumen, du musst dir keine Sorgen mehr machen! Es ist vorbei, süße, liebliche Mel! Der mir Böses wollte, ist aufs Rad geflochten und dient den Raben als Fraß!" Er grinste ob der Doppeldeutigkeit dieser Bemerkung, denn er selbst, Raban, der Rabe, hätte diesem Hurensohn am liebsten eigenhändig die Augen ausgepickt und auch andere Körperteile verstümmelt!

„Ja, ich bin froh, dass wir jetzt unsere Ruhe haben. Bis vor einigen Wochen habe ich gar nicht gewusst, wie grauenvoll, aber auch schön das Leben sein kann. Ich möchte das Grauen vergessen, Raban, und nur noch das Schöne genießen!"

„Wenn jemand es verdient hat, dann du, liebste Mel!"

Damit wandte er sich um und ging hinaus.

Aber noch bevor ihn die wogende Menge der Menschen, die um diese Zeit zum Markt drängten, mit sich reißen konnte, hörte er, wie jemand seinen Namen rief.

„Raban, warte, wo willst du hin?"

Als er sich umdrehte, erkannte er seinen Freund Jerg in der Menge.

„Jerg, was machst du denn hier?"

„Ich dachte, wenn du mich schon vergisst, weil du nur noch Augen für deine schöne Verlobte hast, dann muss ich mich bei dir wohl mal durch einen Besuch in Erinnerung bringen." Freundschaftlich schlug Jerg seinem Freund auf die Schulter. Leider traf es zu Rabans Leidwesen die verletzte Linke. Stöhnend ging er ein wenig in die Knie, was Jerg mit einem Stirnrunzeln quittierte.

„Das ist grundsätzlich sehr zu begrüßen, alter Freund, nur jetzt gerade habe ich leider keine Zeit! Ich muss zum Richthaus. Was hältst du davon, wenn du mich ein Stück begleitest, dann kann ich dir erzählen, warum deine freundschaftliche Begrüßung bei mir im Moment auf wenig Begeisterung stößt! Und da Melissa ganz alleine mit Benni ist, werde ich das Risiko nicht eingehen und dich herein bitten. Ich habe nicht gerne Konkurrenz, wenn es um die Frau geht, die ich liebe!"

Grinsend stieß er Jerg vor die Brust, was dieser allerdings nur mit einem düsteren Blick quittierte.

Irritiert, weil der Freund offensichtlich den Spaß nicht verstanden hatte, oder nicht verstehen wollte, wartete Raban darauf, ob Jerg sein Angebot, ihn zu begleiten, annehmen würde.

„Erzähl!", sagte der und folgte Raban durch die Menge zum Richthaus. Die Strecke reichte gerade aus, um Jerg eine kurze Zusammenfassung des Geschehens zu liefern. Kaum hatten als sie das Richthaus erreicht, verabschiedete Jerg sich hastig. Zusammen mit der ungewohnten Schweigsamkeit und der düsteren Miene, die Jerg den ganzen Weg über an den Tag gelegt hatte, lag die Vermutung nahe, dass diesem eine ziemlich große Laus über die Leber gelaufen sein musste. Welcher Gestalt diese Laus war, das nahm Raban sich vor, würde er schon noch aus ihm herauskitzeln. Entweder nahm Jerg es ihm übel, dass er ihn nicht eher über die Ereignisse informiert hatte, obwohl er sich in dieser Sache doch sehr für ihn eingesetzt hatte. Oder er war in der Tat ein wenig neidisch auf ihn, weil er sein Glück mit Melissa so offen zur Schau trug.

Aber vornehmlich galt es erst einmal herauszufinden, was der Richter so dringendes mit ihm zu besprechen hatte.

***

„Herr von Arnstetten! Raban ist nicht zuhause, aber…"

„Ich weiß, Jungfer Melissa. Ich traf ihn gerade auf dem Weg zum Richthaus. Er bat mich, hier auf ihn zu warten." Ohne Melissas Einladung abzuwarten, schob er sich an ihr vorbei und sah sich um.

„Äh, dann kommt doch bitte herein.", sagte sie überflüssigerweise, denn er stand ja bereits in der Halle.

„Kann ich Euch etwas anbieten? Vielleicht ein wenig Käse und Brot? Dazu einen Becher Wein?" Dabei deutete sie auf Rabans Kontor, in dem er üblicherweise Geschäftskunden und andere Besucher empfing.

„Macht Euch keine Umstände, Melissa. Ein Becher Wein reicht vollkommen. Aber ich würde mich freuen, wenn Ihr mir etwas Gesellschaft leisten würdet. Dann könnten wir uns etwas unterhalten. Ihr werdet doch in Kürze meinen Freund heiraten, da sollten wir uns schon vorher etwas näher kennenlernen!" Irgendetwas in seinem Tonfall ließ sie aufhorchen, aber gleich darauf rief sie sich selbst zur Ordnung. Wahrscheinlich war sie nur etwas überspannt, was im Hinblick auf die Ereignisse der letzten Tage auch nicht ungewöhnlich war. Seit dem Vorfall in Rafaels Haus war sie übervorsichtig, sah sich ständig um, wenn sie dann doch einmal das Haus verließ, und wollte Benni am liebsten gar nicht mehr aus den Augen lassen, aus

Angst, ihm könnte etwas passieren.

Sie öffnete die Tür zum Kontor, bedeutete Jerg, einzutreten und machte sich dann auf den Weg in die Küche, um einen Krug Wein und zwei Becher zu besorgen. Als sie Benni oben an der Treppe stehen und neugierig in die Halle spähen sah, scheuchte sie ihn mit einer wedelnden Handbewegung weg. Nach der Strafpredigt, die ihm seine Schwester, die Erinnye, gehalten hatte, nachdem er ohne anzuklopfen in Rabans Kontor gestürmt war, hielt er es für besser, ohne weiteres Aufsehen wieder in seiner Kammer zu verschwinden, wo immerhin Leo und Fanti auf ihn warteten.

Als Melissa mit dem Krug Wein und den beiden Bechern in Rabans Kontor trat, hatte Jerg es sich bereits bequem gemacht und lässig die Beine übereinander geschlagen. Er stand nicht auf, um Melissa den Krug oder die Becher abzunehmen, so dass sie Mühe hatte, alles auf den Tisch zu stellen, ohne etwas zu verschütten. Dabei ließ er sie nicht aus den Augen, was sie verunsicherte. Nachdem sie beide Becher gefüllt und Jerg einen gereicht hatte, sagte er: „Ich frage mich wirklich, was Ihr an Euch habt, dass Raban sich Hals über Kopf in Euch verliebt hat."

„Äh, wie bitte?" Irritiert sah Melissa ihr Gegenüber an. Sie war ganz sicher keine Frau, die es darauf anlegte, Komplimente zu bekommen, aber eine derart unverblümte Anspielung auf ihre in seinen Augen nicht vorhandenen Vorzüge ärgerte sie dann doch über die Maßen.

„Hat er Euch von seiner ersten Frau erzählt?"

„Ja, sie hieß Isabel, nicht wahr?"

„Ja, so hieß sie. Und sie war eine Frau, die es nicht verdient hatte, so von ihm behandelt zu werden."

Nun wurde es Melissa doch unbehaglich zumute. Sie hatte keine Lust, mit ihm über die verstorbene Frau ihres zukünftigen Gemahls zu reden.

„Und wisst Ihr auch von Affra?" Er beugte sich vor sah sie durchdringend an.

Melissa hatte Mühe, ihren Ärger zu unterdrücken. Sie in ihrem zukünftigen Zuhause offen auf die Liebschaften ihres Verlobten anzusprechen war nicht nur schlichtweg unverschämt, sondern auch verletzend. Sie umklammerte ihren Becher so fest, dass ihre Fingerknöchel weiß hervortraten und nahm einen Schluck Wein, bevor sie ruhig sagte: „Was wollt Ihr, Herr von Arnstetten? Raban würde nicht dulden, dass Ihr so mit mir und über ihn sprecht. Ich schlage vor, Ihr besinnt Euch auf Eure gute Erziehung oder geht, bevor mein zukünftiger Gemahl nach Hause kommt und Euch rauswirft!"

Er lehnte sich wieder in seinem Sessel zurück, bevor er sie kalt anlächelte.

„Gut, wenn es Euch so verletzt und aufwühlt, zu hören, wie der Mann, dem Ihr bald Euer Jawort geben wollt, mit Frauen umgeht, dann lassen wir die Vergangenheit vorerst ruhen. Ich wollte Euch nur warnen. Raban hat Isabel getötet. Er ist kalt und berechnend, wenn es um seine Interessen geht. Und er geht über Leichen!"

„Raban hat Isabel nicht getötet." Sie sagte das so ruhig und bestimmt, dass Jerg plötzlich aufsprang und mit der Faust auf die Tischplatte hämmerte.

„Was wisst Ihr schon, Melissa! Er *hat* sie getötet! Vielleicht nicht mit seinen Händen, aber mit seinem *Verhalten!*" Er atmete einmal tief durch, fuhr sich durch die Haare und packte Melissa unvermittelt grob am Arm. Dann sah er sich suchend um, riss schließlich ein Stück von einem Pergament ab, das auf Rabans Schreibtisch lag und kritzelte etwas darauf. Die ganze Zeit über hatte er Melissa nicht losgelassen und ihre Bemühungen, sich von ihm loszureißen, waren an der unerbittlichen Kraft gescheitert, mit der er ihrem Arm umklammert hielt.

„Vielleicht habt Ihr recht, Melissa. Ich sollte wirklich gehen, bevor er heimkommt. Aber...ganz sicher gehe ich nicht alleine!" Er blieb mit ihr in der Halle stehen und sah sie kalt an.

„Und jetzt ruf deinen Bruder, diesen kleinen Bastard!"

***

„Das kann nicht sein, Remigius. Ihr müsst Euch irren!" Raban war leichenblass geworden. Schwer atmend stützte er seinen Kopf in die rechte Hand und versuchte, die Gedanken zu ordnen, die wie versprengte Mosaikteilchen darin herumschwirrten.

276

„Ich fürchte, die Indizien, die ich zusammengetragen habe, lassen keinen anderen Schluss zu, Raban. Ich kann nicht genau sagen, warum ich daran zweifelte, dass Rafael derjenige gewesen war, der Euch die Morde anlasten wollte. Natürlich hatte auch er ein großes Interesse daran, jeden Verdacht von sich auf einen anderen zu lenken, aber da war zunächst die Sache mit Eurem Knopf, den man am Tatort gefunden hatte. Ich wusste lange Zeit nicht, warum mich dieser Umstand irritierte. Ich sah mir die Verhörprotokolle und die Zeugenaussagen an, die mein Schreiber damals angefertigt hatte, und da kam ich drauf. Ich befragte daraufhin nochmal einen der Büttel, die damals die Leichen und den Tatort untersucht hatten, aber er konnte sich an keinen Knopf erinnern. Das bestätigte auch der zweite Büttel."

„Aber Jerg von Arnstetten hat mir und Euch den Knopf quasi als Beweis für meine Anwesenheit am Tatort präsentiert.", sagte Raban tonlos und wollte immer noch nicht die Konsequenz dieser Entdeckung einsehen.

„Aber wie soll er denn an diesen Knopf gekommen sein?"

„Und wie sollte Rafael Waldner an diesen Knopf gekommen sein? War er in letzter Zeit bei Euch zu Gast? Oder Eure Schwester?" Noch bevor Raban darauf antworten konnte, fuhr der Richter fort.

„Ihr braucht nicht zu antworten, es gibt noch mehr, das Ihr wissen solltet." Der Richter wusste genau, dass die nächste Eröffnung Raban schwer treffen würde.

„Ich habe daraufhin auch noch einmal mit Gerwin gesprochen, dem Büttel, der Jerg von Arnstetten zur Kate Eurer alten Kinderfrau begleitet hat, um sie abzuholen." Er machte eine kurze Pause, weil er nicht wusste, wie er die nächsten Worte wählen sollte.

„Er erinnerte sich an eine merkwürdige Sache, der er aber in dem Augenblick keine Bedeutung beimaß." Raban sah den Richter fragend an und in seinen Augen stand unvorstellbarer Schmerz und flackernde Wut, weil er ahnte, was Remigius ihm gleich eröffnen würde.

„Gerwin erinnerte sich, dass er außergewöhnlich tief geschlafen hatte, nachdem die beiden ihr Nachtlager aufgeschlagen hatten. Zuvor hatte Euer Freund ihm seinen Weinschlauch überlassen..."

„Er war betrunken?"

„Eher weniger. Gerwin ist stolz darauf, dass er eine ganze Menge Bier und Wein verträgt, bevor er die Wirkung spürt."

„Wollt Ihr damit sagen..."

„Gerwin erinnerte sich auch, dass Euer Freund am Morgen, als sie schließlich weiter ritten, leicht nach Rauch roch und nicht nur sein Wams an einer Stelle leicht angesenkt war, sondern er auch eine Brandwunde an einer Hand hatte. Herr von Arnstetten erklärte daraufhin, er hätte sich am Lagerfeuer verbrannt."

„Aber das glaubt Ihr nicht.", sagte Raban tonlos und ballte die Fäuste.

„Glaubt *Ihr* das?"

Raban wusste nicht mehr, was er glauben sollte. Ihm fehlte ein Grund, warum Jerg ihn derart hassen sollte, dass er ihn am Galgen sehen wollte. Sie waren Freunde, seit vielen Jahren schon verband sie mehr als die Geschäfte, über die sie sich kennengelernt hatten. Es hatte nur eine kurze Zeit gegeben, da ihre Freundschaft auf die Probe gestellt wurde, und das war die Zeit gewesen, in der Raban mit Isabel verheiratet gewesen war. Nach ihrem Tod hatte Jerg ihm Vorwürfe gemacht, er hätte sich nicht genug um sie gekümmert. Aber schließlich hatten sich die Wogen wieder geglättet und die kurze Verstimmung hatte ihrer Freundschaft nichts anhaben können.

„Ich weiß nicht mehr, was ich glauben soll.", fasste Raban seine Gedanken in Worte.

„Ich habe Herrn von Arnstetten für morgen in meine Amtsstube einbestellt. Ich werde ihn hierzu befragen, aber ich wollte, dass Ihr vorab von meinem Verdacht erfahrt. Ich wollte Euch nicht übergehen."

„Ihr habt ihn einbestellt? Seit wann wusste er, dass Ihr ihn sprechen wollt? Und habt Ihr ihm gesagt, worum es geht?" Raban fühlte, wie sich seine Nackenhaare aufstellten.

„Äh, nun, ich habe ihm gleich heute morgen eine Nachricht zukommen lassen, dass ich ihn gerne noch einmal bezüglich der angeblichen Indizien sprechen wollte, die Euch fälschlicherweise belasteten." Nun war es an Remigius, irritiert zu sein. „Spielt das eine Rolle?"

„Ich weiß es noch nicht, aber ich traf Jerg vorhin auf dem Weg zu Euch und er hat mir nichts davon gesagt, dass Ihr ihn einbestellt habt."

„Nun, sei es drum, morgen wissen wir vielleicht mehr. Ich wollte Euch nur warnen, vorsichtig zu sein. Denn wenn ich mit meiner Vermutung recht habe, dann seid Ihr womöglich noch in Gefahr."

„Ich danke Euch, Remigius. Ich kann und will es immer noch nicht glauben, dass es Jerg sein könnte, der das alles inszeniert hat, um mir zu schaden. Mir fehlt einfach ein Motiv! Aber ich werde auf mich aufpassen und hoffen, dass Jerg morgen eine einfache Erklärung für all diese...Zufälle hat." Raban stand auf und ging auf die Tür zu. Er war dem Richter dankbar, dass er sich so für ihn einsetzte, aber er war immer noch nicht davon überzeugt, dass sein Freund hinter all dem stecken sollte. Er war zu durcheinander und aufgewühlt, um dem Richter noch länger zuzuhören. Er wollte nur nach Hause, in Ruhe nachdenken und dann selbst seine Schlüsse ziehen. Hastig murmelte er einen Gruß und verließ die Amtsstube. Im Flur trat ihm Gerwin in den Weg. Raban grüßte kurz angebunden und wollte an ihm vorbeigehen, aber Gerwin räusperte sich und sprach ihn an.

„Verzeiht, Herr van Gehrden, aber seid Ihr jetzt böse auf mich?", fragte er zerknirscht.

„Äh, wieso sollte ich denn böse auf dich sein, Gerwin?" Verdutzt blieb Raban stehen und sah den Büttel an, der seinen Hut abgenommen hatte und ihn verlegen in seinen Händen knetete.

„Na, ich möchte doch alles richtig machen. Weil Ihr Euch doch damals so für mich eingesetzt habt..."

„Gerwin, was genau möchtest du mir sagen? Ich habe es eilig, also...?" Raban wurde ugeduldig.

„Na ja, weil doch Herr von Werder mich nochmal danach gefragt hat, was damals in der Nacht geschehen ist, als Herr von Arnstetten und ich zu der Kate von dieser Frau geritten sind, weil ich doch da..."

„Gerwin! Was willst du mir sagen?" Bei Rabans ungehaltenem Tonfall zuckte der Büttel zusammen.

„Ja, also, als ich Herrn von Arnstetten heute morgen das Schreiben des Freigrafen überbrachte, und er es gelesen hatte, weil ich doch warten sollte, bis er es auch wirklich gelesen hat, da...also er fragte mich, ob Ihr oder der Richter mich noch irgendetwas gefragt hätten. Ich wollte ihm zuerst keine Antwort geben, weil der Richter doch gesagt hatte, dass ich darüber schweigen soll. Aber dann hat er mir gedroht, dass er dafür sorgen wird, dass ich meine Arbeit verliere und dass er das kann, weil er doch Schöffe ist..."

„Gerwin! Ich verstehe kein Wort! Hör auf, herumzustammeln und sag, was du sagen willst, oder lass es!", herrschte Raban ihn an, weil er langsam die Geduld verlor.

„Ja, Herr, also ich sagte ihm, dass ich gesehen habe, dass sein Wams verbrannt war und er sich verletzt hatte und nach Rauch gerochen hat und dass ich das auch dem Herrn Richter gesagt habe, und da wurde er sehr böse und hat gemeint, ich hätte Euch einen Bärendienst erwiesen und dass er jetzt keine Zeit mehr hätte, zu warten. Wisst Ihr, was er damit gemeint hat? Ich meine, ich wollte Euch doch nichts Böses. Habe ich was falsch gemacht, Herr?"

Aber Raban gab ihm darauf keine Antwort, denn er war bereits mit großen Schritten aus dem Portal geeilt und in das gleißende Sonnenlicht eingetaucht, dass ihn vor dem Richthaus empfing. Und das in starkem Kontrast zu seinen düsteren Gedanken und der Angst stand, die ihn bei Gerwins Worten fast panikartig befallen hatte.

***

„Melissa! Benni!" Atemlos sah Raban sich in seiner Halle um. Die Stille, die ihn begrüßte, war wie ein Schlag in die Magengrube. Wo waren Melissa und Benni?

Ein klägliches Schluchzen drang an sein Ohr und als er dem Laut nachging und die Küchentür aufstieß, sah er Benni in einer Ecke kauern.

„Benni, um Himmels Willen, was machst du denn hier? Und wo sind Melissa und Ursel?" Aber Benni zitterte nur am ganzen Leib und war nicht in der Lage, zu sprechen. Beruhigend zog Raban den Kleinen in seine Arme und strich ihm das wirre Haar aus dem Gesicht. Er bemerkte nicht einmal, wie sehr ihn die Bewegung seines linken Armes schmerzte, so sehr sorgte er sich um Melissa.

„Was ist denn passiert?"

Benni schniefte, öffnete den Mund, aber kein Ton kam heraus. Er versuchte es noch einmal, aber wieder blieb er stumm.

„Benni, um Himmels Willen, wo ist Melissa? Was ist passiert?" Er war versucht, den Jungen zu schütteln um ihn zum Reden zu bringen, aber gleichzeitig wusste er, dass das nichts nutzen würde.

Dem Jungen stiegen Tränen der Verzweiflung in die Augen, als auch der dritte Versuch, zu sprechen, scheiterte.

„Schschtt, schon gut, kleiner Freund. Wir machen es anders. Ich frage dich was und du schüttelst mit dem Kopf oder nickst, verstanden?" Raban musste an sich halten, ruhig zu bleiben. Melissa würde Benni niemals freiwillig alleine lassen!

„Wo ist deine Schwester?" Benni zuckte die Schultern, dann schüttelte er den Kopf. Erst jetzt fiel Raban auf, dass er keine Frage gestellt hatte, die mit Ja oder Nein zu beantworten war.

„Gut, also, Melissa ist nicht hier und du weißt nicht, wo sie ist."

Nicken.

„War ein Mann hier, während ich weg war und ist Melissa vielleicht mit diesem Mann gegangen?"

Nicken.

Raban atmete heftig ein und aus. Ganz deutlich spürte er, dass Melissa in Gefahr war.

„Weißt du, wer hier war und mit wem Melissa weggegangen ist?"

Wieder ein Nicken. Raban konnte sehen, dass Benni

sich konzentrierte und an seiner Unterlippe nagte.
Dann kräuselte er die Stirn und holte tief Luft.

„Böse.", presste er mühsam hervor.

„Es war also ein böser Mann. Benni, war es der Mann, der uns einmal besucht hat, als du in mein Kontor kamst, ohne anzuklopfen?" Raban hielt den Atem an, aber es war keine wirkliche Überraschung mehr, als Benni nickte.

„Wohin wollten sie gehen?" Verdammt, wieder eine Frage, die man nicht einfach mit einem Nicken oder Kopfschütteln beantworten konnte. Dabei war es vielleicht die wichtigste Frage der gesamten Unterhaltung! Benni schaute ihn verzweifelt an, zuckte dann wieder mit den Schultern.

„Gut, Benni, dann muss ich wohl selbst überlegen, wo sie sein könnten." Er klang zuversichtlicher als er war, aber es würde nicht helfen, den Kleinen mehr als schon geschehen zu verängstigen. Er drückte Benni an seine Brust, während er fieberhaft überlegte, wo Jerg Melissa hingebracht haben könnte. Sanft wiegte er den Jungen in seinen Armen, während er fühlte, dass ihm die Zeit davon lief. Wenn er nur wüsste, warum Jerg ihn so sehr hasste, dann hätte er vielleicht einen Anhaltspunkt, wohin er Melissa gebracht hatte. Aber so sehr er sich auch bemühte, Ordnung in seine Gedanken zu bringen, seine Angst um Melissa verhinderte jede logische Überlegung.

Raban zuckte zusammen, als sich die Tür mit einem geräuschvollen Knarren öffnete und Ursel und Affra eintraten.

Ihr fröhliches Geschwätz verstummte, als sie in die Küche traten und Raban und Benni auf dem Boden hocken sahen.

„Um Himmels Willen, Herr, was ist passiert?" So schnell es ihre füllige Gestalt erlaubte, war Ursel bei ihnen und hockte sich vor die beiden hin.

„Hast du etwas kaputt gemacht, mein Kleiner? Das ist doch nicht..."

„Melissa ist verschwunden!", unterbrach Raban sie.

„Verschwunden? Aber sie würde doch nie ihren Bruder hier zurücklassen?" Verständnislos schüttelte die Köchin den Kopf.

„Jerg von Arnstetten hat sie entführt!" Während die Alte noch versuchte, den Sinn hinter diesen Worten zu erkennen, zuckte Affra zusammen und sog scharf die Luft ein. Raban war diese Reaktion nicht entgangen und er stand auf und sah Affra fragend an.

„Affra, weißt du etwas darüber?" Streng musterte er ihr hübsches Gesicht, das eine Spur blasser was als sonst.

„N...nein, Herr, was sollte ich denn darüber wissen? Vielleicht ist Mel...Jungfer Melissa ja freiwillig mit ihm gegangen?" Sie gab sich Mühe, seinem forschenden Blick auszuweichen, und Raban fühlte sich bestätigt, dass sie nicht so ahnungslos war, wie sie ihm weismachen wollte.

„E-er hat ge-ge-sagt, er t-tut mir w-weh, w-wenn sie n-nicht m-mitgeht!", stotterte Benni plötzlich mit erstickter Stimme. Raban unterdrückte einen Fluch und sah wieder Affra an, während er Benni beruhigend über das Haar strich.

„Affra, ich warne dich, wenn du mir etwas verheimlichst und Melissa deshalb etwas passiert, dann war das Schauspiel, das das posthume Rädern euch geboten hat nichts im Vergleich damit, was ich dem Freigrafen als Strafe für dich empfehlen werde!"

Affra wurde noch eine Spur blasser, sagte aber nichts.

„Gut, wie du willst. Ich vergaß zu erwähnen, dass vor einem Urteil natürlich die peinliche Befragung steht. Weißt du, welche hübschen kleinen Helfer der Henker hat, um Geständnisse zu erzwingen? Er wird dir die Nägel ausreißen, deine hübschen kleinen Brüste mit einer glühenden Zange so lange quetschen, bis du die Besinnung verlierst..." Raban war außer sich vor Angst und Wut.

„Hört auf!" Affra wandte sich um und schluckte schwer.

„Kind, weißt du etwas über diese...Sache?" Misstrauisch war Ursel hinter ihre Tochter getreten und rüttelte an deren Schulter.

„Ich weiß, dass du in unseren Herren verliebt bist, Kind. Aber Jungfer Melissa kann doch nichts dafür..."

„Kann nichts dafür?! Seit sie da ist, hat er nur noch Augen für sie! Ich habe sein Bett geteilt, habe ihm Lust beschert, wie es nur eine Ehefrau tun sollte, habe..."

„Du weißt genau, dass das nur die halbe Wahrheit ist, Affra. Ich habe dich schon lange bevor Melissa in dieses Haus kam nicht mehr in mein Bett geholt!"

„Aber sie wollt Ihr heiraten, obwohl...obwohl..." Sie schniefte und dicke Tränen rollten über ihre Wange als sie sich wieder zu Raban umdrehte.

Der Schlag ins Gesicht, den sie von ihrer Mutter bekam, ließ ihren Kopf nach hinten schleudern.

„Kein Wort mehr, Tochter. Er hat dich nicht gezwungen! Du hättest deine Stellung hier im Haus bedenken sollen, bevor du dich zu ihm ins Bett gelegt hast. Du bist die Magd, er ist der Herr! Und Herren heiraten keine Mägde!" Affra starrte ihre Mutter entsetzt an.

„Aber Mutter, wie kannst du...?"

„Schluss jetzt! Wenn du etwas mit der Sache zu tun hast, dann sag es ihm jetzt. Hast du wirklich Lust, wegen deiner Tagträume und deiner kindischen Verliebtheit im Turm zu landen?" Ursel schnaubte abfällig.

„Mach es nicht noch schlimmer, Kind. Auch wenn er Jungfer Melissa nicht kennengelernt hätte, er würde dich nie und nimmer heiraten!"

Affra wimmerte leise. Raban trat einen Schritt auf sie zu und schüttelte sie.

„Affra, sag mir, was du weißt!", knurrte er mit zusammengebissenen Zähnen.

„Ich...weiß nicht, wohin er sie gebracht hat, wirklich nicht! Ich habe doch nur den Knopf von Eurem Wams abgetrennt und ihm gegeben, als er mich darum bat! Er hat gesagt, dass Ihr eine Strafe verdient habt, weil Ihr Eure erste Frau so schändlich behandelt habt. Und mich auch! Ich wusste nicht, was er mir dem Knopf wollte, ehrlich!" Sie schluchzte nun so sehr, dass Raban sie kaum noch verstand.

„Er hat immer gesagt, dass Eure Frau viel zu schade für Euch gewesen wäre, und dass er sie mehr geliebt hätte als Ihr!"

Erst ganz langsam ergaben die vielen Begebenheiten, bei denen er sich über Jergs Reaktionen gewundert hatte, einen Sinn. Er war in Isabel verliebt gewesen und machte ihn für ihren Tod verantwortlich! Und er wollte ihn den gleichen Schmerz fühlen lassen, den er selbst bei Isabels Tod empfunden hatte. Den Schmerz, den nur jemand empfinden konnte, der einen geliebten Menschen verliert!

„Affra, bitte, denk noch einmal nach, was er sonst noch gesagt hat! Hat er einen Ort erwähnt, der mit ihm und meiner verstorbenen Frau zu tun hat?"

Die junge Frau schluchzte immer noch, schüttelte aber den Kopf.

„Nein, Herr, er hat immerzu nur von Eurer Frau gesprochen und dass er sie geliebt hätte, seit er sie das erste Mal gesehen hat. Er hat ihr wohl einen Antrag gemacht, aber sie hat ihn abgelehnt, weil sie Euch zum Gemahl nehmen wollte!"

Erst bemerkte er nicht, dass Benni ihn vorsichtig am Ärmel zupfte, aber dann nahm er die Bewegung doch wahr. Fragend sah er den Jungen an, der wieder den Mund öffnete, ohne dass ein Ton herauskam. Dann sah er, wie Benni fast zornig den Kopf schüttelte und ihm seine kleine Faust entgegenstreckte. Als er sie öffnete, konnte Raban einen zerknitterten, kleinen Zettel sehen, den er vorsichtig nahm und auseinander faltete.

Nur wenige Wörter standen darauf. *Tidemann. Nur du*

und ich, sonst ist sie tot.

„Hat dir der Mann das gegeben, mit dem deine Schwester mitgegangen ist?"

Als Benni nickte, verstand er, dass es eine Botschaft von Jerg war. Aber wer oder was war Tidemann?

Rabans Gedanken rasten. Er versuchte sich an die wenigen Gelegenheiten zu erinnern, bei denen Isabel versucht hatte, ihm von sich und ihrem Leben zu erzählen. Jetzt rächte es sich, dass es ihn damals nicht interessiert hatte, wie und wo seine Frau ihre Zeit verbrachte. Er hatte nicht hören wollen, dass das Kind, das sie erwartete, das Ergebnis einer Vergewaltigung war, dass ihr der Mann nach dem Kirchgang aufgelauert und sie in leerstehendes Haus gezerrt hatte. Er hatte die Geschichte damals für eine billige Ausrede gehalten, einen amourösen Fehltritt zu entschuldigen und ihm das Kind unterzuschieben, ohne dass er allzu großes Aufsehen darum machen würde. Wenn sie nun aber nicht gelogen hatte, sondern tatsächlich vergewaltigt worden war, und wenn der Mann, der ihr das angetan hatte, Jerg gewesen war...Trotz dessen Hasses auf ihn und dessen Bemühungen, ihn an den Galgen zu bringen, wollte Raban nicht glauben, dass sein Freund zu so etwas fähig gewesen war, aber die Vergangenheit hatte ihn gelehrt, in Bezug auf Jerg nichts auszuschließen. Wer konnte schon sagen, wozu ein verliebter, zurückgewiesener Mann in seiner Verblendung und seiner gekränkten Ehre fähig war?

Kirchgang! Isabel hatte am liebsten in der Marienkirche

gebetet, erinnerte er sich flüchtig. Die hatte im Gegensatz zu der größeren Kirche des Heiligen Reinoldus kein Querschiff, war viel kleiner und heimeliger, wie Isabel einmal erwähnt hatte. Aber besonders hatte es ihr eine aus Nussbaumholz geschnitzte, vergoldete Marienstatue angetan, die gemeinhin als Goldene Mutter Gottes verehrt wurde, und zu der sie immer gebetet hatte. Und zwischen ihrem Elternhaus und der Marienkirche gab es nur ein leerstehendes Haus: das des alten Dietrich Lemberg! Der war vor etwa zweieinhalb Jahren verstorben. Und sein Sohn und Erbe hieß Tidemann. Er hatte seinen Lebensmittelpunkt in London, wo er mit Zinn und Wolle handelte, soweit Raban sich erinnerte. Und daher hatte er noch keine Zeit gefunden, sich um sein Erbe in Dortmund zu kümmern, so hieß es jedenfalls. Und darum war das Haus unbewohnt! Es war nur eine vage Möglichkeit, dass Jerg Melissa dorthin verschleppt haben könnte, an den Ort, an dem er die geliebte Frau besessen hatte, aber in Ermangelung einer besseren Idee und weil er sonst vor lauter Untätigkeit wahnsinnig geworden wäre, stieß er Affra zur Seite und stürmte hinaus.

***

Grob stieß Jerg Melissa in eine feuchte dunkle Kammer im Keller des leerstehenden Hauses. Während sie zunächst noch versucht hatte, sich ihm zu widersetzen, hatte er ihr gedroht, es Benni büßen zu lassen, wenn sie sich nicht füge. Und er hatte nicht viel Melissas Phantasie überlassen, was er mit dem Jungen anstellen würde, so dass sie ihm schließlich ohne auf sich aufmerksam zu machen, gehorcht hatte. Zu groß war ihre Angst um Benni, denn inzwischen glaubte sie fest daran, dass er besessen war, besessen von dem Wahn, Isabel rächen zu müssen. Er hatte ihr auf dem Weg zu diesem verlassenen Gemäuer Dinge erzählt, die diese Annahme nährten, hatte von der glühenden Liebe gesprochen, als Isabel sich ihm hingegeben hatte, von ihrer gemeinsamen Liebe und seiner Enttäuschung, als sie schließlich Raban geheiratet hatte. Soweit Melissa das aus den Erzählungen von Raban und den Dienstboten wusste, wurde allenthalben nur von einer Vergewaltigung gesprochen, also konnte diese von Jerg wahrgenommene Hingabe nur die schiere Angst um das Überleben gewesen sein, deretwegen Isabel sich nicht gegen ihn gewehrt hatte. Jerg hatte das offenbar missverstanden und war in dem Glauben zurückgeblieben, Isabel habe seine Liebe erwidert. Aber noch bevor Melissa weitere Überlegungen zu Jergs Geisteszustand anstellen konnte, bedeutete er ihr, sich auf einen klapprigen alten Hocker zusetzen, der an einer Wand in der Ecke stand. Melissa schauderte und eine Kälte ergriff von ihr Besitz, und sie ahnte, dass es nicht die feuchten, von schwammigen Pilzen befallenen Wände des Kellers waren, die ihr dieses Frösteln bereiteten. Grob packte Jerg ihre Hände und fesselte sie mit einem dicken Hanfstrick, den er entweder im Keller gefunden oder hier bereit gelegt hatte, was wiederum bedeuten würde, dass sie nicht zufällig hier war. Schweigend zog er den letzten Knoten fest und Melissa stöhnte vor Schmerz auf, als sie merkte, wie sich das Blut in ihren Händen zu stauen begann und das raue Hanfseil an ihrer zarten Haut scheuerte. Ungerührt drehte er sich um und begann, ein wurmstichiges Holzbrett zur Seite zu zerren. Dahinter befand sich offensichtlich ein Hohlraum, denn er griff hinein und holte einen etwa handgroßen Tonkrug hervor. Dann drehte er sich zu Melissa um und in seinen Augen stand ein eigenartiger Glanz. Er trat vor sie hin und streichelte ihr sanft mit einem Finger über die Wange. „Wisst Ihr, dass ich Euch eigentlich mag? Leider erlauben es die Umstände nicht, dass wir uns näher kennenlernen können, denn dazu werdet Ihr nicht lange genug leben." Er sagte das so nebenbei, als würde er in einem Gasthaus einen Humpen Bier bestellen. Zwar hatte Melissa schon befürchtet, dass Jerg nicht nur einen Spaziergang mit ihr unternehmen wollte, aber nun aus seinem Mund zu hören, dass sie sterben sollte, trieb ihr doch den Angstschweiß auf die Stirn. Unruhig rutschte sie auf dem Hocker hin und her während er den Krug entkorkte und dann ihr Kinn festhielt.

„Ihr nehmt jetzt einen Schluck, aber nur einen kleinen, süße Melissa. Wir müssen doch erst auf Euren zukünftigen Gemahl warten, damit er die Chance bekommt, Euch sterben zu sehen." Unvermittelt drückte er Daumen und Zeigefinger in ihre Wangen, so dass sie reflexartig den Mund öffnen musste. Langsam ließ er einen kleinen Schluck von der Flüssigkeit in ihren Mund laufen, und als sie sich weigerte, zu schlucken, hielt er ihr die Nase zu. Somit blieb ihr keine andere Möglichkeit, als die bittere Brühe hinunterzuwürgen. Melissa keuchte vor lauter Ekel und der Geschmack trieb ihr die Tränen in die Augen. Jerg beobachtete sie interessiert, wischte ihr fast behutsam eine Träne weg und setzte sich dann neben sie auf den Boden.

„Was ist das?", keuchte sie und versuchte, den Würgereiz zu unterdrücken, den der Trank verursachte.

„Oh, ein bisschen hiervon, ein wenig davon...Ich weiß es selbst nicht so genau, aber ich habe der alten Vettel, die es gemischt hat, dafür umso genauer beschrieben, wie es wirken soll."

„Woher soll Raban wissen, wohin ihr mich gebracht habt?" Im Grunde genommen war es unwichtig, ob, und wenn, wann Raban sie fand. Ganz sicherlich würde das Gebräu sie töten, ohne dass er etwas dagegen unternehmen konnte.

„Oh, ich habe dafür gesorgt, dass er uns findet. Nur

kann ich leider nicht genau sagen, wann er dahinter kommt, wo wir sind. Daher müssen wir auch vorsichtig mit der Dosierung sein." Er deutete mit dem Kopf in Richtung des Kruges, der vor ihm auf dem Boden stand.

„Er soll Euch schließlich sterben sehen. So wie ich Isabels langsames Sterben mitansehen musste. Tag für Tag ging es ihr schlechter, und er hat nichts unternommen! Es war ihm vollkommen gleichgültig, was mit ihr passierte." Melissa konnte Schmerz in seinen Augen aufflackern sehen, aber dann gewann wieder diese unterdrückte Wut die Oberhand, die sie schon die ganze Zeit an ihm wahrnahm. Eine Zeit lang sagte er nichts, dann stand er auf und wollte ihr wieder etwas von der Flüssigkeit einflößen. Als sie sich weigerte, indem sie heftig ihren Kopf hin und her warf, traf sie ein Schlag mit seiner rechten Hand, so hart, dass sie Blut schmeckte. Diesmal fühlte sie ihre Zunge etwas taub werden, als sie schließlich doch schlucken musste. Wieder beäugte er argwöhnisch ihre Reaktion und als sie erste Anzeichen eines heftigen Zitterns und kalten Schweißes auf ihrer Stirn zeigte, nickte er zufrieden. Melissa verlor zunehmend jegliches Zeitgefühl. Wie lange waren sie schon in diesem Keller? Wann würde Raban kommen? Würde er überhaupt kommen? Ihre Kehle brannte und ihr Herz begann, heftig zu schlagen. Ob vor Angst oder als Folge des Trankes vermochte sie nicht zu sagen, allerdings war das auch nicht von Belang. So oder so würde sie den Tag nicht überleben und plötzlich hoffte sie, dass

Raban die Falle erkennen und nicht kommen würde. Ihr war bewusst, dass Jerg es nur darauf abgesehen hatte, sich an Raban zu rächen und sie nur Mittel zum Zweck war. Ihr Tod war nicht zu verhindern, aber womöglich... Ein Geräusch ließ beide aufhorchen, wenngleich Melissa zunehmend spürte, dass sie sich immer weniger auf die Vorgänge um sie herum konzentrieren konnte. Sie versuchte krampfhaft, wach zu bleiben, aber ihr Kopf wurde schwer wie Blei und sank nach vorne auf ihre Brust. Undeutlich hörte sie Geräusche, konnte aber ihre Augen nicht öffnen und schließlich merkte sie, wie ihre Muskeln sich entspannten und sie wie ein Sack Mehl vom Hocker rutschte.

***

Raban rüttelte vergeblich an der Haustür, aber natürlich war sie verschlossen. Wenn Jerg sich hier mit Melissa verschanzte, dann musste es einen anderen Eingang geben, oder wenigstens ein Fenster, durch das er ins Haus gelangen konnte. Er ging um das Gebäude herum, rüttelte an zwei solide aussehenden Fensterläden und schließlich an der Hintertür, aber auch die waren verschlossen. Er begann daran zu zweifeln, dass er auf der richtigen Fährte war, aber andererseits hatte er keine Ahnung, was Jerg sonst mit

„Tilman" gemeint haben könnte. Verzweifelt ging er über den verlassenen Hof, spähte in einen maroden Hühnerstall und fand hinter einer klapprigen Holztür die Abortgrube. Nichts, keine Spur von Melissa oder Jerg. Alles sah ungepflegt und seit langer Zeit verlassen aus. Als ihn die Verzweiflung schon übermannen wollte, fiel sein Blick plötzlich auf eine Holzklappe, die im Boden eingelassen war und um die herum die Erde zertreten war. Mit wenigen Schritten war er dort und zog an dem schweren Eisenring, der an der Klappe befestigt war. Sie ließ sich leicht und ohne größere Probleme hochziehen. Raban sah eine steile Treppe, die nach unten ins Dunkel führte und zögerte keinen Augenblick. Die Stufen waren feucht und glitschig, aber die Angst um Melissa trieb ihn vorwärts. Als er nach wenigen Stufen in einem dunklen Gang stand, brauchte er eine kurze Zeit, bis sich seine Augen an das diffuse Licht gewöhnt hatten. Dann sah er zwei Türen, jeweils rechts und links vom Gang, die beide einladend offen standen, und während er noch überlegte, wie er weiter vorgehen sollte, hörte er ein dumpfes Geräusch. Ohne nachzudenken stürmte er los, aber in dem gleichen Moment, in dem er den Raum betrat, wusste er, dass es ein Fehler gewesen war, so unüberlegt vorzugehen. Ein harter Faustschlag traf ihn im Gesicht und er ging zu Boden, wobei grelle Blitze durch seinen Schädel schossen. Wie durch einen Nebel nahm er ein leises Lachen war, gleichzeitig wurde er auf den Bauch gedreht und mit einigen wenigen, geübten Handgriffen an Händen und Füßen gefesselt, was eine intensive

Schmerzwelle von seiner verletzten Schulter aus durch seinen Körper schickte und ihm die Sinne raubte. Vielleicht war es unmittelbar danach, vielleicht auch später, als Schläge ins Gesicht ihn trafen und aus seiner Bewusstlosigkeit rissen. Dann wurde er durchgeschüttelt und wie von Ferne hörte er jemanden sagen: „Nicht schlafen, alter Freund! Ich möchte, dass du sie sterben siehst. Leider kann ich nicht genau sagen, wann das sein wird, denn das Kräuterweib hat mir bedauerlicherweise nur wenig über die Dosis und die Dauer des Todeskampfes gesagt, oder vielleicht habe ich auch nur nicht so genau hingehört?" Er ließ ein kaltes Lachen hören und Raban kroch eine Gänsehaut über den Körper.

„Sie hat schon eine ganze Menge geschluckt, also kann es jederzeit so weit sein."

Raban stieß einen Schrei aus, der seine ganze Pein und Angst offenbarte. Ein Blick auf die reglose Gestalt am Boden sagte ihm, dass Jerg die Wahrheit sagte.

„Du...du...Hurensohn! Warum lässt du sie nicht aus dem Spiel? Ich bin es doch, den du umbringen willst? Was hat Melissa dir getan?" Er konnte seine Verzweiflung nur mühsam unterdrücken und eine kalte Hand griff nach seinem Herzen.

Jerg kam auf ihn zu und trat ihm in den Bauch, so dass Raban nichts anderes mehr fühlen konnte, als einen brennenden Schmerz, der ihm den Atem raubte. Als er sich einigermaßen wieder in der Gewalt hatte, sah er zu Jerg auf, der ihn mit kalter Wut musterte.

„Was hat Isabel *dir* getan?" Mit verzerrtem Gesicht

trat Jerg abermals zu. Raban keuchte gepeinigt auf, allerdings hatte er auch die Hoffnung, dass Jerg durch die Schläge von Melissa abgelenkt wurde, also musste er versuchen, dessen Aufmerksamkeit auf sich zu lenken.

„Jerg, bitte, ich verstehe nicht, was...", brachte er schließlich gepresst heraus, obwohl er sehr wohl eine Ahnung von dem hatte, was seinen Freund umtrieb.

„Nein, du hast nie verstanden!", schrie Jerg. Er ging zu Melissa und zog sie an den Haaren, bis Raban ihr Gesicht sehen konnte. Sie war ganz bleich, ihre Lippen zitterten und als sie kurz die Augen öffnete konnte er erkennen, dass sie stumpf und ohne das Funkeln waren, das er so liebte. Jergs Tritte und Schläge waren nichts im Vergleich zu dem Schmerz, den er bei ihrem Anblick verspürte. Sein Herz zog sich zusammen und eine heiße Welle aus Angst und Wut pulsierte durch seinen Körper. Jerg setzte ihr den Krug an die Lippen und dieses Mal schluckte Melissa willig, wenn ihr auch eine ganz Menge des Gebräus an Kinn und Hals hinunter rann.

„Nein, Melissa, nicht!", schrie Raban, aber Jerg hatte ihren Kopf schon wieder losgelassen und sie war daraufhin erneut zusammengesackt.

„Du Bastard sollst mit ansehen, wie die Frau, die du liebst, elendiglich stirbt. Vor deinen Augen, langsam, so wie du bei Isabel zugesehen hast, ohne etwas zu unternehmen. Ich will, dass du dasselbe fühlst wie ich damals. Hilflos stand ich daneben, konnte nichts für Isabel und mein Kind tun. Du hast beide auf dem

Gewissen!" Kühle Wut sprach aus seinen Worten.

„Dein Kind?", fragte Raban, obwohl er das ja bereits vermutet hatte.

„Oh, ja, mein Kind. Wir haben uns geliebt! Genau hier, in diesem Raum, hat sie sich mir hingegeben, gestöhnt hat sie, als ich sie nahm, immer und immer wieder gekeucht vor Lust!" Ein irres Flackern war in seine Augen getreten bei der Erinnerung an das, was hier vorgefallen war.

„Jerg, komm zu dir! Sie hat sich dir nicht freiwillig hingegeben, du hast sie vergewaltigt! Und wenn sie..." Noch bevor er den Satz vollenden konnte,stürzte Jerg sich mit einem lauten Schrei auf ihn und traktierte ihn wieder mit Tritten und Schlägen.

„Nein, sie hat freiwillig...Sie hat gestöhnt!" Tränen glitzerten in seinen Augen.

„Ja, vor Schmerz und Verzweiflung, Jerg! Sieh es ein, sie hat dich nicht geliebt!" Blut rann ihm aus dem Mund und sein Kopf fühlte sich inzwischen an wie ein Amboss, auf den mit schöner Regelmäßigkeit der Hammer eines Schmieds niederging. Plötzlich ließ Jerg tatsächlich von ihm ab, trat einige Schritte zurück und dieses Mal war es dessen Blick, das zu einer Fratze verzerrte Gesicht seines Freundes, das Raban das Blut in den Adern gefrieren ließ.

„Sei es drum, du wirst das nie verstehen! Zuerst kamen mir die Morde deines Schwagers ganz gelegen, ich dachte, durch ein paar Indizien hier und dort könnte ich dich an den Galgen bringen. Affra hat mir den Knopf gegeben, als ich sie darum bat. Sie war wütend, weil du auch sie nur benutzt hast. Und dann hast du mir von deiner Hilde erzählt. Gott, war das eine Genugtuung, den Schmerz in deinen Augen zu sehen, als ich dir von ihrem Tod erzählte! Sie hat sich übrigens überraschend heftig gewehrt, die alte Vettel! Ich musste sie doch tatsächlich erst erschlagen, bevor ich das Feuer legen konnte!" Raban presste die Lippen zusammen, weil er nicht wollte, dass ihm ein Laut des Schmerzes entfuhr, den Jerg, der ihn nicht aus den Augen ließ, ganz sicher erwartet hatte.

„Aber dann schickte mir der Himmel dieses Mädchen da." Er deutete mit dem Kopf auf Melissa, die sich inzwischen unruhig bewegte, erkennbar von Krämpfen geschüttelt.

„Du hattest dich in sie verliebt. Du, der Hurensohn, der vorher noch nie geliebt hatte, hast sie vergöttert! Und dann dieses Balg, das sie mitgebracht hat! Ich habe gesehen, wie sehr du an dem Jungen hängst. Warum konntest du Isabels Kind nicht so lieben, wie diesen fremden Jungen?" Gequält stöhnte Raban auf. Wie oft hatte er sich selbst schon diese Frage gestellt?!

„Plötzlich bot sich mir eine viel bessere Möglichkeit, dich leiden zu lassen! Du hast sie mir selbst präsentiert!" Wieder deutete er mit dem Kopf auf Melissa.

„Ich weiß nicht, wie lange sie noch durchhält, alter Freund, aber du wirst jeden verdammten Augenblick davon miterleben, das schwöre ich dir!" Wieder Tritte und Schläge, und dieses Mal verlor Raban die Besinnung. Als er wieder zu sich kam, saß Jerg auf dem

Hocker und beobachtete ihn.

„Ah, da bist du ja wieder. Dann können wir weitermachen." Er griff erneut nach dem Krug, packte Melissa an den Haaren und flößte ihr eine große Menge des Trankes ein. Sie hustete, riss die Augen auf und sah Raban mit gebrochenem Blick an, ohne ihn zu erkennen.

„Schau sie dir nochmal an. Ich fürchte, diese Dosis war die letzte, die sie noch brauchte! Sie wird keine Schmerzen haben, alter Freund, jedenfalls nicht mehr als nötig, denn sie kann ja auch nichts dafür, dass du ein solcher Bastard bist!" Jerg grinste Raban an, aber es war mehr eine fürchterliche Grimasse, in der nur allzu deutlich die geistige Verwirrtheit zu lesen war, die Jergs Verstand erfasst hatte.

Raban kämpfte gegen die Fesseln, schrie wie ein verwundetes Tier und konnte doch nichts tun, um Melissa zu retten. Hilflos musste er mitansehen, wie Jerg ihr zunächst die Fesseln löste, sie dann auf den Rücken drehte und schließlich ihre Hände unterhalb der Brust faltete, so als ob sie schon tot und aufgebahrt wäre. Und vielleicht war sie das auch bereits, denn Raban konnte kein Heben und Senken ihrer Brust mehr beobachten. Er schloss die Augen und bat Gott in einem kurzen Gebet, sich ihrer anzunehmen und ihn auch möglichst bald zu erlösen, denn ein Leben ohne seine Aphrodite konnte sich der Ritter der Hölle nicht vorstellen. Zufrieden mit sich und dem Verlauf der Ereignisse lehnte Jerg sich zurück, bevor ein lautes

Poltern und Stimmen ihn aus dieser glückseligen
Stimmung rissen.

***

Melissa fühlte sich, als wäre ein Pferdefuhrwerk über
sie hinweg gefahren, und das mehr als einmal. Jeder
Knochen, jeder Muskel schmerzte mit einer Intensität,
die sie nie zuvor gespürt hatte. Ihr Kopf dröhnte, sie
hatte einen fürchterlichen Durst und ihre Eingeweide
schienen ein einziger kalter, krampfender Klumpen zu
sein. Sie erinnerte sich, dass sie sich mehrmals
erbrochen hatte, nicht immer freiwillig, wie ihr einfiel
und dass jemand ihr Unmengen eines bitter
schmeckenden Gebräus eingeflößt hatte. Sie hatte
schreckliche Alpträume gehabt, von Dämonen und
dem Höllenfeuer, in das sie hinabzustürzen drohte und
von Benni, der an ihrem Bett saß und bittere Tränen
weinte. Vorsichtig versuchte sie, zu blinzeln, aber die
Helligkeit, die in ihre Augen drang, verursachte ihr
einen derart heftigen Kopfschmerz, dass sie sie gleich
wieder schloss. Nachdem sie mehrmals tief eingeatmet
hatte, blinzelte sie erneut, und diesmal schaffte sie es,
einige Umrisse in ihrer Umgebung zu erkennen. Sie sah
den großen Kamin, in dem ein wärmendes Feuer
prasselte, sah die beiden Sessel, die in Rabans
Schlafgemach standen...Rabans Schlafgemach! Sie war

nicht länger in diesem kalten, feuchten Keller, an den sie sich nur bruchstückhaft erinnerte. So wie sie sich auch nicht daran erinnern konnte, wie sie hierher gekommen war oder was genau passiert war. Nur den bitteren Geschmack dieses Trankes, den Jerg ihr eingeflößt hatte, meinte sie noch auf der Zunge zu spüren. Angeekelt stöhnte sie auf und hätte alles für einen Schluck Wasser gegeben.

„Melissa, Liebste, bist du wach?" Sie drehte den Kopf auf die Seite und sah erst jetzt, dass Raban neben dem Bett saß und sie voller Sorge musterte. Sein Gesicht war von verblassenden Blutergüssen übersät und sein linker Arm steckte in einer Schlinge. Mit seiner rechten Hand strich er ihr zärtlich über die Wange und legte sie dann auf ihre Stirn.

„Gott sei Dank, du hast kein Fieber mehr. Der Medicus sagt, wenn es uns gelingt, das Fieber in den Griff zu bekommen, hast du das Schlimmste überstanden." Er griff nach einem Krug und goss Wasser in einen Becher, den er ihr vorsichtig an die Lippen hielt. Und obwohl sie versuchte den Kopf anzuheben, um zu trinken, konnte sie nur wenig schlucken. Aber selbst die wenigen Tropfen schmeckten köstlicher als alles andere vorher. Erschöpft schloss sie wieder die Augen und als sie das nächste Mal erwachte, fühlte sie sich schon deutlich besser. Nun sah sie Raban, der ihre Hand hielt und zärtlich mit dem Daumen darüber strich, ganz deutlich. Als er bemerkte, dass sie wach war, stand er schnell auf und öffnete die Tür, rief nach Ursel und setzte sich dann gleich wieder neben sie.

„Mel, ich bin so froh! Wir haben schon gedacht..."
„Wie lange habe ich denn geschlafen?", unterbrach sie
ihn mit rauer Stimme. Sie sah die dunklen Ringe unter
seinen Augen und noch bevor er antworten konnte,
wusste sie, dass es wohl sehr lange gewesen sein
musste.

„Oh, Liebste, du hast dich für ganze fünf Tage und
sechs Nächte in Morpheus Arme gekuschelt und ich
war drauf und dran, eifersüchtig auf diesen Kerl zu
werden!" Sie konnte das vertraute schelmische
Aufblitzen in seinen Augen sehen.

„Keine Angst, Abaddon, ich ziehe den düsteren Ritter
der Hölle vor!", flüsterte sie, weil ihre Stimme ihr
immer noch nicht so recht gehorchen wollte.

„Was ist passiert, dass ich mich fühle, als wäre eine
ganze Herde Kühe über mich hinweg getrampelt? Und
was ist mit dir? Du siehst aus, als hättest du dabei
neben mir gelegen?" Sie versuchte mühsam, sich
aufzurichten, was ihr aber nicht alleine gelang, so dass
er sie mit seinem gesunden rechten Arm umschlang
und hochzog, bis sie bequem saß. Ihr pochender Kopf
sagte ihr, dass das keine ganz so gute Idee gewesen
war, aber immerhin konnte sie nun selbstständig aus
dem Becher trinken, der neben ihr auf einem kleinen
Tischchen stand.

„An was kannst du dich denn noch erinnern, Mel?"
Sie überlegte kurz und zuckte dann mit den Schultern.
„Ich weiß noch, dass Jerg mir damit drohte, Benni
etwas anzutun, wenn ich nicht mitkäme..." Plötzlich
schoss ihr ein fürchterlicher Gedanke durch den Kopf.

„Raban, was ist mit Benni? Hat er ihm etwas angetan?",
keuchte sie. Beruhigend nahm er wieder ihre Hand in
seine und drückte sie.

„Keine Angst, Mel. Benni hat fast die ganze Zeit mit
mir hier an deinem Bett gesessen. Er, Leo und Fanti
waren durch nichts dazu zu bewegen, von deiner Seite
zu weichen. Den dreien geht es gut!" Er küsste sie
behutsam auf die Stirn.

„Und du musst auch keine Angst mehr haben. Ich
weiß, das dachte ich schon einmal, aber jetzt sitzt Jerg
hinter Schloss und Riegel und wartet auf seinen
Prozess. Und Remigius von Werder ist gar nicht gut auf
ihn zu sprechen!" Wieder grinste er sie an.

„Ich glaube fast, er hat es persönlich genommen, dass
er Jerg nicht eher auf die Schliche gekommen ist."
Die Tür öffnete sich nach einem kurzen Klopfen und
Ursel brachte eine herrlich duftende, heiße
Hühnerbrühe herein, die sie auf das kleine Tischchen
stellte. Sofort begann Raban, Melissa die heiße Brühe
löffelweise einzuflößen.

„Ich kann das selber!", protestierte sie, aber er tat, als
hätte er sie gar nicht gehört. Schließlich ergab sie sich in
ihr Schicksal und ließ sich füttern wie ein kleines Kind.
Die Suppe schmeckte herrlich und mit jedem Löffel
fühlte sie sich ein wenig besser.

„Was ist denn nun passiert?", fragte sie, während
Raban vorsichtig auf die Suppe pustete, damit sie sich
nicht verbrannte.

„Nun, Jerg wollte sich an mir für die Behandlung
rächen, die ich Isabel habe zuteil werden lassen." Kurz

verdunkelte sich sein Blick, als er an seine erste Gemahlin dachte.

„Er hat sie wohl auf seine Weise aufrichtig geliebt, wenn er auch eine etwas...eigene Art hatte, es ihr zu zeigen! Er warf mir vor, ich hätte sie mit meiner Gleichgültigkeit in den Tod getrieben und nun sollte ich die gleiche Verzweiflung nach deinem Tod spüren, wie er nach ihrem." Melissa sah, wie sich sein Blick voller Schmerz verklärte. Aber dann sprach er weiter.

„Er hat dir irgendetwas eingeflößt. Der Medicus konnte nicht genau sagen, um was es sich bei dem Gebräu handelte, aber auf jeden Fall hat er dafür gesorgt, dass du so schnell wie möglich alles ausgebrochen hast, was davon noch in dir steckte und nicht bereits in deinem Blut war. Wieder und wieder hat er dir einen Trank eingeflößt, der dich dazu brachte, alles von dir zu geben, was du in deinem Magen hattest, und am Ende sagte er, dass er wenig Hoffnung hätte, du könntest das überleben. Er hat dich mehrmals zur Ader gelassen, aber als ich das Gefühl hatte, dass es dir danach nicht besser sondern schlechter ging, habe ich es ihm verboten. Daraufhin ordnete er an, dass Ursel dir ein Gebräu aus Birken- und Brennesselblättern und Lavendel mischen und dir mehrmals am Tag einflößen sollte, und ansonsten sollten wir beten."

„Aber woher wusstest du, wo er mich hingebracht hatte und wie konntest du ihn dann überwältigen?"

„Also, wenn ich ehrlich sein soll, hat mein Ruf als Beschützer der Hilflosen und Ritter der Hölle etwas gelitten." Er grinste schief. „Ich muss gestehen, dass mir die örtlichen Büttel die Arbeit abgenommen haben. Ich war...etwas unpässlich." Als sie fragend die Augenbrauen hochzog, deutete er auf die Schlinge, in der sein Arm ruhte.

„Dazu kommen zwei gebrochene Rippen und ein ordentlicher Brummschädel!" Sie sog erschrocken die Luft ein. „Und darüber hinaus war ich zusammengeschnürt wie ein Sack Hafer. Da traf es sich ganz gut, dass der Richter die Büttel geschickt hatte, um uns zu befreien."

„Aber woher wusste denn der Richter, wo wir waren?" Seine Worte ergaben irgendwie keinen Sinn.

„Na ja, ich muss leider weiter zugeben, dass ich nicht gerade überlegt gehandelt habe, als ich das Haus verließ. Jerg hatte Benni einen Zettel gegeben, auf dem ein Hinweis stand, wo ich dich finden würde. Und dass ich alleine kommen sollte, sonst würde er dich töten. Als ich weg war, hat Affra wohl das schlechte Gewissen gepackt und sie ist mit dem Zettel zum Richter gelaufen. Der hat zwei Rippenbrüche und einige Prellungen lang gebraucht, bis er dahinter kam, wo wir waren und hat dann sofort die Büttel losgeschickt. Die haben Jerg überwältigt, sofort den Medicus gerufen und uns nach Hause gebracht." Er streichelte zärtlich über ihre Wange und drückte ihr einen Kuss auf die Stirn.

„Aber warum hatte Affra denn ein schlechtes Gewissen? Und warum..." Raban legte ihr einen Finger auf die Lippen und brachte sie so zum Verstummen.

„Ich verspreche dir, ich erkläre dir später alles in Ruhe.

Aber eines musst du mir noch sagen, bevor ich diesen anhänglichen kleinen Bengel rufe, der es gar nicht abwarten kann, seine Schwester zu besuchen: Könntest du damit leben, dass ich vielleicht gar nicht der düstere Abaddon bin, der schwarze Ritter der Hölle, den du in mir siehst, sondern nur ein Mann aus Fleisch und Blut, der sich nach dir verzehrt und dich mehr liebt, als alles andere auf der Welt?"

Als sie ihn zu sich herabzog und küsste genügte ihm das als Antwort!

Epilog

Raban öffnete die Tür zum Schlafgemach und bedeutete Benni, dass er jetzt hereinkommen durfte. Die furchtbaren Geschehnisse lagen nun ein gutes Jahr zurück und Melissa hatte sich entgegen der Prognose vollständig von dem Gift erholt. Jerg war kurz nach seiner Ergreifung hingerichtet worden. Bei den Verhören war immer deutlicher zutage getreten, dass er besessen war. Sein Geist hatte sich während der Verhöre immer mehr verwirrt und die Phasen , in denen er klar und deutlich Auskunft über das Geschehene geben konnte, waren immer kürzer geworden. Er hatte allerdings ohne Zögern die ihm zur Last gelegten Taten gestanden und seiner Hoffnung Ausdruck verliehen, nun bald mit seiner geliebten Isabel vereint zu sein.

Kurz nach den tragischen Ereignissen hatten sie in kleinem Kreis geheiratet und nun saß seine Gemahlin, noch etwas blass und müde von der Geburt ihres ersten Kindes, im Bett und hielt das kleine Bündel Mensch fest an sich gedrückt. Benni stürmte herein, blieb vor dem Bett stehen, in dem seine Schwester saß und beäugte das Kind in ihrem Arm neugierig.

„Ist das denn jetzt ein Neffe oder eine Neffin?", fragte er, weil er das Rätsel nur durch bloßes ansehen wohl nicht lösen konnte.

„Neffe oder *Nichte.*", korrigierte Raban ihn und zog das

Tuch, das das winzige Gesichtchen fast vollständig verbarg, ein wenig hinunter.

„Na was denn nun?" Ungeduldig sah Benni von Raban zu Melissa.

„Es ist ein Junge, Benni. Also dein Neffe!" Melissa steckte dem Säugling ihren kleinen Finger in den Mund und sofort begann der Winzling, daran zu saugen. Benni beugte sich etwas vor und nahm seinen Neffen ganz genau in Augenschein. Nach einer ganzen Weile meinte er: „Der ist aber ganz schön klein! Und hässlich!" Melissa sah ihn tadelnd an, aber Raban musste sich ein Lächeln verkneifen. Auf gar keinen Fall wollte er seine Gemahlin verärgern, auch wenn er Bennis Aussage durchaus nachvollziehen konnte. Für ihn selbst und Melissa war der kleine Kerl das größte Wunder und das schönste Kind, das jemals das Licht der Welt erblickt hatte, aber für einen Sechsjährigen mochte das rote und noch etwas zerknitterte Gesichtchen durchaus gewöhnungsbedürftig aussehen.

„Liebste Gemahlin, dann kommt wohl Adonis als Name nicht in Frage?!" Nun musste er doch grinsen und Melissa sah ihn böse an.

„Was schlägst du stattdessen vor? Etwa Hephaistos?" Wütend entzog sie dem Säugling ihren Finger, der daraufhin prompt zu schreien begann.

„Oh, häßlich, hinkend und...", er sah genau hin, aber sein Sohn hatte eindeutig zwei wunderschöne, blaue Augen!, „einäugig ist er ja nicht gerade! Und Schmied muss er auch nicht werden, ich dachte, er könnte vielleicht mein Kontor..."

„Schweig, Abaddon! Das ist mit Abstand das schönste Kind, das ich je gesehen habe!", zischte sie mit zusammengepressten Zähnen.

„Auch schöner als ich?", ließ sich Benni vernehmen.

„Der hat ja noch nicht mal Zähne!" Entrüstet schaute er seine Schwester an. „Bleibt das so?"

„Ja und nein!" Melissa musste sich nun ihrerseits ein Lachen verkneifen.

„Ich meine, ja, du warst natürlich auch ganz entzückend als Säugling." *Hat sich später rausgewachsen,* fügte sie in Gedanken schwesterlich boshaft hinzu.

„Und nein, Zähne hattest du auch nicht, die kommen erst später." Sie grinste ihn an. „Und wenn ich dich so anschaue, dann hast du gerade das gleiche Problem wie dein Neffe und solltest dich nicht darüber lustig machen!"

Schuldbewusst ließ Benni seine Zunge in die breite Lücke in seinem Unterkiefer wandern, wo bereits die Schneidezähne fehlten. Seit er diese Lücke hatte, konnte er prima pfeifen und sah nach seiner Auffassung fast so gefährlich aus wie Leo, wenn er die Zähne, die er noch hatte, bleckte.

„Mmm.", brummte er. Vielleicht konnte man später doch noch was mit diesem Neffen anfangen?! Er besah sich den Säugling noch einmal genau, dann beugte er sich mit einer Unbeholfenheit, wie sie nur kleine Kinder an den Tag legen, zu ihm hinunter und gab ihm einen dicken Schmatzer auf die Wange. Als der Kleine daraufhin entgegen der Erwartung seiner Mutter nicht zu weinen begann, sondern seine winzige Hand um den Daumen seines Onkels schloss und gluckste, wusste Melissa, dass das der Beginn einer großen Freundschaft sein würde und zufrieden und glücklich sah sie ihren Gemahl an.

Nachwort

Nachdem ich für meine beiden ersten Romane „Sündensommer" und „Clara und die Legende vom Heiligen Reinoldus" sehr umfangreiche Recherchen angestellt habe, wollte ich mich bei diesem Buch einmal ausnahmslos fiktiven Charakteren widmen. Zwar hat es die im Buch kurz erwähnten Kaufleute Berswordt, Klepping und Lemberg wirklich gegeben (wovon noch heute in Dortmund Namen wie Berswordthalle, Kleppingstraße etc. künden), und auch Graf Konrad, Graf Adolf von der Mark und Dietrich von Moers, seines Zeichens Erzbischof der Stadt Köln, sind herausragende Persönlichkeiten dieser Zeit und historisch belegt, aber sie haben es nicht bis in das Namensverzeichnis geschafft, da sie für die Handlung keine Rolle spielen.

Bei der Suche nach einem roten Faden, der sich durch die Beziehung von Raban und Melissa zieht und beide sich immer wieder necken lässt, bin ich auf die **griechische Mythologie** gestoßen, boten mir doch die verschiedenen Götterfiguren treffliche Vorbilder für allerlei Andeutungen und Vergleiche. Der im Buch zitierte Hesiod war einigen Quellen zufolge ein Ackerbauer und Viehzüchter und - ein Dichter! Eines seiner Hauptwerke war die ebenfalls im Buch vorkommende „Theogonia", die die Entstehung der Welt und die Erschaffung der Götter zum Inhalt hat.

Datiert auf etwa 700 v. Chr. ist die Theogonie damit eine der ältesten Quellen der griechischen Mythologie. Die Örtlichkeiten und einige Ereignisse, die ich hier erwähne, sind so überliefert, wie ich sie beschreibe.

So war das **Magdalenenhochwasser** die wohl verheerendste Flutkatastrophe des zweiten Jahrtausends. Sie ereignete sich etwa Mitte Juli 1342 und hat sich, wenn man den Quellen glauben darf, in etwa so abgespielt wie hier angedeutet. Man kann heute nur schätzen, wie viele Menschen - und Viehzeug! - dabei ihr Leben verloren haben, aber alleine die Tatsache, dass die zuvor blühende Rheinanliegerstadt Duisburg durch die Verlandung eines Rheinarmes nach dem Hochwasser zu einer unscheinbaren Ackerbürgerschaft verkam, lässt vermuten, dass an den betroffenen Flüssen Rhein, Donau, Mosel, Elbe, Weser und Main mit ihren Nebenflüssen wohl mehr als 10.000 Menschen starben. Und diejenigen, die nicht direkt ertranken, waren in den Folgejahren durch Missernten und Krankheiten stark gefährdet und mussten hungern (nachzulesen z. B. in dem Artikel von Daniel Lingenhöhl: Mittelalter: Deutschlands Jahrtausendflut, Die Zeit, vom 17. Juni 2013, abgerufen am 21.3.2018 oder bei Wikipedia mit vielen weiteren Literaturnachweisen). Und eigentlich haben all diese tragischen Schicksale ein eigenes Buch verdient, wer weiß?!

Spannend war auch die Recherche rund um den **Weinanbau in Hörde.** Heute ist Hörde ein Stadtteil im

Süden von Dortmund, eingemeindet 1928, bis dahin eine eigenständige Stadt. 1340 verlieh Graf Konrad mit Zustimmung des Grafen Adolf von der Mark (wie im Buch erwähnt), dem Dorf Huride (was soviel wie „Hürde" bedeutet, da damals die Emschersümpfe ein natürliches Bollwerk gegen Feinde darstellten) die Stadtrechte. Zwei Jahre später, 1342, schenkte er der Antoniusbruderschaft einen Weinberg auf dem „Renneberghe". Heute noch heißt die Straße am Rande des auf dem Gelände des ehemaligen Stahlwerks „Phönix" neu gefluteten Phönixsees „Am Remberg". Auch gibt es dort eine Weingartenstraße. Die kalkhaltigen Südhänge und die Nähe zum Wasser der Emscher brachten bis etwa in die 1560er Jahre recht passablen Wein hervor. Da lag es nahe, dass im Rahmen eines Renaturierungs- und Forschungsprojekts der Emschergenossenschaft auf etwa 150 qm an den Südhängen des Phönixsees seit 2012 wieder Wein angebaut wird, zunächst mit 99 Rebstöcken (nachzulesen z. B. bei Anna Hückelheim, „Wie Phönix aus der Asche – Weinbau im Ruhrgebiet", DerWesten, 5. Mai 2012, aufgerufen am 21.3.2018 oder www.lokalkompass.de › Dortmund › Dortmund-Süd › Natur „Erster Wein vom Phönixsee", abgerufen am 21.3.2018).

Das Ergebnis: Der erste Weinjahrgang brachte 35 Liter Weißwein hervor und wurde 2014 auf den Markt gebracht und verkauft bzw. für einen guten Zweck versteigert!

Im Jahr 2005 begannen Ausgrabungen im Norden der Stadt und förderten eine kleine Sensation zutage: gefunden wurden die Überreste einer **Gerberei** aus dem 13./14 Jahrhundert, einer der wenigen Nachweise dieses Gewerbes für Westfalen. Bis dahin waren Nachweise über das Leben der Gerber und die Produktion von Leder fast ausschließlich in Nord- und Süddeutschland gefunden worden (sehr informativ zu diesem und anderen Themen, das mittelalterliche Dortmund betreffend: Dr. Mathias Austermann und Annette Mertens in: „Die besondere Note der Brückstraße – Ausgrabungen im Gerberviertel" in: Bausteine und Fundstücke, Dortmunder Denkmalhefte 03, Hrsg.: Stadt Dortmund, Stadtplanungs- und Bauordnungsamt, Denkmalbehörde)

Auch den beschriebenen **„Trissel"** hat es so in Dortmund gegeben. Heute noch gibt es eine kleine Gasse mitten in der Stadt, die den Alten Markt mit dem Hellweg verbindet und die „Am Trissel" heißt. (interessant dazu, mit Audiostream zum Thema: *www.pflichtlektuere.com/13/04/2014/nachtwaechter-auf-mittelalterlichen-spuren)* Ein Bild von einem „Trissel" in Obermarsberg gibt es im: „Heimatbuch für Dortmund, bearbeitet und herausgegeben vom Abeitskreis für Heimatkunde, erschienen im Georg Westermann Verlag, Braunschweig 1966, S. 43.

Die **Burgen Volmarstein und Wetter** gibt es noch heute, allerdings sind beide nur als Höhenburgruine erhalten.

Das **Katharinenkloster,** Schauplatz zweier Morde im Roman, wurde 1864 sukzessive abgerissen und auf dem Gelände eine Brauerei erbaut. Es stand aber tatsächlich zur Zeit der Romanhandlung nahe bei dem Dorf Kercklinde, heute Kirchlinde, ein Stadtteil von Dortmund, nachzulesen bei Wikipedia.

Über das **Richthaus,** in dem im Roman der Freigraf Remigius von Werder seine Amtsstube hat, kann man bei Nils Büttner, Thomas Schilp, Barbara Welzel, Hrsg.: Städtische Repräsentation, Sankt Reinoldi und das Rathaus als Schauplätze des Dortmunder Mittelalters, Verlag für Regionalgeschichte, Bielefeld 2005, Band 5, Autor: Ulrich Meyer: „Repräsentation und Teilhabe" S. 229ff mehr erfahren. Dort findet sich auch eine anschauliche Lagezeichnung der öffentlichen Gebäude im Stadtgefüge.

Das **Gerichtswesen der Stadt** wurde im Wesentlichen dadurch geprägt, dass die Freie Reichsstadt Dortmund zunächst Hauptsitz aller Femegerichte Westfalens war, bis 1437 diese Funktion an den Oberfreistuhl nach Arnsberg vergeben wurde. Grundsätzlich war die Entscheidung über die Todesstrafe bei bestimmten Verbrechen Sache des Königs, der diese aber in Form einer „Blutbannleihe" an den Vorsitzenden der Femegerichte, den Freigrafen, abgeben konnte und das auch tat. Hatte das Femegericht erst einmal ein Urteil gefällt, war ein Einspruch dagegen nicht möglich, die Strafe wurde vollstreckt. Wen das Thema tiefergehend interessiert, der sollte sich bei Wikipedia unter dem Begriff „Feme" einen ersten Überblick verschaffen; dort findet man auch weitergehende Literatur. Ich habe einiges dazu gelesen, aber das Rechtssystem im Mittelalter war eine komplizierte Sache und ich habe, der Romanhandlung geschuldet, einiges vereinfacht, um den Leser nicht zu langweilen.

Zur **Reinoldikirche** habe ich in „Clara und die Legende vom Heiligen Reinoldus" ausführlicher geschrieben, hier nur soviel: Sie ist die älteste erhaltene Kirche im Dortmunder Stadtzentrum, wurde mehrfach zerstört, erstmals wohl um 1060, und wieder aufgebaut. Sie beherbergt zahlreiche historische und religiöse Kunstschätze und beherbergte lange Zeit die Reliquien des Dortmunder Stadtpatrons, des Heiligen Reinoldus.

Und auch die **Goldene Muttergottes von Dortmund** in der Marienkirche gibt es. Sie ist wohl 1230 entstanden und befindet sich an der Südwand des Altarraumes. Sie wurde mehrfach restauriert und übermalt, ihr heutiges Aussehen verdankt sie der letzten Restaurierung im Jahr 1976.

Den **jüdischen Friedhof,** auf dem Melissa und Benni eine Nacht verbringen, hat die jüdische Gemeinde von Dortmund tatsächlich erst 1336 von der Stadt erworben und er lag außerhalb der Stadtmauer, vor dem Westentor. Ich wollte sie und Benni aber nicht dorthin schicken, das wäre zu gefährlich gewesen, und daher habe ich den Friedhof kurzerhand verlegt, so dass er im Roman innerhalb der Stadtmauern liegt!

Und auch wenn es Melissa so vorkommt: Köln war zu der damaligen Zeit etwa drei- bis viermal so groß wie Dortmund! Köln hatte zu Beginn des 14. Jahrhunderts schätzungsweise 30.000 bis 40.000 Einwohner, Dortmund dagegen nur knapp 10.000! Damit war **Dortmund** allerdings die **zweitgrößte Stadt in Westfalen** (nach Soest) und damit eine der größten im Heiligen Römischen Reich.

In eigener Sache

Nach **„Sündensommer"** und „**Clara und die Legende vom Heiligen Reinoldus"**, beide sowohl als Printbuch, (bestellbar in allen gängigen Buchhandlungen) als auch als Ebook (auf allen gängign Plattformen) erhältlich, hat mir das Schreiben auch dieses Mal wieder viel Spaß gemacht, den Sie, liebe Leserinnen und Leser, hoffentlich auch bei der Lektüre dieses Buches nachvollziehen konnten. Da die Handlung und die Personen in diesem Buch frei erfunden und ausschließlich meiner Phantasie entsprungen sind, musste ich mich nicht an historischen Persönlichkeiten oder Ereignisse halten, was das Schreiben"freier" macht.

Mein dritter Roman spielt wieder in Dortmund, relativ sicheres Terrain für mich, da ich dort meine Kindheit und Jugend verbracht habe. Dennoch bitte ich vorsichtshalber die Experten für Dortmunder Stadtgeschichte um Entschuldigung, sollten mir bezüglich der recherchierten Örtlichkeiten Fehler oder historische Ungenauigkeiten unterlaufen sein, aber ich habe einen Roman geschrieben und kein Sachbuch. Selbstverständlich habe ich versucht, mich so genau wie möglich an die bekannten und überlieferten Beschreibungen der Gebäude, ihre Lage und die hierarchischen Strukturen im Gerichtswesen zu halten, aber manchmal erfordert die Dramaturgie eines Romans eben auch, dass man historische Gegebenheiten auslegt und in Sinne der Handlung interpretiert!

Ich habe einmal in der Rezension zu einem anderen Roman gelesen, dass man sich als Autor gefälligst auf ein Genre zu beschränken habe, also entweder Krimi oder Liebesroman. Der Meinung bin ich nicht. Im Leben gibt es auch keine klare Trennung! Und so ist auch dieser Roman hier, wie schon die beiden ersten, eine Mischung aus Liebesgeschichte und Krimi, vielleicht mit einem kleinen Schwerpunkt in Sachen Liebe :-)?

Und ebenso wie in meinen anderen Romanen hat sich die Handlung auch hier manchmal verselbstständigt! Über Melissa konnte ich oftmals nur den Kopf schütteln, dachte, „Mädchen, was machst du da?! Wäre es nicht besser, wenn...", und auch Raban machte oft, was *er* wollte und nicht die Autorin! Aber ich bin ein sogenannter „Discovery Writer", also jemand, der nur ungefähr eine Ahnung von dem Geschehen hat, wenn er zu schreiben anfängt. Die Handlung - und die Personen! - entwickeln oft ein Eigenleben, aber das macht für mich das Schreiben aus. Es ist genauso spannend, wie für Sie - hoffentlich! - das Lesen! Und wie sollte ein historischer Roman entstehen, wenn die Protagonisten nicht manchmal Dinge tun, bei denen wir den Kopf schütteln und die wir aus unserer heutigen Sicht nicht nachvollziehen können?!

Wenn Ihnen der Roman gefallen hat, dann würde ich mich über eine Bewertung auf den relevanten Plattformen freuen, denn auch hier gilt: Applaus ist das Brot des Künstlers.

Andrea Gramckow

im März 2018